RAMIS
3755m 2995

D0683542

La Mort blanche

Olivier Weber

La Mort blanche

ROMAN

A·46674

Bibliothèque Municipale d'Alma

138568-0

Albin Michel

© Éditions Albin Michel, 2007

À Jo,
qui rêvait trop des paradis.

À Sophie,
qui s'est envolée.

À Loïc,
qui a oublié de remonter.

« *E lucevan le stelle ed olezzava la terra.* »
(« Les étoiles brillaient et la terre embaumait »).

Giacomo Puccini, *Tosca*

1

Les yeux fixés sur l'aquarium à la lumière tamisée, l'air de *Tosca* en sourdine, Jonathan ne pouvait s'endormir qu'en regardant longuement ses poissons, le *Labeo erythrurus*, minuscule requin de quinze centimètres à tendance albinos, et le porte-épée du Nicaragua, à peine plus gros, niché entre les algues et les petits rochers. Des bulles remontaient à la surface, l'hypnotisaient et lui rappelaient les plongées au large de Saint-Jean-Cap-Ferrat. Peuplés d'algues géantes, de corail abîmé, de grottes sous-marines, ses rêves flottaient telles des épaves sans capitaine au pays où les songes sont plus grands. S'il se relevait la nuit, il venait tapoter sur la vitre de l'aquarium, bloc de verre qui obstruait l'entrée de sa petite chambre au sixième étage.

Jonathan rêvait aux acrobaties aquatiques de son albinos quand le téléphone retentit. Le petit requin dansait la gigue et ses quinze centimètres d'agitation n'étaient pas de bon augure.

— Je te réveille ?

Jonathan ventila ses poumons. Le type hurlait dans le

combiné et ses tympans maltraités par les plongées s'en ressentaient.

— Excuse-moi, Jonathan, c'est Stewart. Je sais, ce n'est pas une heure pour appeler.

L'accent de l'Anglais le sortit de sa léthargie.

— Jonathan, il s'agit de...

Le poisson requin bougea la queue, s'approcha de son voisin noir avec l'envie de le dévorer.

Albane, il s'agissait forcément d'Albane. Hugh Stewart ne pouvait appeler à cette heure-ci qu'à propos d'elle.

— Il est arrivé quelque chose en Afghanistan... Il faut que je te parle, tu m'entends ?

Assis sur son lit, Jonathan demanda aussitôt :

— Elle est encore en vie ?

— Je ne sais pas, Jonathan. Nous sommes inquiets. Viens me voir à Agro Plan. J'y serai à 8 heures. Pardonne-moi, je suis fatigué, je n'ai pas dormi de la nuit, ni celle d'avant, je t'expliquerai.

Jonathan raccrocha. Avant de se lever, il tira la bouteille de plongée cachée sous son lit, brancha le détendeur et inspira profondément, comme durant les coups de tabac. Il pouvait rester ainsi dix longues minutes, les poumons ouverts, la gorge fraîche, avec la douce impression de vivre sous l'eau, des branchies se formant sous son cou.

Paris était engoncé dans les frimas du petit matin. Le jour commençait à caresser les façades du boulevard Saint-Germain et les toits de zinc renvoyaient les lueurs du soleil balbutiant. Cela lui rappelait tant le ciel de Nice lorsqu'il descendait l'été pour sa saison de plongeur sous-marin, avant d'entamer deux mois de mission sur les plates-formes pétrolières au large de l'Angola, du Brésil ou en mer du Nord. Il avait rencontré Hugh Stewart à son retour d'Afrique, un gaillard sans âge, moustachu, une grande gueule sympathique, des yeux en alerte permanente, à la fois irascible et débonnaire.

Jonathan aurait dû aimer ce temps pur au vent insistant, 2 minimum sur l'échelle de Beaufort, lorsque les nuages préfèrent se carapater, mais le cœur n'y était pas. Le siège d'Agro Plan se situait rive droite et il s'y rendit à pied. Il traversa la Seine, coupa par l'île Saint-Louis et le quai d'Anjou, devant l'hôtel de Pimaudan, l'ancien club des Haschichins de Baudelaire, Nerval, Balzac et Delacroix. Mon Dieu, Albane, qu'es-tu allée faire en Afghanistan, au pays où dansent les *diperaniu karwan*, les caravanes de djinns ? Pourquoi es-tu partie jusqu'à Kaboul avec ce foutu Caroube, amateur de missions non pas pour sauver les autres mais pour se perdre un peu plus ?

Quand elle lui avait annoncé son départ, dans le jardin à la pointe de l'île Saint-Louis, près du pont Henri-IV, il l'avait longuement regardée puis elle l'avait pris dans ses bras. « Ne t'inquiète pas, Jonathan, cela n'a rien à voir avec toi, il ne s'agit que de moi, j'ai tant de mal à rester en place, j'ai tant de mal à ne pas changer d'horizon. » Et maintenant, il marchait à vive allure vers le siège d'Agro Plan, sur les bords du canal Saint-Martin, il marchait vers quelque chose de grave, il marchait vers ce qu'il ne voulait pas entendre, un drame qui lierait Caroube et Albane Berenson pour toujours.

13

Il longea le magasin de scaphandres où il avait acheté le petit compresseur placé sous l'aquarium, qui lui servait à recharger ses bouteilles d'air. Parfois, il emmenait la bouteille et le moteur sur le toit de l'immeuble afin d'obtenir un air meilleur. Un entonnoir en carton lui permettait d'emmagasiner le vent du sud, le plus chargé d'émotions, le plus riche en horizon. « Du paysage concentré, tiens, goûte », disait-il à Albane. Et elle goûtait à l'air avant de goûter au mulâtre Jonathan Saint-Éloi. Alors elle lui lisait *Le Cantique des cantiques*. « Les versets lus dans notre famille, tu verras, c'est très beau, c'est même sensuel, on lisait ça pour le *zeved habat* chez nous, les Berenson, la cérémonie d'initiation des filles. » Et il l'écoutait patiemment, et il promenait ses mains sur ses hanches quand elle évoquait la bien-aimée dans les bras du bien-aimé, et que ses yeux ressemblaient à ceux de la bien-aimée, tendres comme des yeux de biche, « qu'il me baise des baisers de sa bouche, Tes amours sont plus délicieuses que le vin ». Il redemandait alors du *Cantique des cantiques*, il redemandait du *zeved habat*, tendance laïque, il redemandait de la tendresse du monde, celle des caresses d'Albane Berenson.

Sa silhouette se refléta dans la vitrine d'un magasin du canal Saint-Martin. Il se trouvait voûté, la démarche incertaine, était-ce l'arrêt de la plongée, était-ce le poids des ans, il s'observait tout en marchant et aimait de moins en moins cette ombre de mulâtre. Ce n'était pas la séparation avec Albane qui avait engendré cet avachissement, d'ailleurs s'étaient-ils jamais unis, elle, fille de banquier anglais devenue ingénieur agronome et rêvant d'aventures humanitaires, et lui, mulâtre né à la Martinique, plongeur éloigné de ses coraux ? La raison de la déformation de sa silhouette était plutôt à rechercher dans le sabordage, celui de l'amitié, commis par l'ami Caroube, médecin nommé à l'ambassade de France à Kaboul, parti en laissant trop d'adresses, trop d'additions, la trahison d'un Jonathan naufragé, rescapé d'un gros grain, mais non rescapé de la faute, de la très grande faute, et désormais victime d'un grand chagrin.

Au siège d'Agro Plan, au fond de la grande salle, derrière une vitre, Jonathan reconnut de dos Hugh Stewart, l'oreille collée au téléphone. Les bureaux, immense loft de trois étages soutenus par de vieux piliers en fer style Eiffel, s'ouvraient sur le canal Saint-Martin. Des tapis à dominante rouge tranchaient sur la nudité des murs. La lumière encore douce du matin caressait des dossiers marqués du nom d'un pays ou d'une mission : « Puits-Sahel », « Kurdistan », « Tsunami-Sri Lanka »… Des sofas aux couleurs vives, des tapis d'Orient et de vieilles commodes craquelées rappelaient que l'endroit était au service du monde. Un percolateur crépitait sur un antique comptoir de bar. Trop de place, pas assez de personnel, ironisaient les membres de l'association humanitaire lorsqu'ils découvraient les immenses locaux blancs.

– Tu es sûr, la nouvelle est confirmée ? (Hugh Stewart s'agitait sur son siège, tandis que la tasse sous le percolateur débordait.) Vraiment ? Quand ont-ils retrouvé le corps ?

Hugh Stewart avait été réélu haut la main président d'Agro Plan lors de l'assemblée générale de l'association, malgré ses critiques du monde humanitaire, sa désinvolture, son obsession à fermer certaines missions qui n'étaient pas rentables. D'origine écossaise, il avait longtemps servi dans la diplomatie après des études de droit et d'histoire à Oxford. Le Foreign Office, du moins une branche, ne tarissait pas d'éloges sur ce diplomate qui parlait cinq langues.

En poste à Kuala Lumpur, puis à Santiago du Chili et à Rome. Brillant. Doué pour les relations internationales. Fera plus tard un bon ministre adjoint.

– Bordel, le corps, comment était-il ?... Pendu à un arbre ? Dis-moi, José, où l'a-t-on retrouvé ?... Quoi, dans la vallée de Jurm ? Mais c'est la vallée des trafiquants d'opium ! Bon Dieu, quelle folie d'aller là-bas !

Jonathan voulut balbutier quelques mots, toquer à la vitre, signaler sa présence, mais ne put esquisser un geste. Il se laissa tomber dans un fauteuil.

– Bon, arrange-toi pour retrouver le corps. Tu restes à Kaboul. Et dis-moi aujourd'hui ce que compte faire l'ambassade.

À la recherche d'un peu d'air, les lèvres entrouvertes, Jonathan aperçut une photo d'Albane à côté de celle d'autres membres envoyés dans le monde, sur le mur des missions où les volontaires affichaient aussi leurs commentaires : « À toi, Libéria, pour la vie », « Je rempile ! », « On va les mater, ces corrompus. »

Une porte s'ouvrit derrière Hugh Stewart. Sutapa Bahadur, une Indienne sortie du cadre d'une miniature mongole, avec ses joues rondes, ses yeux en amande, une chemise de lin blanc aux manches brodées, des seins tendus derrière la maigre étoffe, s'avança vers Jonathan, esquissa un geste et comprit aussitôt.

– Hugh, dit-elle doucement, Jonathan est là...

L'Écossais se retourna sur son fauteuil et devint blême en apercevant son ami, puis il se leva pour se diriger vers lui. Jonathan Saint-Éloi subit la théorie du naufrage maximum, manque d'air, les poumons en souffrance, les veines prêtes à éclater, la tête qui bourdonne.

– Je suis désolé, Jonathan.

Pourquoi est-il désolé ? Qu'est-il advenu d'Albane ? Il est compliqué de lire sur les lèvres d'un homme se dirigeant vers vous alors que les mots du drame sont déjà prononcés sans aucun rideau de théâtre pour amortir les sons dans le fond du corps. Il est compliqué de voir remonter en soi les vases du fond de l'océan que l'on n'avait plus foulé depuis longtemps, compliqué d'empêcher les remugles de vous emporter, pour éviter que ne se vérifie la théorie du grand naufrage, le sabordage de l'âme par un trop-plein de sentiments, cale de souvenirs chargée à ras bord, malles d'émotions sur le pont, coup de vent qui emporte tout et fait chavirer le navire et son marin avec lui. Jonathan regarda Hugh Stewart avancer au ralenti, missionnaire sans sa bure, tandis que Sutapa s'était arrêtée dans son élan.

– Je crois… qu'il n'a pas souffert.

« Il » ? Pourquoi « il » ? Il ne s'agissait pas d'elle ?

– On l'a retrouvé dans une vallée perdue. Caroube n'a pas eu de chance.

Jonathan leva lentement la tête.

– Et Albane ? trouva-t-il la force d'articuler.

À quelques mètres, interdite, Sutapa regardait tour à tour les deux amis.

– Albane est en vie, mais Caroube est mort.

Jonathan accusa le coup. Depuis longtemps il avait cherché à pardonner à l'ancien ami des plates-formes pétrolières. Jonathan avait fini par l'oublier, c'était même lui qui avait poussé Albane dans ses bras, à leur retour de Saint-Jean-Cap-Ferrat et de l'aquarium de Monaco suspendu au-dessus de la Méditerranée, là où les requins font le cirque dans quatre cent mille litres d'eau, tu te rends compte Albane, quatre cent mille litres, et autant de requins, ils vont finir par se dévorer, surtout si on laisse les mâles ensemble, à moins que quelques visiteurs ne se sacrifient pour la bonne cause. *Emmène-moi, Jonathan, dans le seul pays qui vaille, au pays de tes reins* fut sa réponse. Car Albane Berenson avait beau aimer la mer, passion léguée par son père qui évoquait souvent l'épopée du paquebot *Saint-Louis* entre Hambourg et Cuba en 1939, cette mer qui avait sauvé Alexander Berenson, elle aimait davantage encore ce bougre mulâtre de Jonathan Saint-Éloi. Né en Martinique, échoué dans un fjord parisien, une tache sur le visage, une vieille veste de marin sur les épaules, souvenir de sa traversée en cargo de l'Atlantique, son époque Henry de Monfreid, il était atteint de deux maux irrémédiables, la théorie du naufrage, depuis son accident au large de Nice, et le syndrome du trop-généreux, maux auxquels il ajoutait désormais un troisième, l'amour pour Albane.

Jonathan ne bougeait pas. Depuis son fauteuil, il regardait la pourriture du canal Saint Martin, l'eau trouble qui cachait la boue, la fange, les ordures des hommes et quelques poissons nettoyeurs. Il ventilait lentement ses poumons, cherchait dans sa tête un visage, celui de l'ami qu'il avait oublié. Caroube mort…

— José Da Sousa me l'a confirmé depuis Kaboul, reprit Stewart. Ils l'ont pendu à un arbre, ils l'ont laissé là deux jours, des rapaces ont commencé à le dépecer puis les Afghans l'ont décroché.

Jonathan se souvint du jour où il avait rencontré Caroube, au Café de l'Entrepôt en bas d'Agro Plan, avec Hugh Stewart qui rentrait de mission. Caroube avait déplacé ses quatre-vingts kilos le long du comptoir en demandant une bière de plus, c'est excellent pour mes coronaires, le malt est bon aussi pour l'esprit, cela me permet d'élargir mes horizons.

Les mains larges, les épaules d'un sauteur à la perche, il n'avait guère l'allure d'un médecin. Caroube allait et venait, vivait d'un salaire de médecin sur une plate-forme pétrolière au large de l'Angola trois mois par an, une île de métal qui puait l'huile lourde, une barge immense où il avait emmené Jonathan, un récif à dollars où le médecin et le plongeur avaient officié pendant des mois, que des hommes, pas de femmes, de la bière à volonté à partir de six heures du soir et un horizon à trois cent soixante degrés.

Jonathan serra les poings.

— Où est Albane ? trouva-t-il la force de demander.

Stewart s'agenouilla devant lui, la main sur le front.

— Elle est en vie, Jonathan, c'est tout ce que sait cet abruti de José Da Sousa. Des Afghans de la vallée de Jurm l'ont informé. Je vais essayer de m'y rendre. Je pars jeudi.

Lentement, Jonathan Saint-Éloi se leva, passa devant Sutapa, effondrée, et traversa le grand loft vers l'escalier de

19

bois sombre. Il croisa Crow, le fils de millionnaire américain, crapaud surgi d'*Alice au pays des merveilles* qui toisait tout le monde de haut. Obèse, le ventre débordant constamment de sa chemise, il avait échoué à Agro Plan depuis que son père avait financé trois missions agronomiques.

— Vous en faites une tête, lança-t-il avec son accent traînant et son air méprisant.

— Crow, trouve-moi un billet pour Kaboul, lança Hugh Stewart afin d'empêcher le heurt des civilisations, Amérique du Nord contre Caraïbes mélangées à un peu de Blanc.

— Caroube mort, Albane vivante, mais perdue au fin fond de l'Afghanistan, murmura Jonathan.

Son horizon était soudain rétréci, bousculé. Les rêves prendraient désormais une autre dimension. Il aurait pu se réjouir de cette nouvelle, mais il n'en voulait pas à Caroube, ce médecin qui rêvait de soigner l'humanité tout en étant incapable de se soigner lui-même, ce fou de paix qui ne se sentait à l'aise que dans la guerre, et d'abord dans la guerre avec ses proches, style heurté, phrases blessantes, mots pointus qui s'enfonçaient dans la chair de la victime tel un scalpel. Caroube en décomposition… Cette équation bouleversait tout.

2

Hugh Stewart se rasait tandis que le petit déjeuner se préparait au rez-de-chaussée. À 8 heures du matin, la maison d'Agro Plan à Kaboul était déjà en pleine effervescence. Les *tchokidors*, les gardes, rôdaient dans le jardin, les employés afghans s'affairaient dans le grand salon aux tapis rouges et le cuisinier concoctait le repas de midi, du riz au mouton de Paghman.

– Stewart, hurla une voix, on t'attend pour la réunion !

La voix venait du rez-de-chaussée et Hugh reconnut celle de José Da Sousa, l'insupportable chef de mission aux oreilles décollées qui confondait la mission d'Agro Plan avec sa résidence secondaire. Il ne parlait pas aux employés, il éructait ; il ne palabrait pas, il ordonnait. Le moindre faux pas d'un Afghan était prétexte à des injures et les employés avaient menacé de faire grève si Da Sousa continuait ses incartades. Vu le peu de candidats au poste, le siège parisien ne parvenait pas à le remplacer et Stewart devait s'accommoder de ce brailleur aux épaisses lunettes.

– Maintenant, je vais devoir me le farcir tous les jours, soupira Stewart. Il va comme toujours se croire indispensable, dire qu'il a des contacts partout, que les Afghans lui doivent la vie, qu'il est le sauveur de l'Asie centrale.

Le visage encore mouillé, Hugh Stewart dévala les escaliers de la vieille maison de pierres au toit pentu et passa devant la véranda qui donnait sur le jardin cultivé par les élèves agronomes de l'organisation. Sur la gauche, le jardin débouchait sur une serre puis, plus loin, sur un petit parc où trônait un kiosque sous une treille, propice aux rendez-vous amoureux. Sutapa l'attendait devant le second salon, surnommé par les expatriés la *tchaïkhana*, la maison de thé, parce que l'on s'y réunissait sur des tapis ouzbeks, assis en tailleur, sous des tentures immenses aux couleurs rouge sombre. Par la fenêtre, Stewart aperçut la rotation des gardes. « Une organisation non gouvernementale, ça se mesure au nombre de *tchokidors*, avait ironisé Da Sousa lors de l'arrivée de Stewart. Ne t'inquiète pas, j'ai embauché quatre gardes de plus. » Son insolence l'énervait profondément. Hugh s'assit à côté d'Ahmed, l'assistant de José Da Sousa, et de Roberto, un chirurgien italien de l'organisation Emergency qui avait préféré se reconvertir dans l'agronomie.

Les employés surnommaient Da Sousa « Oreilles trop collées », sous entendu « aux portes », car il ne se gênait guère pour espionner ou se faire rapporter la moindre rumeur. Les dossiers étaient poussiéreux, à croire que personne ne les ouvrait jamais. Les formations d'ingénieurs agronomes afghans prenaient du retard, et Stewart avait plusieurs fois sermonné Da Sousa depuis Paris : « Tu attends quoi, que l'hiver arrive ? Tu veux peut-être planter dans la neige ? »

Sutapa était assise dans le coin à gauche, calée par des dossiers et un coussin orné de fils dorés. Une carte dépliée devant lui, José Da Sousa prenait des airs affairés, les sourcils froncés, le front plissé, comme lorsqu'il devait sortir de la caisse le salaire des employés : « On vient aider leur peuple et en plus on les paie, ils devraient prier pour nous plutôt et nous remercier. »

Da Sousa releva la tête. Il guettait Stewart, attendait le moment où il lancerait la réunion, voulait signifier qu'il était le plus fort, à la tête de quatre expatriés, vingt employés au siège, douze gardes, deux cents collaborateurs sur le terrain, vingt mille paysans recevant des semences grâce à ses soins, cent mille Afghans nourris grâce à son œuvre de grand agronome devant l'Éternel de la charité.

Stewart lui décrocha un rictus du genre : « Espèce d'ordure, tout le monde sait que tu pioches dans la caisse, tout le monde sait que tu t'engraisses au détriment des paysans, tu ne perds rien pour attendre, surveille simplement tes arrières. »

— Bon, nous allons faire le point maintenant que les cadres sont arrivés, grimaça Da Sousa. Vous avez tous une carte sous les yeux, photocopie couleur, Agro Plan a les moyens.

Stewart n'eut d'autre choix que de déplier sa carte. Le jour où cet homme sera à terre, je le laisserai mourir à petit feu, songea-t-il.

— Voilà, reprit Da Sousa. Le corps de Caroube a été retrouvé ici, dans cette vallée, au nord. Un mois de marche au temps de la guérilla des moudjahidin. Aujourd'hui, en voiture, je dirais trois jours aller.

Stewart repéra la petite vallée de Jurm grâce au doigt de Fawad, son adjoint et chauffeur, qui courait sur la carte.

– Quelqu'un est allé chercher le corps ? demanda-t-il.

– L'ambassade de France s'en est chargée, répondit Da Sousa. Leurs hommes doivent être en route. Avec cette satanée piste, ils ne seront pas là-haut avant plusieurs jours.

– Pourquoi n'ont-ils pas pris un hélico ?

– Monsieur du siège croit que c'est peut-être facile !

Stewart serra les poings.

– Le président Hamid Karzaï est pourtant censé tenir son pays, non ?

Fawad, ancien professeur de lettres au lycée français Istiqlal, courte barbe noire, turban de soie et gilet beige, intervint :

– C'est une des vallées de l'opium. Jurm n'a jamais été vraiment pacifiée.

Il tourna son visage vers Stewart et dévoila sa joue abîmée, souvenir des combats dans les maquis du Panchir au temps du commandant Massoud. Un éclat d'obus avait également déchiré son avant-bras et il gardait un trou plus ou moins comblé, unité Emergency, dispensaire près de Rokha, argent européen, médecins italiens et français, infirmière jolie, très jolie.

– Est-ce que l'on sait pourquoi Caroube a été assassiné ?

Da Sousa releva la tête et souffla, visiblement agacé.

– Je te l'ai déjà expliqué au téléphone avant que tu ne quittes Paris. Pas assez de gardes pour sa mission, il croyait économiser sur les *tchokidors*.

Stewart se raidit un peu plus.

– Tu sais très bien que nous avons tous les budgets pour

24

cela ! On ne lésine jamais sur la sécurité de nos hommes, qu'ils soient expatriés ou locaux !

Face à Stewart et au regard désapprobateur de Sutapa, Da Sousa se renfrogna.

— Caroube dépendait de l'ambassade, pas d'Agro Plan. Et la sécurité, à Jurm, elle ne dépend pas de nous. Il y a un ramassis de bandits là-bas.

— C'est vrai, intervint Fawad, que nous ne pouvons pas faire grand-chose. Les trafiquants sont les rois.

— Et les hommes de Karzaï, alors, que font-ils ? Ils trafiquent peut-être ?

— Tu ne crois pas si bien dire. Même certains de ses ministres sont impliqués.

Stewart reprit l'initiative :

— Il faut retrouver Albane ! Nous savons qu'elle est en vie. Elle a pu être enlevée.

— Impossible, coupa Da Sousa, sinon on le saurait déjà. À Jurm, on tue ou on laisse en vie. Le kidnapping, c'est trop compliqué. L'opium rapporte plus...

Il est prêt à tout, pensa Stewart, ses yeux pétillent, sa bouche s'agite de tics nerveux, ses mains deviennent fébriles, âpres au gain.

— Comment la localiser ? demanda Stewart.

— Facile, tu prends deux mules, dix hommes, dix fusils, plus vingt pour amadouer les brigands en chemin, et tu attends un mois...

Face à la mine déconfite de Sutapa et aux poings serrés de Stewart, Da Sousa trouva un autre moyen :

— Je crois que tout cela nous dépasse. Attendons.

Fawad fixa de ses yeux en amande les motifs noirs et

rouges du tapis. Stewart fut surpris qu'il contredise Da Sousa :

– Non, n'attendons pas. J'ai reçu un message ce matin. Une lettre qui a été portée à notre maison de Fayzabad, un ancien hôtel sur un rocher posé au milieu du torrent Kokcha.

– Fayzabad ? Mais c'est à l'autre bout du monde…, l'interrompit Da Sousa.

– C'est effectivement à l'autre bout du monde, poursuivit Fawad en caressant d'une main sa joue abîmée. Notre homme là-bas, qui est sûr, m'a transmis des parties du message par radio. C'est une lettre où Albane explique qu'elle est détenue par une bande, je ne sais pas laquelle, mais qui vient de la vallée de Jurm, donc des trafiquants.

– Est-on certain que la lettre vient bien d'elle ?

Fawad regarda Da Sousa pour le défier puis se tourna vers Stewart.

– Il n'y a aucun doute. La lettre est dans un anglais parfait. Et elle parle d'Agro Plan comme de « la maison », c'est notre jargon. Elle dit qu'elle est retenue contre son gré, mais qu'elle a bon espoir.

Stewart contemplait la carte. Jurm était vraiment une vallée perdue au nord-ouest du pays, nichée entre des montagnes lointaines dont peu se souciaient à Kaboul.

– Une rançon ?

– Rien, en tout cas pas pour l'instant. Vous savez, ce n'est pas dans nos habitudes en Afghanistan, du moins pas encore.

Oreilles trop collées se leva, montra une photo affichée dans un coin.

– Voilà à quoi ça ressemble, la vallée de Jurm.

Stewart distingua un vallon, des contreforts assez raides, des habitations en pisé posées au fond des parois rocheuses.

– Je vous souhaite bien du plaisir, poursuivit Da Sousa.

– On n'a pas le choix. Jonathan, l'ex-compagnon d'Albane, va bientôt arriver. Il voudra sûrement se rendre sur place.

– Ça va faire du grabuge, crut bon de répondre Da Souza.

L'aéroport de Kaboul était désert et portait encore les stigmates de la guerre. Jonathan foula le tarmac où traînaient quelques carcasses désossées d'avion. Les abords d'un aéroport pourtant sont toujours bien nettoyés afin de justifier l'aide internationale, songea-t-il. Il regarda les montagnes qui perdaient leurs neiges tandis qu'un vent tiède balayait la piste et il se sentit envahi par une grande tristesse.

Il monta dans le véhicule envoyé par Agro Plan, une vieille fourgonnette qui menaçait de rendre l'âme à tout instant, conduite par Fawad, la poitrine enveloppée dans un grand châle de laine beige bordé de vert. Sur la route qui menait au centre de Kaboul, Jonathan regarda à nouveau les montagnes au loin. Il pensa à la théorie du boomerang qui le poursuivait depuis plusieurs années : prendre ce qu'il avait lancé en pleine gueule. L'erreur de navigation au large de Nice, l'abandon de la plongée qui le hantait chaque jour, la perte d'Albane qu'il voulait oublier mais qui l'amenait à se rendre à Kaboul. Il redoutait le moment où il allait pénétrer dans la maison d'Agro Plan, rencontrer les amis et employés d'Albane, ceux qui l'avaient vue en compagnie de Caroube. Théorie du boomerang, à nouveau : le type que l'on présente à sa compagne et qui l'emmène au bout du monde.

— Le Brésilien devrait vous aider à la retrouver. C'est en tout cas ce qu'on lui a demandé.

Les mots du chauffeur le tirèrent de sa léthargie. Il semblait avoir compris l'objet de ses tourments et parlait parfaitement le français.

— Le Brésilien, c'est José Da Sousa, le chef de mission. Il déteste Hugh Stewart et Hugh Stewart le déteste, mais il a le bras long...

Il soupira dans sa barbe, penché sur le volant, tâchant d'éviter les nids-de-poule. Après avoir déposé Jonathan devant la maison d'Agro Plan, il s'engouffra avec la fourgonnette dans un grand garage puis disparut.

Stewart accueillit Jonathan sur le perron et lui proposa aussitôt de visiter les lieux. Spacieuse, disposée autour d'un vaste gazon dans une rue calme, la maison avait des airs de datcha du bout du monde, villa remplie d'agronomes et d'envoyés de la charité internationale. Stewart l'invita à déposer ses affaires dans une petite chambre décorée de tapis et d'objets d'art ouzbeks. Il prit sa douche dans une grande salle d'eau à l'ancienne puis rejoignit Stewart au fond du jardin, sous la tonnelle, calé dans un fauteuil de cordes tressées qu'ombrageaient un pommier et deux platanes.

— C'est ici que je reçois les trafiquants de drogue, eut-il le courage de sourire. Que veux-tu, nous sommes obligés de traiter avec eux. En plus, ils font la guerre... Tiens, prends un peu de thé.

Un domestique se pencha vers eux, prévenant.

– Quelles sont les nouvelles ? demanda Jonathan.

– Elles ne sont pas très bonnes. L'ambassade va récupérer le corps de Caroube à Fayzabad. Deux de nos hommes sont sur le terrain. Quant à Albane, aucune nouvelle, si ce n'est une lettre, authentifiée. Elle se trouverait dans les environs de Jurm.

Sutapa passa dans le fond du jardin, en sari rouge. Elle adressa un sourire à Jonathan, puis s'engouffra dans un pavillon blanc, une annexe où elle résidait. Jonathan n'avait jamais pu comprendre la nature de sa relation avec Stewart.

Il ne voulait pas se souvenir d'Albane, il ne voulait pas se rappeler les soirées dans les bars ou sur la péniche louée à Paris par Agro Plan pour la fête annuelle, là où il l'avait vue pour la seconde fois. Lui avait tenté de cacher ses chaussures trouées, le cœur palpitant, les mains moites comme avant une grande plongée. Elle était malade, la main sur le ventre, le mal de mer, vous comprenez, et je ne suis pas la seule, allez faire un tour dans les toilettes sous le pont avant. Que devait-il dire ce soir-là ? À quelle *birkat hagomel* allait-elle le manger ? Ils s'étaient retrouvés sur le pont arrière, penchés au-dessus de la Seine, à deux heures du matin, un verre de gin à la main, idéal pour vous faire passer votre mal de Seine, vous verrez, et elle avait fini par oublier les diplomates invités, les experts du développement, les candidats au sauvetage du monde, les philosophes redresseurs de torts appointés par de grandes compagnies qui avaient besoin de redorer leur image, le parterre bruyant des mondanités, elle avait préféré un autre *zeved habat*, une autre cérémonie de nomination, comme on dit chez nous les Berenson, on entretient ça depuis longtemps, et mon père y tenait, jusqu'au jour de sa mort, même si je détourne souvent le message. Elle avait dit cela en plissant les yeux, et la lumière des bords de la Seine se reflétait dans son regard, pour mieux le mettre à nu, pour jouer avec lui, le perdre dans ses élans et l'emmener au-dessus du fleuve, par-delà les exigences et les péniches, au-delà des cérémonies et de la faute.

La voix de Stewart le tira de ses pensées :

— Jurm est une vallée dangereuse. Si tu y tiens, tu peux compter sur le soutien de notre équipe à Fayzabad. C'est un bled perdu, tu verras, dans un très beau pays. Fawad t'accompagnera. Tu veux toujours aller là-bas ?

— Plus que jamais. Je ne la laisserai pas tomber. Je l'ai fait une fois et je m'en mords encore les doigts.

— J'irai avec toi. Sache cependant que l'ambassade y a renoncé.

— Trop dangereux ?

— Je n'en suis même pas sûr. Ils peuvent envoyer deux ou trois agents, des forces spéciales. Mais je crois qu'à Paris ils s'en foutent. La mort de Caroube a fait assez de bruit en France. Elle occulte la disparition d'Albane, qui n'est ni enlevée, ni kidnappée et ne fait l'objet d'aucune rançon. Et c'est pareil pour les ministres ici. Silence radio.

— Qu'est-ce qu'ils attendent pour bouger, qu'on ait une photo sur toutes les « unes » de journaux ?

— Je suis désolé, Jonathan, mais ils disent surtout qu'ils ont d'autres chats à fouetter, dans le Sud, avec les Américains. Des talibans à déloger. L'ennui, c'est qu'ils laissent faire leurs pires ennemis…

3

Le changeur alpagua Jonathan Saint-Éloi par la manche pour l'entraîner vers sa guérite. L'œil vitreux, il avait des ongles courts sauf à l'auriculaire, ce qui lui permettait de freiner la course des billets entre ses doigts lorsqu'il les comptait, à la vitesse d'une machine.

– Le meilleur taux, mon ami.

Le marché aux changeurs grouillait. À l'intérieur d'une vieille cour aux allures de caravansérail se côtoyaient des échoppes colorées où une kyrielle de vendeurs interpellaient le chaland. Depuis une coursive à l'étage, deux hommes en armes surveillaient le bazar de l'argent qui brassait des dizaines de millions de dollars chaque mois, convertis en afghanis, en roupies pakistanaises ou indiennes.

– Ceux-là ? fit le changeur en désignant les gardes. Des vautours ! Quand le marché a été attaqué au temps des talibans, ils ont fermé les yeux. Ils doivent toujours toucher leur commission. L'attrait du gain, mon ami !

Il roulait des yeux en égrenant la liasse de billets afghans qu'il s'apprêtait à tendre à Jonathan. Dans son échoppe aux murs verts trônait une photo du commandant Mas-

BIBLIOTHÈQUE MUNICIPALE D'ALMA

soud. Quand le chant de l'imam surgit de la mosquée voisine pour recouvrir le brouhaha du caravansérail, il déroula un petit tapis et s'inclina vers l'affiche.

La somme d'argent cachée au fond de sa ceinture à poche, Jonathan sortit de la cour des changeurs dans la rue qui longeait la rivière Kaboul. La neige coiffait toujours les sommets. Le ciel était une masse d'eau, une chape aquatique qui pesait sur sa tête, et la surface lui paraissait bien lointaine. Huit bars, dix bars, douze bars... Sa peau ressentait les frissons des grands fonds.

Fawad l'attendait au volant de la fourgonnette.

Ils se rendirent sur une petite montagne à une vingtaine de kilomètres de Kaboul, au-dessus du lac de Kargha. La fourgonnette peina à gravir les derniers mètres de la route bordée de sapins, au-delà d'une barrière de protection défendue par deux gardes aux yeux vaguement bridés, ivres de solitude. Fawad coupa le moteur devant une splendide maison entourée d'arbres fruitiers. Des murs en pierre apparentes, un toit pentu et une terrasse de bois lui donnaient des allures de chalet savoyard. Un majordome les invita à pénétrer dans un vestibule décoré de trophées de chasse, tête de lynx, peau de chamois, puis dans un immense salon avec cheminée. Une ombre se découpait devant le feu, accroupie, affairée à jeter des bûches dans l'âtre. L'homme se releva et s'avança vers Jonathan. Grand, une cinquantaine d'années, les sourcils en bataille, encore souple pour son âge, une petite barbe finement taillée en collier, il tendit sa main enroulée dans un *tazbeh*, le chapelet musulman aux perles de bois.

— Zachary McCarthy. Ravi de vous rencontrer, monsieur Saint-Éloi. Asseyez-vous.

Le majordome s'approcha et déposa des fruits sur une sorte de table basse. L'homme s'assit sur un sofa près de la cheminée face à Jonathan.

— Je préfère vous avertir : je vous reçois uniquement parce que Stewart me l'a demandé. Je ne suis plus des services, j'ai pris du recul. Hugh m'a dit que vous vouliez avoir des renseignements…

Le jour déclinait lentement sur la colline et Jonathan aperçut à travers les conifères du jardin les lueurs incendiaires du soleil sur les hautes montagnes. McCarthy raconta l'histoire de Fayzabad, de la contrée du Badakhshan, de la vallée de Jurm, de ses trafiquants.

— Des petits parrains à la petite semaine. Des petits voyous mais qui ont grandi. Prenez cent voyous qui grandissent, cela peut faire cent maquereaux, cent trafiquants, et qui sait, des députés, des ministres !

— Est-ce que j'ai des chances d'arriver rapidement à Jurm ? demanda Jonathan.

— Ah, la folle aventure ! Si je n'avais pas mon business à Kaboul, je vous aurais emmené. Pour Jurm, il faut d'abord aller à Fayzabad, ou couper par le col d'Anjoman, en haut du Panchir, qui doit commencer à déneiger. Sinon, un bon cheval et ça passe.

Il se leva, jeta une nouvelle bûche dans le feu.

— On m'a dit que vous étiez le petit-fils de Gaston Saint-Éloi, l'ancien secrétaire d'État aux colonies. Les colonies, tout est là… Ah, vous le comprendrez peut-être un jour, certaines puissances, pour ne pas dire mon pays, ont continué à agir comme autrefois. D'ailleurs, continua-t-il en se rasseyant, des gars de l'ambassade de France ont rebroussé chemin. On ne sait pas s'il s'agissait d'une attaque dirigée délibérément contre eux, mais toujours est-il qu'ils n'ont pas pu atteindre leur objectif.

— Cela veut dire que le corps de Caroube n'a pas encore été retrouvé ?

— Oui, j'en ai bien peur.

— Mais il s'agit d'un ressortissant français. Pourquoi ne pas envoyer des forces spéciales ? Il y a tout ce qu'il faut à Kandahar, d'après ce que l'on m'a dit.

— Pourquoi pas des chars, tant que vous y êtes ! Allons, réfléchissez, ce pauvre Caroube représente le cadet de nos soucis ici, de ceux de l'ambassade de France, des États-Unis, du président Karzaï. Personne ne sait au juste s'il est vraiment mort, tant que le corps n'est pas retrouvé. Quant à miss Berenson, il semble qu'elle soit en vie. Et puis, cette vallée n'a aucun intérêt pour Kaboul…

Sois calme, se dit Jonathan, tu inspires, tu hyperventiles, à deux mille mètres d'altitude la pression est différente, tu vas commencer dans deux jours à faire des globules rouges.

Le vent souffla sous la porte, les sapins s'agitèrent au fond du jardin. La vallée sous les crêtes noires était encore plus belle. La tombée de la nuit signifiait la pureté jetée sur la terre, loin des miasmes de la capitale en contrebas. Dans la bibliothèque qui jouxtait la cheminée, Jonathan remarqua un livre titré *Anadolu*. Il se souvint de ce que lui avait dit Stewart le matin même : « Tu verras, c'est un as de l'espionnage, ou plutôt un ancien, recruté lors de ses études à Istanbul où il apprenait le turc et le persan, des agents comme lui il n'y en a pas beaucoup, dommage pour eux qu'il leur ait claqué la porte au nez et préfère travailler en indépendant. »

– Vous connaissez donc la vallée de Jurm ?

– Oh, si je la connais…, répondit McCarthy. J'y suis allé trois fois, au temps où un commandant, Karimpur, voulait bien me laisser passer. Jusqu'au jour où il a été dessoudé, mais on n'a jamais su par qui, par les gens de son propre parti le Jamiat Islami, par un autre baron de l'opium ou par les Pakistanais. Son corps n'a pas été retrouvé et certains croient qu'il est toujours en vie. Allez savoir… La vallée de Jurm, j'ai pu y retourner quand un certain commandant Zia m'a invité.

– Pour affaires ?

McCarthy prit son temps pour répondre :

– J'ai été détaché auprès de la DEA, la Drug Enforcement Administration, notre sacro-sainte agence de lutte contre la drogue, des types qui savent tout, se prennent pour des ténors. Ils se font ramasser une fois sur trois car ils jouent les gros bras, quand ce ne sont pas leurs indics qui se font trouer ! Mais ça, ils s'en foutent. Vous gardez ça pour vous, bien sûr. Jurm, c'était l'occasion de côtoyer les trafiquants. J'y ai croisé aussi des gens d'une compagnie pétrolière. Ils ont fait du bon travail, de l'humanitaire, des millions de dollars dans la région. Les types de la DEA n'ont pas vraiment compris.

– Ils commençaient sans doute à vous gêner.

La réplique de Jonathan suscita un sourire cynique du maître des lieux.

– Eh bien oui, on peut dire ça, ils commençaient à nous gêner, mais c'est une longue histoire...

– ... qui remonte aux Français en Indochine.

Jonathan remarqua le trouble de l'Américain, qui devait pourtant être rodé en la matière. Leçon de la théorie du naufrage : si tu tombes sur un requin, tu le harcèles, tu lui tapes sur le nez, tu lui montres que tu existes.

– Je crois que la besogne a été rude pour les Américains dans la région.

Deuxième coup sur le nez, que Jonathan prolongea :

– Pour les Français aussi, et même tous les Européens. L'histoire de l'Opération X, je la tiens de mon grand-père, qui avait suivi ça sans pouvoir intervenir. La France a financé une partie de la guerre en Indochine par le trafic d'opium.

Ne pas trop exposer son flanc, montrer que l'on peut taper fort et qu'en recevant des coups on appartient à la même espèce, celle des promeneurs des grands fonds. Maintenant, c'était au tour de McCarthy de poursuivre. Les requins houspillés se défendent toujours bien.

– Nous avons repris votre opération lorsque vous avez été écrasés à Dien Bien Phu. Dès 1954, nous avons envoyé un officier redoutable, le colonel Lansdale. C'est le type décrit par Graham Greene dans *Un Américain bien tranquille*. Il a invité l'un des officiers de la mission française à Saigon, il lui a dit qu'il prenait les rênes de l'Opération X et il a viré le *Frenchy* de son bureau.

– Et vous avez financé à votre tour la guerre du Vietnam par la drogue...

– Ça nous a coûté cher. À la fin de la guerre, il y avait

plus d'héroïnomanes dans le contingent américain au Vietnam que sur tout le territoire des États-Unis ! Ce n'est pas moi qui le dis, c'est une étude de la Maison Blanche. On contrôlait même les labos d'héroïne. Vingt et une raffineries rien que dans le Triangle d'or, surtout en Birmanie. Rappelez-vous bien ça, cher ami : qui contrôle les routes de la drogue contrôle une partie du monde. Désormais, les luttes d'influence passent par là.

McCarthy se redressa sur le sofa.

– Jurm est une belle vallée. Il reste encore des mines là-haut. Attention surtout aux hommes. Des bandits, des trafiquants. Bref, un endroit charmant ! Vous n'irez pas loin sans une bonne protection.

– Agro Plan a deux personnes à Fayzabad.

– Elles ne pourront pas faire grand-chose en cas de grabuge ! Et puis, vous allez devoir remonter la piste. J'ai ce qu'il vous faut. Un commerçant de Qasdeh, en amont de la vallée, un certain Burhanuddine. Un fin lettré. Il a étudié au Caire l'art islamique. Un fieffé négociateur en fait, qui passe son temps à commercer pour le compte de gros marchands, du blé, de l'essence pour la vallée, des pièces détachées et d'autres marchandises.

– Je ne sais pas si c'est une bonne idée.

– C'est le meilleur allié pour la vallée.

– Même venant d'un agent de la DEA ?

Lui signifier qu'il ne peut m'envoyer au casse-pipes.

– La couverture idéale. La DEA a eu des appuis dans la région. Et j'espère qu'elle en a encore aujourd'hui. Vous allez à l'ambassade de France tout à l'heure ?

– Je n'aime pas les cocktails.

— Je crois que vous n'avez pas le choix, dit McCarthy.

Il quitta la pièce et revint quelques instants plus tard avec une bouteille contenant un liquide brunâtre.

— Du calvados, distillé dans ma baignoire. Pommes de la Kunar, méthode française, obtenue grâce aux *French doctors*.

Il servit une rasade à Jonathan puis s'enfonça dans le sofa. McCarthy semblait avoir déjà goûté au breuvage.

— Bon, le plus dur, ou le plus important pour vous, poursuivit McCarthy, c'est cette nouvelle que je viens d'apprendre : personne n'a encore retrouvé le corps de votre médecin français.

— Stewart m'a pourtant annoncé depuis Paris qu'il avait été vu, pendu au bout d'une branche.

— Avec ces lascars, tout est possible ! On peut très bien enlever un Occidental, laisser croire qu'il est mort, puis brusquement faire monter les enchères en le montrant vivant.

— C'est encourageant pour la suite du voyage.

— Pas si vous êtes protégé. Avec Burhanuddine, personne n'ira vous chercher des noises.

— Si je m'y rends, ce n'est pas pour Caroube, mais pour Albane Berenson.

— Je sais.

— La différence entre vous et moi, c'est que j'agis gratuitement, ajouta Jonathan.

Beau joueur, McCarthy releva à peine.

— Dites-moi maintenant, cher monsieur Saint-Éloi, ce qu'est venue chercher Albane Berenson en Afghanistan.

— Albane voulait voir ce pays, comprendre surtout ce

que trafiquaient certaines compagnies, s'entendit répondre Jonathan en regardant les flammes danser dans l'âtre. Tout le monde pense qu'elle a suivi Caroube. C'est faux, c'est Caroube qui l'a suivie. Lui connaissait le pays, ou plutôt le Panchir, pour avoir effectué deux missions humanitaires au temps de la guerre des moudjahidin. Il avait rencontré Massoud, il le défendait aux terrasses de Saint-Germain-des-Prés à Paris, entraînait d'autres humanitaires et des journalistes à le suivre. Puis il a effacé de sa mémoire ce beau pays, ce pays fou, où, disait-il, dansent les esprits, les *diperaniu karwan*, les caravanes de djinns.

Ne pas fourbir toutes ses armes, ne pas délivrer tous ses secrets, éviter de retomber dans la théorie du trop-généreux, celle qui l'avait entraîné maintes fois vers les mauvais fonds, dans des courants incertains.

– Des compagnies, oui, je vois, fit McCarthy.

Foutaises, pensa Jonathan. Il en connaît plus que ce qu'il dit. Ce type agit comme un agent. Peut-être rétribué comme beaucoup d'anciens reconvertis en intermédiaires, en compradores de pacotille, en diplomates de fortune.

– Albane a remonté une piste. L'agronomie l'a toujours intéressée. Son père l'avait poussée à faire médecine mais, sur le campus de Berkeley, elle a brusquement changé d'avis et s'est inscrite à la faculté d'agronomie.

– D'où lui venait cette passion ?

Il parlait au passé. Déjà, comme si les jeux étaient faits. Jonathan répondit au présent. Lui donner des biscuits pour qu'il réponde.

– Cette passion lui est venue jeune, pendant les séjours de son père en Inde. Avant d'être banquier, il était joaillier et il allait acheter les pierres de Birmanie à Calcutta. Souvent il s'absentait trois mois d'affilée mais ses enfants et sa femme l'accompagnaient l'été. Chaleur insoutenable. Albane s'est cependant intéressée à ce pays peu à peu. Elle a demandé à explorer les États de la côte, l'Orissa puis l'Andhra Pradesh. Son père l'y a emmenée. Il était déjà âgé mais il gambadait. Selon Albane, ces escapades sur le golfe du Bengale et au bord de l'océan Indien le ragaillardissaient. Albane a alors découvert la pauvreté puis le terrible drame de Bhopal.

— Bhopal, oui, la catastrophe suprême pour une compagnie. Seize mille morts à cause d'une fuite chimique ..

— Quand son père lui a montré les restes de l'usine, Albane s'est juré de tout faire pour dénoncer ce genre de folie.

— Ah, vaste tâche, ironisa McCarthy.

Et toi, les gens de ton espèce, qu'est-ce que c'est ? Des prédateurs qui se nourrissent sur le dos des autres ? Qui plaident pour la famine dans le monde ? Enfonce le clou, Jonathan, apprends-lui à vivre. Il changea de tactique au dernier moment, préférant à la théorie du naufrage commun les leçons du grand-père Gaston.

— Évidemment, ce genre de compagnie n'aurait pas d'avenir en Afghanistan.

— L'histoire montre que c'est un peu compliqué, les talibans, les mollahs radicaux, l'instabilité... Allez, je vous emmène à l'ambassade de France. On nous y attend. Une jolie légation, avec un beau jardin qui a attiré des dizaines de roquettes lors de la guerre de Kaboul.

4

Jonathan suivit McCarthy à l'ambassade de France à contrecœur. Il n'avait guère envie de croiser ceux qui avaient interrompu la mission de recherche. Encore moins le premier secrétaire et chargé d'affaires par intérim Gaëtan Demilly. À l'entrée, sous le porche, deux colosses accueillaient les invités. Jonathan remarqua deux ombres embusquées dans les arbres, sans doute des forces spéciales. Au-delà du portail s'ouvrait une large cour.

« À droite, vous verrez un bunker enterré, avait dit McCarthy dans la voiture qui dévalait la colline. Quasiment un wagon de chemin de fer. En cas de grabuge, tout le monde s'abrite là-dedans. C'est à mourir de rire. Il y a deux rangées de couchettes, l'une pour Monsieur l'ambassadeur, Madame, ses deux conseillers, dont l'un est homosexuel, et l'autre pour Demilly, qui veut la peau de l'ambassadeur, les gardes du corps, le chiffreur, etc. Tout ce beau monde embarqué dans la même galère quand ça cogne. Je paierais cher pour être là et voir l'ambiance ! Heureusement qu'ils ont du vin, et du bon. Ça aide ! »

Un troisième colosse, vieillissant celui-là, attendait les invités à l'entrée de la résidence, une pochette de soie bleue à pois rouges sur le côté gauche du veston. Ses cheveux gras tentaient en vain de cacher son front largement dégarni.

— Gaëtan Demilly, chargé d'affaires de l'ambassade de France, autant dire ambassadeur, c'est pour bientôt. L'ambassadeur en titre est en consultation à Paris, il était temps, et je le remplace. Ravi. Prenez donc une assiette et installez-vous dans le jardin.

La soirée était fraîche en ces temps printaniers. Des serveurs présentaient des plats traditionnels aux dizaines d'invités qui parcouraient le gazon et sur de longues tables aux nappes blanches s'entassaient des kebabs, du riz au curry et des petits-fours.

— Regarde, murmura Sutapa à Maryam. C'est Jonathan. Il est venu finalement. Avec cette gentille crapule de McCarthy. Je me demande ce qu'il a pu lui raconter.

Sutapa présenta Jonathan à Maryam, la secrétaire afghane d'Agro Plan, qui travaillait pour José Da Sousa, le Brésilien, « encore un indispensable bien payé qu'on ne peut virer parce qu'il sait tout ». Maryam rit de l'allusion. Elle tentait de cacher ses cheveux sous un foulard, mais la pièce de tissu était trop lâche. Jonathan voulut lui parler, mais Sutapa reprit la parole :

— McCarthy sait beaucoup de choses. Tu peux compter sur lui. Il a des amis un peu partout.

— Il les a sans doute longtemps rétribués.

— Tu ne crois pas si bien dire. Il leur a appris surtout à se faire payer. Et ses hommes continuent.

– Il n'a quand même pas les moyens d'arroser tout le pays.

– Lui non, mais il s'arrange avec les bailleurs de fonds.

Quand elle vit McCarthy s'approcher d'eux, elle adressa à Jonathan un signe de la main puis s'enfuit vers le fond du parc avec Maryam.

Sutapa Bahadur avait un flair incroyable pour distinguer les diplomates des humanitaires et les humanitaires des espions. À force de fréquenter les missions d'Agro Plan à travers le monde, à force de supplier les différents bailleurs de fonds d'alimenter les caisses de l'organisation, elle pouvait sans beaucoup se tromper repérer les honorables correspondants au sein même de ce qu'elle appelait le *charity circus*.

– Vise-moi ce charlatan, Maryam, il s'appelle Marco Alessandri. Il prétend codiriger une ONG médicale. En fait, c'est un affreux agent du SISMI, les services secrets italiens. Sa tâche : repérer les futurs nids fondamentalistes.

– Du pain sur la planche, répondit Maryam.

– Tu as raison. En fait, son véritable objectif est de se faire un peu de blé avant d'atteindre la retraite, dans deux ou trois ans. Corrompu jusqu'à la moelle. Il a été acheté par une compagnie pétrolière qui traficote dans le Nord. Et elle, regarde donc un peu !

Maryam se retourna, découvrant un peu plus ses cheveux noirs. À quelques mètres de Jonathan, elle vit une dame un peu forte, en robe longue blanche, suivie d'un homme au profil de corbeau, sec, le visage ratatiné.

– Elle, c'est Ursula Strauss, la femme du premier conseiller de l'ambassade d'Allemagne. Elle préfère de loin à son mari Marco Alessandri, qui la reçoit dans un ancien pavillon de chasse du roi Zahir Shah refait à neuf, une garçonnière de luxe. Alessandri, c'est connu, ne se prive de rien.

— Tu en sais plus que moi, dit Maryam.

— Un séjour d'un an ici m'a permis d'ouvrir les yeux. Deux mois même suffisent à tout décrypter. C'est à la fois simple et compliqué.

Une voix éraillée les fit se retourner :

— Servez-vous, servez-vous, il y en a pour tout le monde !

C'était la femme de Gaëtan Demilly, légèrement ivre, flanquée d'un garde du corps à oreillettes, le regard inquiet autant pour l'assistance que pour sa protégée.

— Je ne sais pas pourquoi ils mettent un chien de garde à ses basques, soupira Maryam, le jardin est bourré d'agents et les arbres de Jawjanis.

— Les fameux tireurs d'élite…

— Des gens du Nord, des Ouzbeks aux yeux bleus réputés pour ne jamais rater leur cible.

Maryam connaissait les Jawjanis pour les avoir fréquentés de près, lorsque son père, gouverneur de la région de Maïmana, avait eu à son service plusieurs de ces farouches chasseurs qui tuaient d'une seule balle le gibier de la steppe. Maryam était partie étudier à Montpellier, hébergée par une famille qui avait accueilli dans les années trente le futur roi Zahir Shah. Elle avait appris le français et l'amour auprès d'un jeune étudiant en médecine qui avait disparu aussi soudainement qu'il était apparu. Elle était rentrée à Kaboul sur la demande de son père. Depuis sa mort, elle avait rejoint Agro Plan et regardait, à la fois amusée et atterrée, le ballet des humanitaires, experts, conseillers en coopération, marchands d'armes reconvertis en consultants et spécialistes en arnaques diverses.

Stewart aperçut près de la grande table Jonathan Saint-Éloi en train de converser avec Gaëtan Demilly et McCarthy. Que pouvait raconter cette crapule de Demilly ? Ses frasques ? ses aventures galantes dans les montagnes du Nord, lorsqu'il emmenait la députée espagnole Francesca Montes ou la déléguée de l'ONU, envoyée spéciale de Kofi Annan sur le front de la disette mais qui passait son temps dans les hôtels ? Stewart détailla les invités :

– Là, tu vois, Sutapa, tu vois cet enfoiré de Verlaine, le chef des services français à Kaboul, et ce faux-cul de Barthélemy, qui représente les intérêts pétroliers français, on dit que ça va bouger dans le coin, les pipe-lines, le gaz de Mazar-I-Sharif, le pétrole du Turkménistan, les besoins monstrueux du Pakistan et de l'Inde. Et là-bas, près du kiosque, le nez dans les amuse-gueules, la femme du banquier Toledo, qui finance une partie de la force internationale à Kaboul. À sa droite, avec le turban noir, Hazrat Ali, seigneur de la guerre, gros trafiquant devant l'Éternel, à croire qu'il vient écouler son stock d'héro à l'ambassade de France, il a de quoi remplir, il est vrai, toute la piscine, et même la cave. Mieux vaut ne pas croiser ses hommes sur la route des trafiquants, eux tirent sans sommation. À ses côtés, l'homme au turban blanc, c'est Ahmad Agha, vice-ministre de l'Intérieur, bras droit de Karzaï et trafiquant lui aussi. L'ordure suprême, la saloperie sublimée. Proche d'une compagnie pétrolière qui investit en masse dans le Nord. N'a pas froid aux yeux, rien ne l'arrête, pas même les menaces internationales, et de toute façon que peut-on faire quand tout le pays est corrompu, que toutes les régions trafiquent, que le monde entier en redemande ? Des hyènes qui bouffent les corps, qui dévorent les leurs et les autres jusqu'à l'os et laissent un peu de poudre blanche en guise d'épitaphe, des hyènes qui pourrissent le monde, et qui nous pourrissent la vie, qui n'ont d'autre ambition que de s'enrichir en faisant croire qu'ils sauvent les autres. Tiens, regarde le vice-ministre de l'Intérieur, il est prêt à sortir sa calculette, allez, monsieur le gouverneur de Bamyan, accordez-moi une petite réduction, et vous, le gouverneur de Fayzabad, fermez donc un peu plus les yeux sur vos gardes-frontières, ils trafiquent et jettent des balles d'opium de l'autre côté du torrent Kochka, vers les falaises escarpées du Tadjikistan.

Sutapa n'aimait pas que Stewart divague ainsi, un verre de whisky à la main. Il pouvait être capable de tout, lui, le grand calme, lui qui gérait les crises au siège, les cataclysmes, les tsunamis, les tremblements de terre et les guerriers, maître ès catastrophes en tout genre. Elle n'aimait pas qu'il divague ainsi car il retrouvait ses instincts, son flair du terrain lui permettant de détecter les hyènes en apprentissage, les futurs tueurs et trafiquants, voleurs de la charité, récupérateurs de la générosité à coups de millions de dollars.

Enroulée dans sa tunique blanche et son châle en cachemire, Maryam restait coite. Stewart avait raison, elle ne connaissait que trop ces paroles, l'hypocrisie de ceux qui l'entouraient, le silence de la communauté internationale quant au scandale de l'opium et de l'héroïne. Stewart fit un signe au serveur et demanda un whisky, sans glaçons s'il vous plaît, pur, il n'y a que la pureté qui compte dans ce pays.

— Tu vois ce whisky, Maryam ? Il est officiellement interdit de vente à Kaboul. Et regarde ce que boit la crapule suprême au turban blanc : du jus d'orange concentré. Il veut montrer qu'il ne boit pas d'alcool. Et par-derrière il déverse des tonnes d'opium aux trafiquants et aux marchands, en Iran, au Pakistan, dans les zones tribales, et des kilos d'héro jusqu'à Paris, avec tous ces hommes qu'il a achetés en chemin, les douaniers de Karachi, les policiers tadjiks, les militaires russes, les commissaires de Moscou. Tout ce monde ferme les yeux et reçoit des paquets de dollars chaque mois, des dizaines de fois leur paye. Comment veux-tu qu'ils disent non ? Et pendant ce temps, notre Ahmad Agha s'empiffre, il dévore tout ce qu'il trouve, il bouffe la vie, celle des autres, et il boit du jus d'orange.

— Tu as raison, souffla Sutapa, et Maryam le sait aussi. Mais ce n'est pas ici que tu vas refaire le monde.

Stewart partit dans un éclat de rire qui fit se tourner deux ou trois convives en smoking.

— Refaire le monde ? Mais il est déjà refait, ma belle ! Ces hyènes ont déjà planté leurs drapeaux. Le narco-pouvoir a ses pouvoirs que le monde ne connaît pas. Et les banques ont leurs coffres pleins à craquer de ces putains de narco-dollars qui commencent à pousser ici même, dans les jardins des ambassades de Kaboul.

L'arrivée de José Da Sousa curieusement calma ses esprits. Stewart songea combien son homme à Kaboul représentait les intérêts de ceux qu'il décriait. Agro Plan était une belle association, avec des résultats sur le terrain, plantations de safran, de roses et d'arbres fruitiers pour convaincre les paysans de couper leurs champs de pavot. Sauf que Da Sousa cédait aux pressions des uns et des autres, gouverneurs, maires, ministres, chefs de milice. Il accompagnait les programmes là où les paysans en avaient le moins besoin, là où les propriétaires terriens étaient de grands seigneurs, proches du pouvoir, ou au cœur même du pouvoir.

— Tu comprends, Stewart, si je dis non, on est virés.

— Non, on ne sera pas virés, Da Sousa, tu dois juste rééquilibrer, donner d'un côté et de l'autre.

— Pas le choix, mon pauvre Stewart, si tu savais la pression qu'on a.

À présent, Da Sousa s'entretenait avec l'ambassadeur, McCarthy et Jonathan Saint-Éloi. Que pouvaient-ils se raconter ? La pauvreté en Asie centrale ? La grande arnaque à laquelle tout le monde se consacrait, aide internationale contre trafic de drogue ? Stewart remarqua que Jonathan serrait les poings. Peut-être discutaient-ils du sort d'Albane Berenson, soupira-t-il. Et dire que personne n'avait été foutu de retrouver le corps de Caroube, si toutefois il avait bien été tué.

— Vous savez, dit doctement le chargé d'affaires de l'ambassade de France à Jonathan Saint-Éloi, des disparitions, on en compte quelques-unes dans le secteur. Et pour ce Dr Caroube, nous ne sommes même pas sûrs qu'il soit mort.

— Pourquoi alors toutes ces rumeurs ? Pourquoi ne pas envoyer à nouveau une équipe sur le terrain ?

— C'est du ressort de l'armée, qui a fort à faire ailleurs, répondit Gaëtan Demilly.

— Et vos gardes ici, vos troupes de protection ?

— Ils ont essayé, mais ils sont revenus bredouilles.

— Dites plutôt qu'on les a empêchés de pénétrer dans la vallée de Jurm.

— En quelque sorte. De toute façon, nous avons nos enquêteurs. Laissons-les travailler. Ils savent faire. Et c'est du top secret.

— Si je comprends bien, je n'obtiendrai rien de vous.

La bouche arrondie, Gaëtan Demilly leva les yeux au-dessus de Jonathan et contempla la ligne des arbres se découpant sur le ciel noir.

— Vous savez, vous êtes encore jeune et, malgré votre ascendance, ce Gaston Saint-Éloi qui est votre grand-père, si j'en crois nos renseignements, vous avez encore beaucoup à apprendre. C'est comme dans la diplomatie. Au premier poste, le premier mois, on trouve beaucoup d'affaires révoltantes. Puis on s'assagit. On découvre peu à peu ce qui se cache sous la surface des choses.

Jonathan écoutait sans ciller le diplomate livrer sa conception de la *Realpolitik*. Ce cynisme le dégoûtait, surtout à Kaboul.

— Donc je vous déconseille fortement, poursuivit Gaëtan Demilly, de monter vers la vallée de Jurm.

— Et Albane ? Vous croyez peut-être que je vais la laisser là où elle est ?

— Oh, ne vous énervez pas. Plusieurs humanitaires ont retrouvé leur chemin après quelques embûches. L'Afgha-

nistan est à peine plus grand que la France, mais le problème c'est la lenteur de ses pistes. Apprenez à vivre comme
les Afghans, laissez faire le temps.

Un conseiller de l'ambassade glissa un mot à l'oreille de
Gaëtan Demilly et celui-ci tourna les talons, verre de soda
à la main, la pochette de soie légèrement de travers.

La voix de Firouz s'éleva subitement au-dessus de la foule
des invités et le silence s'imposa. Le vieux chanteur afghan,
que les services de l'ambassade étaient allés chercher au
nord de Kaboul dans une maison délabrée, se tenait assis
en tailleur sur une petite estrade en bois recouverte de tapis
spécialement dressée pour l'occasion. Des joueurs de luth
et de percussions l'accompagnaient, tandis que deux agents
de sécurité occupaient le fond du parc.

Sutapa observait Jonathan Saint-Éloi. Il s'était accroupi
près d'un arbre et écoutait la musique monter lentement
vers le ciel. Il semblait captivé par le rythme, la délicatesse
de la voix, qui transformait les versets afghans en poésie,
même pour ceux qui n'en comprenaient pas les mots.
Sutapa songea à Albane, au formidable élan qu'elle avait
donné à Agro Plan, et à ce satané José Da Sousa qui
profitait sans vergogne de tous les avantages de son poste :
chauffeur, gardiens, cuisinier, hommes de ménage, résidence secondaire dans la vallée du Panchir, en fait une
annexe de la mission, voitures tout-terrain, billets d'avion
pour Paris et Rio deux fois par an. En revanche, Sutapa
éprouvait une certaine tendresse pour Jonathan, ce mulâtre
ancien plongeur sous-marin qui semblait revenu de tout. Il

avait les yeux tristes et elle se demandait si c'était seulement
à cause de la disparition d'Albane Berenson. Maryam en
saurait peut-être davantage.

Sutapa prit par le bras la secrétaire d'Agro Plan et
l'entraîna près du mur de la résidence, là où jadis s'était
réfugié l'ancien président communiste Najibullah avant de
finir pendu à une guérite de police, le visage tuméfié, le
corps roué de coups par les talibans.

— Dis-moi, toi qui es la confidente d'Albane, que pen-
ses-tu de Jonathan Saint-Éloi ?

— Je crois qu'il ne s'est jamais remis de l'avoir laissée
partir. Il s'en veut, il s'en mord les doigts. Albane n'est pas
quelqu'un de facile. C'est peut-être pour cela que je suis
si attachée à elle. Elle a une sensibilité à fleur de peau et
elle le montre, elle le dit, ce qui la sauve sans doute. Elle
sait qu'elle a un don pour voir au fond des gens, ceux
qu'elle connaît comme ceux qu'elle ne connaît pas. Elle
sait tout de suite à qui elle a affaire.

— Je ne peux m'empêcher d'être inquiète. Jonathan l'est
aussi. Cela m'effraie qu'il veuille se rendre dans la vallée
de Jurm.

— Laisse-le faire. Il saura mieux se débrouiller que tous
ces fonctionnaires qui se contentent d'attendre leur salaire
et se moquent bien de l'Afghanistan. Il a plus de chances
de passer inaperçu que n'importe lequel d'entre eux. Surtout s'il est seul !

— Seul ? Mais c'est encore plus dangereux pour lui.

— Pas sûr. Sauf si Hugh tient vraiment à l'accompagner
pour le soutenir. En tenue locale, s'il se laisse pousser la
barbe, il peut lui aussi être discret.

Au fond du parc, près du mur d'enceinte, deux biches bercées par la musique du chanteur Firouz jouaient dans un enclos. En s'approchant, Sutapa s'aperçut que l'une d'elles avait les yeux effrayés. Son propre regard sembla s'y refléter.

5

La voiture de Zachary McCarthy négocia lentement le virage de la route qui montait à sa résidence, au-dessus du lac de Kargha et des petites guérites où l'on servait des kebabs, les meilleurs de la province selon Maryam. Les phares éclairaient les bas-côtés et des taches verdoyantes se détachaient sous les arbres, offrandes du ciel à la terre parfois ingrate de ces montagnes.

— Bénie soit la pluie, dit Jalil, le chauffeur-garde du corps.

À l'arrière, McCarthy avait hâte de rentrer. Il détestait les cocktails où les invités se montraient de la pointe du menton et où les rumeurs sur la communauté européenne de Kaboul allaient bon train. Les images se bousculaient devant lui lorsqu'il franchit le portail de sa maison.

Il alluma lui-même le feu, repoussant d'un geste le majordome qui déposa son paquet de bûchettes près de l'âtre.

— Cet imbécile va se faire brûler les ailes, se dit-il à voix haute. S'il ne tient pas sa langue, il va devenir une cible dans la vallée de Jurm. Il a beau passer pour un Pachtoun avec sa peau légèrement teintée, il n'ira pas loin. Les gardes là-haut n'attendent que ça.

Il regarda les dernières nouvelles sur la chaîne nationale afghane ART, qui émettait depuis une colline de Kaboul. Maryam lui manquait mais elle ne pouvait sortir ce soir d'Agro Plan. Tout le staff est là, Zachary, tu comprends ? Bien sûr que je comprends, et je peux même te donner des fiches sur chacun d'entre eux ou presque, avait-il répliqué. Elle le rejoignait de temps à autre, en toute discrétion, quand Jalil venait la chercher à l'arrière de l'hôpital Indira Gandhi où opérait son père depuis son retour du Canada. McCarthy envoyait toujours la vieille Volskwagen Passat blanche, afin de ne pas attirer les soupçons. Parfois, Jalil ramenait une bouteille de whisky de Chicken Street, qu'il prononçait *Chekineuh Stet*, au grand plaisir de son patron.

Zachary McCarthy se servit une rasade, étendit les jambes près de l'âtre et demanda à Jalil d'en faire autant. Ils buvaient tous les deux raisonnablement, un bon whisky, Jalil, il n'y a que ça pour se remettre les idées d'aplomb. Jalil imita son patron et ami, son vieux compagnon de route rencontré dans les maquis de Khost, au-delà des zones tribales, lors du djihad contre les Soviétiques.

— Arrête de dire *Chekineuh Stet*. Tu veux peut-être que je parle de *djihadeuh* ?

Et il se servit une seconde rasade. Des années plus tôt, McCarthy l'avait suivi pendant un mois durant le djihad contre les troupes de l'Armée rouge, lors d'une offensive en plein ramadan devant la garnison de Khost. Jeune commandant, Jalil bondissait sur les pistes, ordonnait la pose de mines, plaçait les mortiers sur trois collines différentes.

Ses hommes maniaient à la perfection les missiles Stinger convoyés depuis le Pakistan par McCarthy, qui parlait couramment le persan. Jamais de tir pour rien, contrairement aux hommes d'Hekmatyar, chef de guerre et trafiquant d'héroïne, qui s'entraînaient sur des avions trop lointains. Jalil avait réussi l'attaque de la garnison et ses hommes avaient essuyé peu de pertes. Cette victoire lui avait valu les honneurs de l'une des barbes grises de la résistance, l'un des sept dirigeants : Younous Khalès avait approché son turban blanc pour lui donner l'accolade. À la chute de Kaboul, bien longtemps après, le Kaboul des talibans, Jalil avait décliné le poste de chef de la police de la capitale :

« Trop d'argent, trop de corruption, tu verras, Zachary, ce pays va basculer dans le fric, dans le djihad des dollars et dans la came.

– La came, on y est déjà depuis longtemps. »

Zachary McCarthy avait autrefois encouragé les trafiquants à venir s'installer à la frontière pendant le *djihadeuh*. Le pavot, peu cultivé avant la guerre, avait brusquement recouvert les vallées perdues lorsque les Soviétiques avaient envahi l'Afghanistan, en 1979. Un chimiste allemand s'était retrouvé de l'autre côté de la frontière pour former lui-même des apprentis. Il savait que des camions avaient déchargé des bouteilles d'anhydride acétique, un produit indispensable pour transformer l'opium en héroïne. « Deux ans d'études de chimie, un labo grand comme une cuisine, quelques gardes du corps, et les moudjahidin vont se faire une fortune », disait alors McCarthy. Deux cents laboratoires avaient fleuri à la frontière, non loin de la passe de Khyber. Les camions de l'armée pakistanaise apportaient les sacs d'héroïne cachés dans des chargements de grains. Les quinze hommes de l'agence anti-drogue américaine basés à l'ambassade des États-Unis à Islamabad dénonçaient régulièrement l'implication des services secrets pakistanais dans le trafic, mais la Maison Blanche fermait les yeux. « Beaucoup d'argent en jeu, beaucoup d'intérêt pour nous », répétait-on à Washington.

Commander Jalil avait manifesté sa désapprobation :

« Vous, les Occidentaux, vous vous êtes appuyés pour le trafic sur le mollah Nassim Akhunzada, "le roi de l'héroïne". Cette ordure contrôlait tous les fiefs pachtouns aux alentours de Kandahar. Chaque paysan, chaque chef de clan avait son quota d'opium à produire. Celui qui ne voulait pas obtempérer était exécuté, et même castré ! À la fin du djihad, les commandants ne se battaient plus contre les Soviétiques, mais entre eux, pour contrôler la route du trafic.

— Je sais, Jalil, je sais, mais tu vois, après, on a gagné la guerre. Et le roi de l'héroïne a été tué.

— Par son rival, Hekmatyar...

— Nous n'avons pas le choix, Jalil. Les jeux sont déjà faits. L'opium et l'héroïne, c'est le pouvoir, que ce soit au Laos, en Birmanie, en Afghanistan ou au Pakistan. »

Jalil avait soupiré. Le pire, c'était que l'Américain n'avait pas tort. Cette putain de poudre allait permettre de gagner la guerre.

« Et bientôt, il y aura tellement d'opium que les Chouravis eux-mêmes vont se shooter. Pense à ça, commandant Jalil, pense à ces salopards de commandos *spetsnaz* qui ont massacré ta famille dans le Paktia, pense à ces gamins qui ont sauté sur des mines, pense à ton neveu unijambiste. L'héroïne, cela sera la plus belle des revanches. »

Commander Jalil avait baissé les yeux.

« Tu as raison, c'est une bonne arme contre les Chouravis. Mais cette arme peut se retourner un jour contre nous. L'ennui avec vous, les *kafirs* de l'Ouest, c'est que vous avez la vue trop courte. »

6

— Jonathan, nous devrions retarder le voyage dans la vallée de Jurm. Les infos ne sont pas bonnes.

Hugh Stewart se jeta sur le canapé de la maison d'Agro Plan, déplia une carte d'état-major et désigna la vallée, les alentours, les montagnes hautes de cinq mille mètres.

— Ça barde dans la descente d'Anjoman, de l'autre côté du col, Jonathan. Impossible de passer.

— Je ne peux pas laisser Albane dans cette merde ! Raison de plus pour y aller. Elle doit être encore plus en danger.

— De toute façon, on ne pourra rien faire. En attendant de pouvoir partir, montons aux lacs de Band-i-Amir. Tu as besoin de te reposer. S'il y a du nouveau, on me préviendra par radio via la mission de Bamyan.

En entendant le nom de la bourgade mythique de Bamyan, Jonathan se rappela qu'Albane rêvait de l'emmener sous la falaise aux anciens bouddhas, là où les talibans avaient détruit les immenses statues. « Tu verras, Jonathan, les bouddhas ne sont pas morts, ils respirent encore, ils sont là, inscrits dans la mémoire de la pierre, ils donneront toujours leur sagesse à la vallée et aux hommes du monde. »

Et puis il y avait eu Caroube, et sans doute ce charlatan s'était-il invité dans la vallée aux bouddhas disparus, sans doute lui avait-il fait l'amour, dans la maison d'Agro Plan ou dans une auberge infâme à deux afghanis, radin comme il était. Eh bien, Jonathan verrait sans Albane les sarcophages béants, les niches vides, la vallée bénie des dieux où l'ocre des falaises se marie au bleu de la chaîne du Koh-i-Baba, la montagne du Vieux.

Hébété, il s'assit lui aussi dans le canapé défoncé, face à Hugh Stewart, et acquiesça. Oui, nous irons au lac de Band-i-Amir et nous irons sourire aux bouddhas disparus, nous saluerons la mémoire des morts qui ne sont pas morts, et je penserai à l'amour qui perdure sous son cercueil de pierres, sous son suaire de trahisons, sous son linceul de saloperies de merde, de petits Caroube de mes deux qui en profitent dès que j'ai le dos tourné.

Ils partirent le lendemain de bonne heure, avant le lever du soleil. Fawad prit la route de la plaine de Chamali, à cette heure vide de ses camions. Ils dépassèrent les premières montagnes, puis un col. La plaine se découvrit au petit jour, sèche, sans cultures ou si peu. Des carcasses de tanks bornaient la route, des postes de contrôle étaient installés dans des conteneurs, de vrais fours pendant l'été, pensa Jonathan. À ses côtés, Hugh Stewart somnolait. À l'arrière du véhicule tout-terrain, Fawad avait entreposé des caisses de semis et d'engrais organiques pour la mission de Bamyan.

Aux abords de Charikar, sous d'immenses montagnes

qui jadis avaient servi aux talibans pour bombarder en aval les positions de Massoud, Fawad s'arrêta pour la prière et se lava le visage. Sous des lumières vertes, ils prirent un thé dans un restaurant décoré d'affiches de chalets suisses et de lacs alpestres. Hugh Stewart ne disait mot. Jonathan savait qu'il rentrait dans son fief, le domaine de la montagne, du recueillement, du silence, pour préserver les bonheurs de la contemplation.

Le regard tourné vers les sommets, Hugh guettait l'embranchement pour monter au col de Ghorband, par les gorges où il avait séjourné maintes fois avec les hommes de Massoud, cantonnés dans des maisonnées de pierre cachées dans les flancs de ce vallon où les versants sont si proches qu'ils semblent parfois se frotter l'un à l'autre. La voiture quitta le bitume et attaqua la montée de terre, soulevant derrière elle un nuage de poussière. Hugh et Jonathan durent s'accrocher aux poignées de porte pour ne pas être déséquilibrés par les hoquètements du véhicule. Ils passèrent un barrage à l'entrée du vallon et Hugh Stewart reconnut l'un des adjoints du commandant Ali, Salangui, un moudjahid qui avait passé sa vie aux avant-postes de la barbarie taliban, adolescent devenu trop vite adulte, grandi par la guerre et les communiqués de la BBC en persan sur la petite radio du chef. Il parlait anglais avec un accent du Texas pour avoir séjourné longuement avec deux journalistes de Dallas dans les maquis du Nouristan.

Hugh descendit et embrassa le jeune guerrier Salangui. Rassemblés aussitôt pour fêter l'événement, ses hommes s'assirent sur une roche, mosquée à ciel ouvert qui dominait la piste. Le vent des sommets apportait une certaine fraîcheur à la vallée.

— On se connaît depuis si longtemps…

— Dix ans, beaucoup et pas beaucoup, répondit Salangui.

— Suffisamment pour changer définitivement ton pays.

— Nous l'avons repris aux talibans.

— Mais à quel prix !

— D'autres que nous ont fixé ce prix. Nous nous battrons encore, Hugh, car le pays n'est pas libre. Trop de gens tentent de tirer les ficelles.

La moustache dans son verre de thé, Hugh Stewart se tourna vers Jonathan. Salangui évoquait l'opium, les grandes manœuvres des trafiquants et d'obscurs intermédiaires, peut-être ceux d'une compagnie pétrolière, qui auraient prospecté le nord de Kaboul et arrosé maints chefs de guerre pendant le conflit contre les talibans afin qu'ils laissent gagner les partisans de la charia.

Salangui se leva et invita les deux visiteurs à explorer le vallon à pied puis à gravir le sentier des moudjahidin qui partait sur le flanc gauche du torrent, vers des boyaux difficilement accessibles. Parvenu au sommet de la crête, le commandant montra la vallée de Ghorband et en amont les coudes que formait le torrent.

— Tu vois, Hugh, les talibans étaient là, au deuxième virage. Et nous, on leur tirait dessus depuis ces deux casemates, là-haut. Ils se prenaient des obus tous les jours et nous aussi. Il y a eu des *shahids*, des martyrs, des gars de chez nous qui ont sauté sur des mines, d'autres ont enlevé une position en pleine nuit, d'autres encore ont pris à revers la ligne ennemie. On a tenu quatre ans et demi, tu te rends compte, quatre ans et demi ? Ici, cela représente une éternité.

Assis à l'écart sur un rocher, Jonathan aperçut un bout de la plaine de Charikar, entre les versants de la vallée en aval et les montagnes du Panchir. Le ciel baignait la vallée d'une lumière crue. Les crêtes se penchaient vers les versants, fantômes en robe sombre, les bras déployés. Salangui demanda à Stewart qui était l'étranger qui l'accompagnait.

— Son ex-compagne a disparu dans la vallée de Jurm, souffla Hugh. Le médecin français qu'elle accompagnait a été assassiné. Impossible pour le moment d'y aller, il y a trop de dangers.

Salangui eut du mal à garder son calme. Il porta la main sur son ceinturon d'où pendait un vieux revolver.

— Les moudjahidin qui tiennent la vallée de Jurm sont des fumiers ! Des profiteurs. Massoud les a toujours laissés faire car ils gardaient une mine de lapis-lazuli, qui a financé en partie notre guerre sainte. Tous étaient des bandits, prêts même à se rallier aux talibans s'ils étaient parvenus aux abords de la vallée. Si tu vas dans le coin, fais attention. Je n'aimerais pas envoyer mes hommes te chercher là-bas.

Salangui donna le signal du départ, emmena ses hôtes vers un boyau creusé dans le roc aux abords de la crête, un corridor minéral au relief dentelé, et désigna à Hugh Stewart et Jonathan les hauteurs du Panchir, en face, de l'autre côté de la plaine de Charikar, des montagnes rouges, noires et violettes aussi tourmentées qu'un décor de fin du monde.

— Là-haut, le commandant Massoud envoyait des chèvres pour déminer les sentiers et les sommets. Quand l'une d'elles sautait, c'était une vie sauvée. Cela nous a coûté très cher en troupeaux ! Mais au moins le soir on mangeait de la viande...

Il se mit à rire et son rire gagna la petite troupe de gardes qui pourtant ne comprenaient pas l'anglais. Ils redescendirent à un rythme rapide en sautant dans les gravillons. Une petite maison était cachée sous un rocher, dans un saillant de la montagne, aux abords d'un minuscule torrent qui alimentait une petite turbine, suffisante pour fournir de l'électricité aux deux ou trois demeures alentour. C'était sa demeure, son *markaz*, depuis lequel il avait résisté pendant toutes les années du djihad. Il offrit du thé à Hugh et Jonathan, écouta solennellement un nouveau bulletin de la BBC en persan, puis chercha à rassurer ses hôtes :

– Si vous partez à Jurm, évitez le commandant Bismillah. L'homme est dangereux, il ne connaît que le langage des fusils. Mais il ne risquera rien s'il a en face de lui des hommes protégés. Passez par Aziz Khan, son frère, c'est un type bien, trafiquant, certes, comme tous les autres, mais il ne vous trahira pas.

– Nous avons aussi la protection de Burhanuddine, l'ami de McCarthy. Il se trouve dans une vallée voisine, à Qasdeh, et il se rend souvent dans le Panchir. McCarthy nous a assurés qu'il nous tirera de tout mauvais pas.

À ces mots, Salangui brisa la baguette de bois qu'il tenait dans la main.

– Ce fils de pute... Burhanuddine a volé la terre entière !

Les combattants présents dans la maisonnée approuvèrent d'un hochement de tête.

– Bon, si Burhanuddine vous est recommandé par un ami, c'est que celui-ci en répond, s'amadoua Salangui. Une dette les lie sans doute. Restez quand même sur vos gardes. La vallée est bourrée de crapules.

Il se leva pour prendre congé de ses invités, prétextant une marche à mener en montagne, en direction du col de Salang, au-delà de la barre rocheuse et des précipices, afin d'inspecter les zones en cours de déminage.

En redescendant le sentier escarpé vers la voiture, Jonathan se dit que les querelles de chefs afghans étaient loin d'être terminées. Hugh embrassa deux combattants qu'il connaissait de longue date et la voiture reprit sa pénible ascension vers le col de Shebar.

Le vallon était bordé de pierres peintes en blanc, afin de signaler les endroits déminés, et en rouge, pour les zones dangereuses. Ils dépassèrent un conteneur bourré de gros cailloux et percé de toutes parts, autrefois l'avant-poste des hommes de Salangui face aux positions talibans en amont. La falaise grise et beige portait les stigmates des combats, avec des impacts dans la veine minérale et des cratères d'obus. Des moudjahidin, gardiens d'une mitrailleuse lourde, les regardèrent avec suspicion, talkie-walkie en main. Ils parvinrent au col après un long cheminement, puis aux abords de la vallée de Bamyan, après deux autres heures de route entrecoupées de haltes dans les *tchaïkhanas*. Hugh commentait de temps à autre les paysages qu'il redécouvrait, et Jonathan se contentait de l'écouter en silence. Il appréhendait l'arrivée au bourg de Bamyan, il redoutait de ne pouvoir refouler son émotion en voyant sans Albane les niches aux grands bouddhas. Cette escapade dans la haute vallée était sans doute inutile. Il ferma les yeux et se souvint des paroles d'Albane : « Il ne sert à rien de remuer le passé, Jonathan, tout doit être vécu dans le temps présent, rien ne doit nous rattacher aux heures enfuies. »

Lorsqu'il rouvrit les yeux, la voiture s'engageait dans une allée bordée de peupliers. Un garde surgit d'une maison, ouvrit un grand portail de fer et invita le chauffeur à se garer à gauche d'une vaste demeure crépie de blanc, au-delà d'un jardin au gazon étrangement verdoyant à cette altitude, plus de deux mille cinq cents mètres.

Le responsable d'Agro Plan à Bamyan, Gholam, les accueillit. Âgé d'une trentaine d'années, membre de l'ethnie hazara, les yeux bridés, les pommettes saillantes sous un calot rouge et jaune, il était vêtu d'un gilet de soie et portait des chaussures soigneusement cirées, des Gucci, précisa Stewart. Quand il s'extirpa du véhicule, Jonathan vit la maison nichée entre les deux bouddhas détruits. La nuit tombait et les sarcophages vides semblaient encore peuplés des immenses sculptures.

7

— Le chemin passe par là, dans cette faille. Nous allons
devoir tirer les chevaux. Je passerai le premier.

Aziz Khan mit pied à terre devant une falaise noire, à
gauche de la vallée. Un torrent débordait sur le sentier et
noyait les traces. Sous des cieux d'un bleu très pur, des
crêtes déployaient leur relief chaviré, fantômes de roches
aux couleurs changeantes. Albane Berenson se retourna.
Nul poursuivant. Elle haletait davantage que les chevaux
et tenta de se calmer. Ses bras étaient balafrés par les ronces
de la vallée de Jurm. Elle voulut se rapprocher de la troisième monture mais se retint. Le cadavre de Caroube commençait à sentir la pourriture.

Elle se forçait à ne plus pleurer, la main sur la croupe
du cheval-corbillard recouvert d'une couverture rouge et
doré en guise de catafalque. Caroube n'était plus qu'une
chair en décomposition, une forme allongée dans un cercueil sommaire attaché à une monture par des cordes et
des sangles. Parfois, le vent de Jurm portait l'odeur fétide
de la mort. Les défunts ont le dernier mot, se dit Albane.
Les pestilences sont une défense pour masquer l'envolée

des âmes. Où est donc celle de Caroube ? Les cheveux à peine cachés par un foulard, le visage sale, les bras abîmés, Albane fixa les sommets, falaises déchiquetées, neiges éternelles, à six mille mètres, hauteurs effrayantes qui ramenaient l'être humain à sa plus modeste condition. Des grottes sombres s'ouvraient en amont dans la montagne. D'immenses blocs de pierre surmontaient la route. À gauche, un boyau s'insérait dans la paroi. Les poursuivants, s'ils rataient l'entrée de la faille, les retrouveraient avec difficulté.

Aziz Khan donna une claque au cheval qui portait le mort avant de s'engager dans l'étroit corridor. Il serra son fusil pour ne pas abîmer la crosse sur les rochers. De temps à autre, les montures dérapaient et l'Afghan les poussait.

Après deux heures de marche pendant lesquelles Albane s'était dit maintes fois que le voyage finirait là, dans une veine minérale sans issue, ils débouchèrent sur un haut plateau de moraines en pente bordé de remparts naturels. Elle eut envie d'admirer la beauté sauvage du paysage, mais son cri d'admiration se mua en soupir quand elle entendit le hennissement du cheval de Caroube. Elle avait l'impression de l'avoir déjà enterré. Il devait mourir ainsi, victime de son arrogance, dans un pays qui ne tolérait aucun faux pas. Elle ne savait pas si elle l'avait jamais aimé, tant ses coups de colère, ses tourments, le rendaient difficile. Il l'avait entraînée ici, dans la vallée de Jurm, davantage par vanité que par passion pour elle.

« Tu verras, Albane, un jour on m'appellera le sauveur, ils comprendront mon sens du sacrifice. Cela te fait rigoler ! Il y a pourtant des bâtards qui n'attendent qu'une chose, c'est que j'abandonne mon idéal, mais je ne suis pas un illuminé, Albane, beaucoup sont comme moi et éprouvent ce besoin d'aimer l'humanité. Tu crois que je m'aime moi-même, d'abord ? Tu n'y comprends rien. Crois-moi, ce monde est foutu si on n'y met pas un peu de soi-même, et soigner l'autre, c'est certainement penser à soi, mais c'est aussi faire son devoir d'homme. »

Elle ne croit pas Caroube, elle ne le croit plus, et le futur sauveur se perd dans ses pensées, le soir dans les *tchaïkhanas*, à moitié enseveli dans un duvet, son futur suaire. La barbe mange son visage, ses yeux noirs lui donnent un air d'Afghan de Kandahar. À l'entrée de la vallée, on l'a traité comme tel, lui, le *dâktar* venu de France, enturbanné, vêtu à l'afghane, le *patou* de laine jeté nonchalamment sur la tunique. Il mange avec les mains, se lave dans le ruisseau, prend le thé à l'aube. Elle lui dit que bientôt il se convertira à l'islam mais lui ne rit pas.

— Ne t'inquiète pas pour moi, dit-il, il faut être prêt à tout pour comprendre ce pays.

Caroube et Albane voyagent longtemps à pied, à cheval, dans une voiture brinquebalante, à pied à nouveau, jusqu'au repère de feu le commandant Karimpur, trafiquant descendu par un autre trafiquant. Son successeur, Zahir Daoud, devenu gouverneur de la région, s'incline devant eux, la main sur le cœur, l'autre près de la poche de sa tunique, qui présente un renflement, des billets ou un revolver, peu importe, se dit Albane, c'est un peu la même chose par ici. Pendant deux jours, elle et le *dâktar* demeurent chez Zahir Daoud, dans une vaste maison cernée de murailles, envahie par des visiteurs, des notables de Fayzabad, des producteurs d'opium, des intermédiaires venus du Pakistan, des marchands d'armes. Zahir Daoud ne cherche même pas à cacher ses activités. Elles sont naturelles, autant que sa fonction de chef tribal. Les paysans vendent de l'opium aux intermédiaires et lui prélève sa quote-part, dix pour cent réservés à son parti sur ce qui sort de la terre, plus dix pour cent pour lui sur ce qui est vendu, précise Aziz Khan, qui déteste le gouverneur.

– Ce fils de chien finira avec une balle dans la tête, comme son prédécesseur, maugrée-t-il entre ses dents. Ce fumier s'enrichit sur le dos des commandants, il fait croire qu'il s'est lancé dans le djihad, mais il n'a fait que deux fois le coup de feu, depuis des grottes bien protégées. Dès qu'il a pu descendre dans la vallée, il a liquidé Karimpur et s'est mis lui-même à planter.

Le *dâktar* Caroube secoue la tête. Que ces moudjahidin trafiquent lui semble normal.

Tout dépend des débouchés, Albane. Pas de marché, pas de trafic. On devrait se demander si ce n'est pas d'abord de notre faute, à nous les Blancs consommateurs de came, à nous les dopés de la terre. Si tu savais ce que je prescris comme antidépresseurs et calmants, autant de drogues à leur échelle. Ce n'est pas hypocrite, ça ?

Albane monte alors sur ses grands chevaux, le traite d'irresponsable, l'accuse de justifier le commerce de la poudre blanche. Pendant deux heures, dans la chambre de la *tchaïkhana* de Darreh-Zu, ils se lancent des arguments, haussent le ton, mais chacun reste sur ses positions. Puis

Albane sort, la tête recouverte d'un foulard, maudissant ce fou de Caroube qui l'a emmenée jusqu'aux sources de l'opium et de l'héroïne, lui le médecin-bienfaiteur, le sauveur du monde. Devant la *tchaïkhana*, dans un champ de pavot où les planteurs s'évertuent à récolter l'opium d'un geste sec à l'aide d'un manchon de bois doté de lames de rasoir, une caravane de chameaux patiente. Les paysans négocient la pâte brune aux commerçants venus de la vallée voisine, dont les camions repartent vers le Pakistan.

– Putain ! s'écrie Albane le soir même sur le tapis turkmène qui servait de nappe. C'est ce monde-là que tu es venu soigner ? Ces pourritures qui se font du fric sur le dos des junkies ? Ils ont besoin, c'est sûr, des dollars de l'Occident, ils ont besoin de tes médicaments, ils ont besoin de ta bonne conscience !

Caroube ajuste son *patou* et se gratte la tête, un tic depuis qu'il porte le turban.

– Calme-toi, Albane, cela ne sert à rien. Que je sois là ou pas, cela revient au même.

– Justement ! Eux peuvent très bien se passer de toi. Mais toi tu ne peux pas te passer d'eux. C'est tout le problème.

Caroube se lève, énervé, donne un coup de pied dans la porte.

– Et toi, tu peux sans doute te passer de venir ici ?

Elle ne sait que répondre, se renfrogne, remue le sucre au fond de son thé et sort par l'autre porte, dans une gigantesque cour construite autour d'un puits à la margelle de pierre. Quel enfoiré ! Mais pour qui se prend-il ? Il veut jouer aux moudjs, il se voit en commandant, c'est tout ce qu'il souhaite.

Ils dorment séparés cette nuit-là. Caroube a un sommeil agité. Il a dû se bourrer de hasch, cet abruti. Je n'aimerais pas être à la place de celui qui viendra le consulter demain matin. Puis elle prend peur, se lève bien avant l'aube, marche autour de la *tchaïkhana*, sans s'éloigner en raison des périls et des trafiquants. Elle n'a qu'une envie, fuir cette casemate, fuir cette vallée odieuse, bourrée d'hypocrites, de combinards, d'agents de tous poils à la solde du frère du Président afghan, des truands approchés par les Américains et les Saoudiens. Misère, murmure-t-elle en s'asseyant sur un rocher, le torse enveloppé dans son châle de laine. Au-dessus d'elle, les étoiles scintillent et les versants de la montagne forment un cadre noir au spectacle céleste. Elle sursaute. Caroube s'est approché sans bruit. Il la prend par la main, fermement, lui intimant l'ordre de revenir dans la *tchaïkhana*, et elle se laisse conduire jusque dans la chambre où il lui fait l'amour jusqu'au petit matin.

À présent, Caroube était mort. Elle avait pleuré la première nuit et tout le jour suivant. Puis Aziz Khan avait ouvert la route pour mener le corps sur les hauteurs. Les embûches en chemin, les hommes de Karimpur lancés à leurs trousses lui avaient permis de compenser. Au fond, Caroube avait souhaité finir sa vie ici. L'enterrer là-haut serait le dernier cadeau qu'elle lui offrirait.

Elle avait écrit une lettre pour Hugh Stewart que le frère d'Aziz Khan pourrait convoyer jusqu'à Kaboul, si les hommes de Karimpur le laissaient passer. Depuis la mort du trafiquant, sans doute tué par les hommes du gouverneur

Zahir Daoud, le commandant Aziz Khan n'était plus en odeur de sainteté. Il avait dû se cacher, fuir la vallée, puis se réfugier chez son frère au-delà de Jurm, sur la piste du col d'Anjoman.

Devant un immense rocher, Aziz Khan s'arrêta et alluma un feu avec quelques morceaux de bois sec. Puis il creusa dans la moraine un trou à l'aide d'une pelle-bêche. Albane l'aida à dégager les pierres. Elle n'osait plus regarder les sommets déchiquetés qui l'oppressaient, ni le cadavre encore ficelé au cheval, ni les rapaces qui tournoyaient au-dessus d'eux, dans l'attente de goûter au corps sans vie. Elle n'était plus qu'un geste, un mouvement vers la terre pierreuse, vers la tombe, vers la fin et le recommencement.

Une heure plus tard, le soleil à la verticale du vallon, Albane et Aziz Khan déposèrent le corps au fond du trou et le recouvrirent de pierres pour toute sépulture.

Quand le feu s'éteignit, elle prit les morceaux de bois à moitié calcinés et écrivit sur la grosse roche une inscription en immenses lettres noires : « Caroube dans la pierre tu vis encore. »

Aziz Khan s'était éloigné, il croyait qu'elle pleurait, mais pas une larme ne coulait sur ses joues.

Elle se contenta de gravir le versant ouest et, jusqu'au coucher du soleil, contempla la petite vallée où reposait le corps du sauveur.

8

Avant l'aurore, Jonathan Saint-Éloi grimpa sur le toit de la maison d'Agro Plan de Bamyan par un petit escalier de bois. Assis sur un tapis de Mazar-i-Sharif, il regarda la falaise encore sombre, au nord, et attendit les premières lueurs, enveloppé dans une couverture. La montagne passa du noir au violet puis au rouge. Les niches des bouddhas étaient béantes mais la pierre gardait l'empreinte de la présence des statues. « Ils ont assassiné notre mémoire », avait dit la veille le chauffeur Fawad.

Dans les premières heures du jour, Jonathan admira la grande niche, qui resplendissait de vie, malgré l'éboulis de destruction à ses pieds, un amas de gravats jaunes, des siècles de dévotion en poussière. Il regarda l'autre placard de pierres, plus petit, vers la droite, à quelques centaines de mètres. La même présence régnait. Les Afghans appelaient les deux bouddhas l'Homme et la Femme.

Il sursauta quand Hugh Stewart surgit de l'escalier de bois. Il apportait une théière et deux verres. Une douce lumière envahissait les parois des montagnes sacrées et la chaîne du Koh-i-Baba.

— Nous partirons tout à l'heure pour les lacs de Band-i-Amir, dit Hugh. Tu verras, c'est très beau. Et Fawad n'y est jamais allé.

— Il a sans doute trop connu la guerre et pas assez son pays, répondit Jonathan.

— Je sais à quoi tu penses. Nous monterons vers Jurm dès que l'on aura un accord.

Le serviteur de la maison apporta du *nan*, du pain en galettes, qu'ils trempèrent dans le thé sucré. Fawad s'approcha et s'assit sur le tapis.

— Les bouddhas se sont très bien défendus. Ils ont résisté pendant des jours et des jours. Les talibans visaient la jambe droite au lance-roquettes et la rataient, ou alors les bouddhas concédaient quelques fragments. Pareil pour le torse, les bras, les pieds. Ces chiens de talibans se sont amusés, ensuite ils ont déchanté. Ils ont fini par faire descendre des manœuvres, des esclaves qui recevaient sinon une balle dans la tête, le long de cordes pour placer des explosifs. Puis ils ont achevé leur œuvre au canon.

Jonathan écoutait tout en regardant les dessins du tapis. Quand il releva la tête, la niche du grand bouddha lui sembla désespérément vide.

Une heure plus tard, dérapant dans les ornières, la voiture s'élança sur la piste de Band-i-Amir, abrupte et trempée par la rosée du matin.

— La route n'est pas très sûre, elle n'a été déminée que récemment, lança Hugh à Jonathan. Les embardées doivent être contrôlées car on ne sait jamais ce que cachent les bas-côtés.

Le paysage était de toute beauté, dans une lumière de commencement du monde. Ils traversèrent des villages sans âge, franchissant des petits torrents ou des ponts instables faits de rondins et de bouts de planche. Jonathan rêvassait les yeux grands ouverts et Hugh Stewart se taisait. Ils croisèrent des nomades venus du Sud, des femmes dévoilées aux vêtements de couleurs vives, des chameaux faméliques, des troupeaux de chèvres innombrables. Les bêtes soulevaient un halo de poussière fine qui retombait lentement sur la piste, œuvre d'un marchand de sable aux gestes ancestraux.

Après un col sablonneux, ils parvinrent sur un haut plateau. Fawad prit un chemin sur la droite et arrêta le véhicule sur un promontoire à la demande de Stewart, qui les emmena au bout d'un sentier où ils découvrirent le spectacle éblouissant des lacs aux eaux turquoise. Inséré entre de hautes montagnes, le Band-i-Amir étalait en étages ses étendues bleues, mélangées aux roches jaunes et rouges. Jonathan en eut le souffle coupé. Il n'avait jamais rien vu d'aussi beau et se dit que c'était un bel endroit pour évoquer l'amour. Vers l'est, le lac de la Peur déversait ses eaux par une sorte de barrage naturel de calcaire blanc, somme de dépôts accumulés par les siècles. Quelques Afghanes se promenaient autour du lac, des Hazaras venaient retrouver la fertilité en se baignant dans les eaux sombres et glacées, que la légende disait sans fonds. Jonathan se dit qu'un jour il reviendrait sonder ces profondeurs.

Ils passèrent la nuit dans une auberge infestée de puces,

sous des couvertures sales qui suffisaient à peine à les réchauffer tant l'aube à cette altitude est glaciale.

Au petit matin, devant l'auberge, sous un auvent qui tenait lieu de maison de thé, face aux eaux bleu roi du lac, Hugh Stewart s'épancha :

— Quelque chose d'étrange s'est passé à Bamyan.

Jonathan n'était pas d'humeur à connaître les arcanes du monde humanitaire.

— Un gros travail t'attend, je sais, de retour à Kaboul. Et d'abord, celui de rapatrier le corps de Caroube.

— Je ne crois pas que le corps sera rapatrié. Il voulait être enterré là-haut et je pense que les commandants auront respecté ses vœux.

Stewart secoua la tête. Il n'arrivait toujours pas à comprendre que Caroube n'appartenait plus au royaume des vivants. Jonathan avança sa tasse de thé pour demander au *batcha*, le garçon, de le resservir.

Stewart baissa la voix, comme si le *batcha* pouvait comprendre le français :

— Dans le bureau du premier étage de la maison de Bamyan, près de l'escalier qui mène sur le toit, j'ai trouvé des documents. Ce sont des lettres d'Albane.

Jonathan tressaillit. Qu'était-elle venue faire à Bamyan ?

— Elle a rédigé des notes. C'est bien son écriture, mais je l'ai à peine reconnue. Nerveuse, pressée, peut-être torturée. Comme si elle devait accoucher de quelque chose très vite.

— Tu es sûre qu'il s'agit d'Albane ?

— Évidemment. Il y a peu d'expatriés chez nous qui

maîtrisent aussi bien l'anglais. Elle a voulu laisser une trace. Ou alors elle était en proie au doute.

Jonathan se redressa, la tête se découpant sur l'horizon bleu du lac de la Peur.

— Tu en dis trop ou pas assez. De quel doute parles-tu ?

— Ne t'énerve pas, Jonathan. Une chose est sûre, elle est en vie. Et on ne la laissera pas tomber. Caroube, lui, a cherché la mort. C'est tout ce qu'il espérait, mourir ici.

Stewart désigna d'un geste du menton les montagnes au-delà du lac.

— J'ai toujours pensé que Caroube était suicidaire, Jonathan, mais cette fois-ci il partait vers la vallée de Jurm avec le sourire, comme s'il avait trouvé quelque chose, comme s'il avait repéré une faille dans le système de ses ennemis.

— Ses ennemis ? Je ne crois pas qu'il en avait tant que ça.

— Si, chez les Afghans trafiquants...

— Mais tout le monde trafique, même les gars du Jamiat islami que l'Occident a si longtemps aidés ! répliqua Jonathan.

— ... chez les trafiquants, mais aussi du côté de ceux qui soutiennent les pétroliers en Asie centrale. Tu sais ce qu'on dit ici, en Afghanistan ? *Gorghan penhan dar post-é-gosfan-dan*, des loups cachés sous des peaux de mouton. Voilà ce que sont les salopards de l'or noir dans les parages et leurs agents afghans.

— Il n'y a pas de pétrole ici, ou si peu, à ce que je sache.

— Pour le pipe-line, Jonathan. Reccon est prêt à tout pour ça. Cette compagnie pétrolière veut en construire un sur tout l'ouest du pays, de Torghondi à la frontière turkmène, jusqu'à Kandahar et au-delà, vers le Pakistan, avec un relais de l'autre côté. Et amener ensuite le pétrole et le gaz d'Asie centrale jusqu'au Pakistan et en Inde. Pour Reccon, ce pipe serait le plus important de ceux qui desservent les mers chaudes.

Fawad s'approcha, passa nonchalamment près de l'auvent où les deux amis sirotaient leur thé et retourna au bord du lac, à quelques mètres. Hugh Stewart baissa instinctivement la voix. Devant lui, des femmes en vêtements bleu roi de la bourgade de Chagcharan se baignaient pour guérir leur stérilité. Un homme attacha son épouse avec une corde et la jeta dans les eaux froides et sombres. Elle se débattit, hurla, frappa la surface de ses mains, puis elle fut repêchée par l'homme qui tirait comme un forcené sur la corde. Elle finit par sourire, tremblant de peur et de froid. Aucune des baigneuses ne savait apparemment nager.

— Caroube devait certainement être manipulé par Reccon, murmura Jonathan. Que veut Reccon au juste ?

— Ils sont en train d'arroser tout le gouvernement, plus les talibans au sud, qu'ils rétribuent depuis leur montée sur Kaboul, en 1996. Personne n'y a cru ! Il n'y avait que quelques malheureuses ONG pour s'élever contre Reccon, dont Agro Plan. Jusqu'à ce que cet enfoiré de José Da Sousa soit acheté par eux.

— Écarte-le de la mission à Kaboul.

— Je te l'ai dit, c'est trop tôt. Je n'ai aucune preuve. Sutapa est tombée sur un document le mettant en cause, une lettre de contrat en quelque sorte, où un certain Bill Landrieu de San Francisco lui demandait de se mettre au service, « une fois de plus », de Reccon. Sutapa n'a pas eu le temps de la photocopier. Le lendemain, la lettre avait disparu.

– On est loin de l'enlèvement d'Albane, soupira Jonathan en jetant depuis la terrasse un caillou blanc dans le lac.

– Pas sûr, au contraire.

– Reccon, si je te comprends, a financé les talibans pour faire passer son pipe-line dans l'ouest du pays. Pas les moudjahidin du Badakhshan et de la vallée de Jurm...

– C'est là où j'ai trouvé étrange le comportement de Caroube. La veille de son départ, il fanfaronnait.

Hugh Stewart marqua une pause et songea au visage rayonnant du médecin. « On va les cramer, Stewart, ces tordus de Reccon, avait dit Caroube. Ils croient tout gérer en sous-main, ils s'imaginent déjà vice-rois d'Afghanistan et nababs du pétrole. Ils ont oublié des petits détails. C'est vers Jurm que cela se passe. »

Mais Hugh ne voyait pas le rapport avec la vallée de Jurm. Quand il lui avait demandé précisément de quoi il s'agissait, Caroube était resté mystérieux :

« Tout ça, on en aura la preuve, Hugh, il n'y a qu'à parler aux voyous de Jurm, les sales manœuvres, ils connaissent. »

Tout juste consentit-il à évoquer la mission de Salangi, l'homme du col de Salang, le compagnon d'armes de Massoud, qui avait amené une lettre aux Soviétiques pour leur demander une trêve : « Pas d'attaques sur le Panchir, et nous, nous ne tendrons plus d'embuscades contre vos convois au tunnel de Salang. » Les Soviétiques avaient signé et les fondamentalistes de la résistance, dont Hekmatyar, avaient crié à la trahison. Renégat, ennemi de la patrie, suppôt des *kafirs*, des infidèles, clamaient les sbires de Hek- matyar depuis leur nid d'aigle, au-dessus de Saroubi. Caroube parlait de Salangi comme d'un courageux émis- saire, un combattant hors pair, et Stewart ne voyait toujours pas le rapport avec ces salopards de costards-cravates dégui- sés en moudjs, avec leurs mallettes bourrées de dollars qui achetaient tout et n'importe quoi.

« Ah non, tu ne vois pas ? Eh bien voilà, les gars de Reccon ont repris une vieille recette : fermer les yeux sur le trafic de drogue. Convaincre la Maison Blanche et le Pentagone qu'il faut laisser les talibans trafiquer, en échange de quoi ils donneront leur accord sur le pipe. »

Hugh Stewart n'en croyait pas ses oreilles. Ta ficelle, Caroube, est trop grosse. Tu ne te rends pas compte comme c'est dangereux pour Reccon ? Et là, le sauveur était parti dans un immense éclat de rire, à traverser tous les murs de la vieille maison de pierre, à rebondir dans la rue, vers Chicken Street, à se transmettre de minaret en minaret. La ficelle est trop grosse ? Mais voyons c'est pour cela qu'ils ont choisi cette méthode ! C'est pour s'allier un peu plus aux talibans, aussi cyniques qu'eux. Tu n'as jamais entendu parler d'Andrus Gerfuls ? Le pire des consultants de la boîte, un retors, un type capable de soudoyer tous les présidents des républiques musulmanes, du Turkménistan au Kazakhstan, tous ces petits sultans des steppes prêts à n'importe quoi pour s'enrichir et vendre leur pétrole ou leur gaz, avec de belles commissions, un ancien mercenaire qui s'est racheté une conduite et empoche beaucoup de fric.

Pendant une heure, Stewart raconta l'histoire de Reccon en Asie centrale, les ministres soudoyés, les chefs de police stipendiés, les opposants au pipeline assassinés, de Kaboul à Tachkent, d'Achkabad au Turkménistan à Douchambé au Tadjikistan. Peu à peu, sans cerner lui-même toute l'affaire, Stewart livrait ses doutes, expliquait les liens avec les trafiquants de drogue :

– À chaque fois qu'ils sont passés par le Helmand ou l'Oruzgan, la culture du pavot est repartie de plus belle. À croire qu'ils ont encouragé les paysans, qu'ils ont distribué des engrais. Je n'ai pas toutes les clés en main, Jonathan, mais pour nous, à Agro Plan, c'est troublant.

– Trop dangereux, sans doute...

– Je ne sais pas. Il y a des faisceaux de suspicion, mais on n'a pas de preuves concrètes. C'est très malin. Des assassinats, des on-dit, des rumeurs, des confidences de chefs talibans. Très, très malin. Aucun papier. À croire que Reccon les mange, comme elle arrive à broyer les hommes. Et pendant ce temps, Reccon manipule même les ONG qui s'occupent d'agronomie...

– Même Agro Plan, souffla Jonathan.

– Oui, même nous, reprit Stewart, un brin découragé. Les ministres, les députés, les chefs de guerre, eux au moins, on s'attend à ce qu'ils soient sollicités et répondent aux avances de Reccon, leurs salaires sont ridicules, cinquante ou cent dollars par mois. Mais Da Sousa, le fric qu'il s'est déjà fait... Bref, dans cette sale affaire, on est impliqués malgré nous.

Devant le lac, Stewart préparait les affaires pour rentrer

à Bamyan. Jonathan, lui, ferma les yeux. Il les rouvrit pour demander à son ami :

— Tu disais tout à l'heure avoir trouvé des documents d'Albane. Tu crois qu'on peut en trouver d'autres ?

D'un geste, Stewart intima l'ordre à Jonathan de faire silence. Il désigna d'un coup de menton Fawad, le chauffeur, qui patientait à côté de l'auberge, prêt à descendre les sacs jusqu'à la voiture en contrebas, non loin de la cascade d'écume blanche.

— Redescendons à Bamyan, c'est sur notre route, souffla Stewart à l'oreille de Jonathan. On trouvera peut-être quelque chose.

9

Dans la descente du vallon aux moraines, Albane Berenson cherchait à éviter les pierres tout en tirant sa monture. Elle ne regardait plus ni les sommets vertigineux, ni les flancs du vallon, ni les roches sombres et suintant d'humidité, mais se concentrait sur ses pieds, sur la sente ouverte par Aziz Khan, le commandant à la troupe perdue, l'homme fort d'un clan qui avait laissé ses hommes dans des batailles de chef et des négociations de marchand de tapis ou d'opium. Elle oubliait tout depuis l'enterrement du corps de Caroube, depuis la dernière pierre jetée sur le monticule et les cendres du feu dispersées par Aziz Khan sur la tombe, « pour repousser les loups qui errent par ici ». Elle n'était plus qu'un cerveau endormi ne sollicitant que les muscles et les réflexes nécessaires.

Un coup de feu la tira de sa torpeur. Il provenait de l'est, de la vallée de la Kokcha, la rivière qui descend du col d'Anjoman et prend sa source dans les montagnes de l'Hindou Kouch.

— Ce n'est rien, dit Aziz Khan, faussement détaché. Des bandes rivales. Ou la chasse aux loups.

Il mentait et Albane savait qu'il cherchait à la rassurer. Après quelques secondes d'hésitation, il opta pour un sentier qui montait vers la droite afin de rejoindre la vallée de la Kokcha en amont, en direction d'Eskan. L'ascension était pénible. Les chevaux soufflaient, Albane aussi. Ce coup de feu lui rappelait trop le dernier jour de Caroube.

Un aigle noir, surgi du flanc nord de la montagne, s'attarda longuement au-dessus des deux marcheurs. Sans doute l'esprit de Caroube était-il déjà là-haut. Que raconterait-elle si elle parvenait à Kaboul ? La descente du corps par le frère d'Aziz Khan ? Les cris des guerriers de Karimpur ? Caroube ficelé au cheval, Caroube couché dans la tombe de pierres, Caroube qui croyait vaincre tous les trafiquants d'opium, les soudards de Reccon, les corrompus de la cinquième compagnie pétrolière au monde, celle de toutes les allégeances. Jamais Albane Berenson ne l'avait vu aussi excité que ce jour où il était sorti de la maison d'Agro Plan, les yeux enfiévrés, le front plissé, à la fois heureux et soucieux, comme s'il avait découvert la clé d'un mystère.

Dans la vallée de Jurm, rien n'est limpide, hormis l'eau de la rivière. Albane le comprend très vite, elle aperçoit les hommes sur les crêtes, elle sent le péril dans la première auberge, lorsque les caravaniers se reposent en devisant sur l'arrivée des deux *kahraji*, des deux étrangers, elle sent leur regard de vautour, lourd et bien nourri, qui se pose sur ses seins, sur ses hanches, sur ses cuisses, et s'en inquiète auprès de Caroube, qui la rassure. Albane ne voit cependant que de la haine dans le regard de Caroube, une haine identique à celle qui brille au fond des yeux des contrebandiers dans la *tchaïkhana*.

Dehors, une agitation étrange commence à soulever la poussière jaune de Jurm, celle qui recouvre les flancs de la montagne, au-delà de la vallée. Albane voit une petite troupe descendre des sommets. Deux hommes portent des turbans qui recouvrent leur visage, sauf les yeux, le nez et la bouche.

– Les pires, entend-elle Caroube marmonner, ceux qui renseignent, des Panchiris vendus aux hommes de Karimpur. Ils veulent venger la mort de leur chef.

Déjà le sauveur s'avance vers eux. Des villageois se calfeutrent dans leur maison, des échoppes de la rue centrale se ferment. Caroube, lui, continue sa marche folle, Albane veut le retenir par la manche de sa tunique, lui demande de revenir vers la *tchaïkhana*, lui dire que ces hommes soulèvent une poussière de tueurs, un nuage de peur, exhalent une odeur d'exécution.

– Va te cacher ! crie-t-il brusquement.

Il lance un ordre à Aziz Khan qui accourt, emmène Albane vers une vieille Volga soviétique à bout de souffle. La voiture parvient toutefois à démarrer en direction de Fayzabad.

Brusquement, Albane éprouve la peur que doit ressentir Caroube. Il va se jeter dans la gueule du loup, c'est plus fort que lui, pas une fanfaronnade mais un vrai besoin de se lancer dans la mêlée, frère de sang, frère de guerre, lui qui a mélangé son sang avec celui d'un Afghan cinq ans plus tôt au Nouristan, au pays de la Lumière privé si longtemps de lumière, lorsque les talibans infestaient les vallées de l'ancien pays des *kafirs*, des infidèles. Elle est blanche comme un linge. Caroube la rassure d'un regard, comme toujours. Elle ne peut plus rien pour lui, et Aziz Khan le sait aussi, devant la foule rassemblée devant lui, l'humanité de Jurm, le peuple des trafiquants, le peuple des vengeurs, ceux qui veulent avoir la peau de l'étranger, de l'empêcheur de récolter en rond, de ce Caroube qui entend saboter les liens avec les envoyés de la grosse compagnie lointaine, la compagnie des dollars célestes qui permet d'acheter des maisons, des terres, des engrais et des voitures, des hommes, des femmes, des miliciens, des munitions.

Albane tente de voir mais ne voit pas. C'est Aziz Khan qui lui racontera tout plus tard : les coups de feu, le corps ensanglanté de Caroube que l'on va pendre ensuite en dehors du village, au-delà des arbres et des vergers, les hommes d'Aziz Khan qui restent impuissants, trop tôt, pas assez d'armes, pas assez de combattants, mais ils ne perdent rien pour attendre, vous verrez, *miss* Albane, on le vengera à notre tour.

Le lendemain, les moudjahidin de Karimpur se sont repliés vers la montagne de Baharak, dans leur fief, à l'abri de toute poursuite. Les villageois de Jurm n'ont pas bougé, et le *malik*, le chef de la bourgade, a disparu le temps de l'attaque. Après avoir mis Albane à l'abri dans la maison-forteresse de son clan, Aziz Khan revient à Jurm, décroche le corps de l'arbre, l'installe sur un cheval et le ramène dans son hameau en promettant de venger cet affront. Les villageois cependant ne l'entendent pas ainsi, ils ont déjà oublié cette embuscade, ils ont oublié le sauveur, sa croisade pour le bien ici à Jurm, l'antre de l'enfer, le royaume de la folie, là où les étrangers n'ont jamais rien compris et ne comprendront jamais rien. Albane a hurlé quand elle a entendu le premier coup de feu, elle a frappé la porte de son poing, bordel de merde, mais tu le savais, ça, dans quelle panade tu m'as fourrée, et Aziz Khan écoutait, impuissant, sans saisir toutes les nuances des jurons, promettant qu'un jour il y aurait un autre bienfaiteur pour saluer la mémoire du bienfaiteur, et ainsi de suite, car la générosité est bonne, la preuve, elle est toujours à recommencer. Caroube au fond avait désiré cette fin, l'avait appelée de tous ses vœux.

Au fond du patio, Albane avait pleuré en souvenir de la mort de son père, disparu stupidement, une désinvolture, une fanfaronnade ou un accident, certains disaient même un assassinat, les freins de la Bentley sabotés, allez savoir, les vols planés dans les ravins se ressemblent tous, et Alexander plaisantait de cette descente en lacets vers Monte-Carlo, qu'il empruntait souvent avec *Tosca* en sourdine. Je suis un survivant, un rescapé, et je savoure chaque instant, Albane, depuis l'odyssée du *Saint-Louis*, putain de bateau refoulé par Cuba en 1939. Alexander Berenson plaisantait avec la mort et Albane ne pouvait plus rire avec la vie. Pourquoi les hommes que j'aime sont-ils si désinvoltes ? Suis-je condamnée à ne vivre qu'avec des suicidés en puissance ?

Le jour où Caroube mourut, elle s'était approchée d'Aziz Khan pour le supplier de ne pas déclencher les foudres sur Jurm. Il lui avait souri. La vengeance était moins importante que l'envie de reprendre le contrôle de cette satanée vallée. Albane avait compris alors que Caroube était un instrument, un jouet entre les mains des seigneurs de la guerre reconvertis dans le trafic d'opium. Caroube avait perdu son combat et cette constatation attristait bien plus Albane que la mort même de son compagnon.

Elle regarda une dernière fois son corps recouvert du catafalque marron brodé de fils dorés aux extrémités. Elle se rappela son dernier sourire et revit le visage du bienfaiteur dans la rue de Jurm, avant qu'il ne s'élance vers les hauteurs, vers le monde des basses œuvres, vers la mort désirée.

10

Lorsque la voiture parvint à Bamyan, Hugh Stewart envoya aussitôt Gholam, le responsable de la mission aux chaussures Gucci, et son assistant dans le bourg pour acheter de l'essence et des babioles. Il calcula qu'avec la prière du soir, Jonathan et lui disposaient de deux heures.

Ils s'installèrent sur le toit de la maison d'Agro Plan avec une théière et des galettes de pain, face à la falaise aux bouddhas disparus. Un vent frais balayait la terrasse, le ciel et la muraille ocre se renvoyaient la lumière et cette pureté suffisait à combler le vide des niches de pierre. Hugh avait approché le tapis du côté est, vers la cour, de manière à ce que le *tchokidor*, le garde en faction près du portail, puisse voir la tête de Fawad de loin.

– Viens, on descend dans le bureau, dit Hugh au bout de quelques minutes.

Jonathan se leva lentement, encore subjugué par la présence étrange des bouddhas détruits.

– Dépêche-toi, insista Hugh Stewart. Ce soir, une grande fête est organisée devant les bouddhas. On attend beaucoup de monde.

En descendant l'escalier de bois, Jonathan se souvint d'une lettre d'Albane qu'il avait conservée sur lui, dans son portefeuille en cuir de buffle : « Un jour, après *Nowrouz*, le nouvel an afghan, il y aura une grande fête à Bamyan, tu sais, la vallée des bouddhas disparus. C'est une de mes idées, et Agro Plan l'a acceptée. Des Afghans de Kaboul vont projeter un film, devine sur quoi ? Sur une immense toile dépliée juste à côté du grand bouddha, ou plutôt de ce qu'il en reste. Il paraît que c'est un film magnifique, *Le Conte des Mille et un Jours*, réalisé par des femmes afghanes. Ici, il n'y a pas de postes de télévision, encore moins de salles de cinéma. Mais ce soir-là, les étoiles scintilleront dans le ciel et les algues brilleront dans les lacs d'altitude, là où le bleu profond ne meurt jamais, là où la tolérance des hommes l'emporte sur leur folie. Prends soin de toi. »

La fête allait bientôt commencer, et Albane n'était pas là. Il brûlait d'envie de monter vers la vallée de Jurm, malgré les interdits de l'ambassade.

Il suivit Stewart dans le bureau de Gholam où les attendait Fawad, redescendu de la terrasse. La pièce aux murs blancs, recouverts de tapis et de tentures, était immense. Des classeurs étaient posés sur les nattes et des étagères de bois brut. Hugh s'assura que le couloir était vide et se mit à fouiller les piles de documents.

— Fais le gué, Fawad, je n'aimerais pas que le *tchokidor* monte maintenant.

Il fit un signe du menton à Jonathan.

— Regarde ces dossiers-là.

Jonathan souleva une pile.

— Mais la moitié est en persan !

– Je m'en charge. L'autre moitié est en anglais.

Jonathan souleva des piles de documents jaunis par le soleil et donna ceux écrits en dari, la version afghane du persan, à son ami. Il apprit le prix du kilo de pommes de terres dans le petit bazar de Bamyan, le prix du litre de diesel, le nombre d'organisations humanitaires dans la région, la longueur des *kârêz*, les canaux d'irrigation, les projets en cours, routes, pistes, ponts, puits. Une feuille indiquait le salaire d'un ouvrier agricole, cent cinquante afghanis par jour l'hiver, soit trois dollars. À l'annonce de l'été, les revenus atteignaient trois cent cinquante à quatre cents afghanis par jour.

– Pourquoi ? s'enquit Jonathan auprès de Stewart.

– L'opium, pardi. La vallée manque de bras.

Cinq minutes plus tard, Stewart émit un juron.

– Ça y est, nous tenons le bon bout ! Regarde, ce sont les factures pour l'achat de pesticides !

– Normal, pour ce genre de mission.

– Sauf que ce montant est surfacturé.

– Il arrondit ses fins de mois, ironisa Jonathan.

– Ce fils à papa de Gholam qui roule en Harley Davidson a d'autres moyens. Son père est un riche importateur de voitures, il a été élevé à San Francisco et à Paris. Non, je pense qu'il y a autre chose. Regarde, ça fait du dix mille afghanis le kilo, soit deux cents dollars. Or le produit n'est pas très cher. De deux choses l'une : soit Gholam, comme tu le dis, se fait une belle commission, soit il cache un autre produit, bien plus cher. Pour la commission, il n'a pas besoin de se livrer à ce jeu-là, il carotte sur tous les frais.

— Et tu fermes les yeux ?

— On n'a pas le choix. De petites sommes. Mais là, regarde, le nom du produit a été changé. C'est marqué Daper, un fertilisant classique. En fait, il a dû acheter un autre engrais, le Doran, utilisé pour l'opium. Et tu sais qui se cache derrière ce nom ? Une grande compagnie pétrolière.

— Reccon ?

— Ou du moins une filiale.

— Belle coïncidence, lâcha Jonathan.

— Tu ne crois pas si bien dire. Allez, nous en savons assez, je ne veux pas prendre le risque de croiser Gholam dans l'escalier.

Ils se retirèrent dans leur chambre. Gholam revint une demi-heure plus tard, le calot rouge et jaune couvert de poussière. Tout l'après-midi, des invités défilèrent dans la maison d'Agro Plan, notables, seigneurs de la montagne, commerçants du bourg.

Lorsqu'ils furent seuls, Jonathan voulut en savoir plus. Ces agissements n'étaient-ils pas naturels pour un tel poste à Bamyan ?

— Gholam est de mèche avec cette ordure de José Da Sousa, lui répondit Stewart. Ils s'entendent comme larrons en foire pour toucher du fric. Reccon les paie.

— Ils ne sont sûrement pas les seuls dans ce pays…

— Bien sûr qu'ils ne sont pas les seuls ! Et c'est là tout le problème, mais personne n'en a la preuve.

Avant de poursuivre, Hugh Stewart s'assura que personne n'écoutait derrière la porte de la chambre :

— Il y a quelque chose qui cloche dans ce business, Jonathan. Ce n'est pas qu'une affaire de gros sous. On a mis le doigt sur quelque chose de beaucoup plus important. Albane et Caroube avaient eux aussi flairé le coup, j'en suis sûr. Da Sousa s'est opposé tout de suite à leur départ pour Jurm. Mais il ne pouvait rien faire contre Caroube, car il dépendait de l'ambassade de France.

— Et pourtant, ils n'ont rien fait, à l'ambassade, pour aller chercher le corps.

— On n'en sait rien. Attendons de partir nous aussi vers la vallée.

— Tout cela ne nous renseigne pas sur les intentions de Reccon, poursuivit Jonathan. Pourquoi investissent-ils dans les engrais ? Pourquoi soudoyer une organisation d'aide rurale ?

— Soudoyer Agro Plan, tu es gentil, Jonathan ! Dis plutôt soudoyer quelques membres. En tout cas, c'est à nous de chercher, en toute discrétion.

En fin d'après-midi, une camionnette bleue arriva de Kaboul avec du matériel de projection et une immense bâche, qui fut dépliée sur la falaise, à gauche du grand bouddha. Assis sur une natte près de la fenêtre, Jonathan songeait à la manœuvre de Reccon. Toi, Albane, tu as sans doute découvert le pot aux roses avant nous trois, et même avant Caroube. Sans doute est-ce toi qui l'as amené là-haut, à Jurm, et non l'inverse. Tu avais pressenti quelque chose d'énorme, tu n'aurais pas pris tant de risques sinon.

Il réfléchit encore tandis que Stewart s'enquérait des préparatifs pour redescendre sur Kaboul le lendemain matin. Les pots-de-vin de Reccon servaient sûrement à une opération plus vaste. Il fit signe à Hugh Stewart par la fenêtre et le directeur d'Agro Plan remonta aussitôt dans la chambre.

— Les engrais servent aux paysans à augmenter les rendements, Hugh.

— Merci de me renseigner, mais je croyais le savoir...

— Laisse-moi poursuivre. L'opium est devenu la culture principale dans certaines vallées du coin, et même dans de nombreuses provinces. Reccon veut sûrement pousser la production, si elle encourage les paysans à utiliser des engrais.

— Pas de petits profits, Jonathan. Des engrais en Afghanistan, cela peut être une belle source de revenus.

— Pour des intermédiaires afghans, certes. Mais ce sont des cacahouètes pour Reccon. Il y a une idée derrière.

— Il faut revenir au pétrole, Jo.

— Oui, il existe sûrement un lien. Encourager l'opium pour faire passer le pipe-line chez les Pachtouns et à l'ouest du pays.

— Il manque quelque chose dans ce raisonnement.

— Oh oui, répondit Jonathan en jetant des allumettes sur le tapis, comme pour un jeu de patience. Il manque un lien.

Un haut-parleur annonça la fête et la projection sur les falaises aux bouddhas réduits à l'état de poussière. À l'heure de la prière du soir, une jeep passa dans la rue principale de Bamyan et dans les villages alentour afin de drainer les paysans vers le cinéma à ciel ouvert. À la nuit tombante, le parvis près du grand bouddha, à quelques centaines de mètres de la maison d'Agro Plan, était bondé. Jonathan et Hugh se joignirent à la foule. Un soldat hazara donna des coups de crosse à un spectateur récalcitrant qui avait fumé de l'opium. Un autre tentait de canaliser la masse de paysans qui débarquait des camions et des voitures brinquebalantes.

Lorsque Gholam actionna le projecteur, le peuple de Bamyan se tut. Sur la grande toile blanche, un vieux sage parlait à sa petite-fille. Il lui racontait l'histoire des merveilles d'Afghanistan, des bouddhas effondrés, des musées pillés, et lui disait que détruire les pierres revenait à détruire les hommes et les femmes. Quand apparurent les images d'archives des grandes statues, des cris fusèrent des poitrines. Certains pleuraient. Jonathan s'aperçut que Stewart aussi était ému aux larmes.

11

McCarthy accueillit Jonathan Saint-Éloi et Hugh Stewart au sommet de la petite piste qui menait à son antre sur les hauteurs de Kaboul, protégé par une demi-douzaine de gardes.

— Vous êtes ici chez vous, tout est prêt pour le dîner. Vous passerez la nuit dans la maison d'hôtes.

Jonathan posa son sac dans la bâtisse biscornue attenante à la demeure principale, sorte de manoir qui semblait surgir des brumes écossaises, avec son gazon soigneusement arrosé, ses roses dans le parc, ses glycines enroulées autour d'une treille verte. McCarthy lui parut à la fois étranger et attachant. Une lueur de douce folie brillait dans son regard.

McCarthy surveilla lui-même le dîner en compagnie de Maryam, la secrétaire d'Agro Plan, l'amie de Sutapa. Depuis son vaste salon équipé de meubles du Nouristan, il jeta un coup d'œil sur le jardin et la bâtisse des hôtes. Jonathan Saint-Éloi avait du cran, ou alors il était fou. Mais il devait savoir où il mettait les pieds.

McCarthy lui avait promis l'assistance de son ami Bur-

96

hanuddine. Il se proposa de lui fournir aussi quelques explications lors du dîner :

— Tout dépendra de la vallée où vous vous rendrez. Burhanuddine est excellent pour la vallée de Qasdeh et jusqu'à la montée d'Anjoman. Après, à vous de voir, il vous faudra improviser.

— Merci, je crois avoir l'habitude depuis que je suis en Afghanistan, sourit Jonathan.

Hugh Stewart se servit à deux reprises de la soupe aux pommes de terre. Maryam attendit que les serviteurs et le cuisinier aient quitté les lieux et s'assit à côté de lui, défiant les lois pachtounes. Stewart avait l'air assez complice avec McCarthy. Jonathan mit cela sur le compte des activités anti-drogue de l'ancien agent de la DEA.

— Que savez-vous sur Reccon ?

L'Américain tritura sa barbe et regarda Hugh Stewart, puis éclata de rire.

— Oh, vous attaquez fort ! Je n'aimerais pas vous perdre en cours de route.

— Depuis que je suis là, à chaque pas que nous faisons, nous tombons sur les traces de la compagnie pétrolière.

— C'est de la… haute combine, comme vous dites en français.

Jonathan ne cherchait pas à coincer le maître de céans. Il savait que McCarthy, depuis son départ de l'agence anti-drogue, ou à cause de cela, était très critique à l'égard des opérations américaines en matière de drogue.

Maryam intervint à son tour d'un ton solennel et Zachary McCarthy la regarda tendrement. Jonathan remar-

qua que sa peau était très fine, ambrée sans aucune imper-
fection.

— Les Soviétiques ont fait beaucoup de mal à mon pays,
et le monde nous a aidés. Les talibans ont fait pire sans
doute, car ils ont voulu tuer notre âme, et le monde nous
a dédaignés, puis nous a aidés. Malheureusement, il était
déjà trop tard. Désormais, Reccon s'attelle à la même tâche,
nous déposséder de nos biens, de nous-mêmes, nous mettre
de la drogue dans le sang, sauf que là le monde non seulement nous a totalement oubliés, mais il laisse faire, il
encourage.

Hugh Stewart se servit une rasade de vin de pomme
avant que Maryam ne se retire.

— Il est quand même étonnant de rencontrer dans des
vallées aussi perdues une firme comme Reccon, reprit Jonathan.

L'Américain sourit à nouveau. Il se demanda si le
Français se payait sa tête ou s'il était sacrément naïf. Il
regarda Hugh Stewart penché au-dessus de son yaourt au
miel. Il avait le même sourire ironique. En ai-je déjà trop
dit ? s'interrogea McCarthy. Que sait ce Jonathan Saint-
Éloi de mes activités passées ? Le métis semblait loin de
tout, plongé dans de sombres pensées, comme si son esprit
était déjà à Jurm, ou en deuil. Il avait compris qu'il fallait
avoir un double sablier en poche pour errer en Afghanistan, l'un à débit lent, le temps des sages et des barbes
blanches, le temps des contes, des villages endormis, des
sentiers interminables, et l'autre à débit rapide, le sablier
des décisions immédiates, des torrents que rien n'arrête,

des départs impromptus, des réflexes je-m'en-vais-sur-le-champ.

Le garde les tira de leurs pensées. Un chauffeur arrivé de Kaboul demandait d'urgence Hugh Stewart.

— On a enfin reçu le message d'Albane, leur annonça Fawad triomphant.

Hugh Stewart demanda à Jonathan de lever le camp. Il était près de dix heures du soir. McCarthy les convainquit de partir le lendemain à l'aube, sous l'escorte de l'un de ses *tchokidors*.

McCarthy prit Jonathan à part :

— Allez à Jurm, dit l'ancien agent de la DEA, puisque rien ne vous arrête. Retrouvez Burhanuddine, qu'il vous aide, vous escorte. Retrouvez votre Albane, je crois que c'est possible. Ensuite, allez à San Francisco...

— San Francisco ? Que diable aller faire là-bas ?

— À San Francisco se trouve l'un des sièges de Reccon, là où ces seigneurs débattent du pipe-line. C'est là où vit le président de la firme, James Graham, le gentleman qui déjoue toutes les suspicions, le semeur de dollars qui sait se faire inviter à la Maison Blanche et au Kremlin, le type qui prétend distribuer le bien en même temps que les derricks. Ce pipe-line, ce sera sa consécration, une façon pour lui d'être reconnu dans le monde entier.

Maryam les avait rejoints.

— Zachary a raison, mais personne ne le sait en Afghanistan, dit-elle. Ou plutôt, tout le monde le sait et se tait.

— Je croyais que ce type aidait les pays où la compagnie est présente, reprit Jonathan.

99

– Il a les moyens de se faire de la publicité. Mais c'est le contraire qui se passe. Trop d'argent en circulation, répondit Maryam. Trop de pouvoir. Allez visiter les écoles, Jonathan, et vous verrez ce que c'est que la pauvreté. Il n'y a pas de livres, pas de bancs, pas de chauffage ou si peu l'hiver, les enfants ont froid, ils grelottent en cours et on finit par les renvoyer à la maison. Les enseignants sont à peine payés. La seule chose qui marche, ce sont les madrasas des mollahs dans le Sud, où l'on apprend le Coran par cœur huit heures par jour en se balançant sur un tapis, du bourrage de crâne. À Kandahar, sous les talibans, on a vu ce que ça a donné.

– Oui, Albane m'a raconté, répondit Jonathan d'une voix la plus neutre possible malgré l'émotion.

Bien que très complice de McCarthy, Stewart se fit l'avocat du diable et tenta de désarçonner l'Américain et sa compagne :

– Pourquoi ne pas tout investir au Turkménistan et dans les républiques d'Asie centrale ? C'est si facile pour Reccon. Et pourquoi le Nord, le pays des farouches Tadjiks ? Pourquoi ne pas passer plutôt par les seigneurs de la guerre ?

McCarthy prit un malin plaisir à lui répondre point par point. Il savait que Stewart savait. Jonathan pensa à leur complicité, plus forte que ce qu'il avait imaginé. Quels secrets cachaient-ils ?

– L'Asie centrale est un puzzle, Reccon dans son plan doit s'occuper de tout, de chaque pays ou presque, et d'abord de l'Afghanistan, sa pièce maîtresse. Là-bas, on peut corrompre sans problèmes. Ici, et pour cause, il y a l'islam radical, les mollahs fous, les Pachtouns irréductibles du Sud, les frustrés du régime qui en veulent à mort à Karzaï.

— Le commandant Massoud a pourtant disparu, les Pachtouns devraient être contents…

— Massoud est mort, mais beaucoup de ses proches, ou plutôt des gars du Panchir, gravitent autour de Karzaï. Des corrompus, tous ou presque.

— On les appelle « les petits Massoud », ajouta Jonathan.

— Exact, je vois que l'on vous a bien renseigné, reprit McCarthy. Ils ont conquis plusieurs quartiers de Kaboul, expulsé des centaines d'habitants, récupéré des maisons revendues ensuite à prix d'or. Le pire a sans doute été le général Fahim, le ministre de la Défense. À force de virer les habitants, il s'est fait lui-même virer. Un escroc.

— Les gens de Reccon ont sûrement besoin de lui, ironisa Stewart.

— C'est plus subtil que ça, continua McCarthy. Cela passe par plusieurs circuits, dont des ONG.

Stewart se raidit sur le canapé.

— Des ONG afghanes, surtout, précisa McCarthy. Bien que des organisations occidentales soient aussi impliquées, cela représente des centaines de millions de dollars. Vous imaginez le pactole ? Allez demain au ministère de l'Agriculture ou à celui de l'Éducation, dans le centre de Kaboul, et vous verrez la pauvreté des fonctionnaires. Pas de bus pour le personnel ou si peu, des bureaux vétustes, le froid qui passe par les fenêtres l'hiver, des écoles sans le sou !

Stewart haussa les sourcils.

— Ne nous fais pas pleurer, Zachary. À t'entendre, le pays est pauvre et victime, une fois de plus !

— Mais il l'est, victime !

— D'abord de lui-même !

— Certes, victime de sa propre corruption. Mais tout le monde en profite. Quand les États-Unis ou la France mettent cent millions de dollars sur la table, précisa McCarthy, la moitié disparaît. Cinquante millions de dollars s'envolent dans la nature, dans la poche des ministres, des sous-ministres, des sous-sous-ministres. L'État est vérolé de toutes parts.

L'Américain se dirigea vers la véranda, s'empara d'un pot de fleurs dont la terre était séchée et revint s'asseoir.

— Regardez comme cette terre est sèche. Si elle est un peu imbibée d'eau, la plante ne profitera que mieux d'une nouvelle pluie. Si c'est une terre craquelée et si la pluie est trop forte, s'il s'agit d'une mousson, l'eau va glisser sur la surface et s'écouler sans irriguer les plantes. Voilà ce qu'il se passe en Afghanistan. Un pays trop longtemps en jachère sur lequel tombe une pluie de dollars, de millions de dollars, et cette mousson ne profite pas au peuple, seulement aux plus malins.

Hugh Stewart répondit que tout irait mieux dans quelques années. L'argent de la corruption s'avérait utile malgré tout, pour des achats de toutes sortes. Il ne parvint pas à convaincre McCarthy. Jonathan observa sans mot dire les derniers échanges. McCarthy parla encore des agissements des grandes compagnies pétrolières en Asie centrale, de la bataille qui se déroulait pour contrôler l'or noir. Tout cela le rendait sceptique sur les chances de voir revenir la paix dans la région.

Maryam se prélassait près de la cheminée. McCarthy lui adressa un regard langoureux. Hugh Stewart somnolait. Il avait abusé du calvados. Jonathan le prit par le bras et l'emmena à la maison des hôtes au bout du jardin.

12

Le lendemain matin, Maryam accompagna Jonathan et Hugh Stewart jusqu'à Kaboul. Elle avait jeté un voile strict sur son manteau afin de ne pas attirer l'attention. Elle aimait ces paysages verdoyants, les flancs de la montagne arrosés par les pluies soudaines de printemps, les petites maisons paisibles sur les hauteurs. Elle s'aperçut que Jonathan, assis à côté d'elle à l'arrière, aimait lui aussi ce paysage, les gens au bord de la route, les nomades aux vêtements bariolés venus du Sud avec des caravanes de chameaux, les nuages de poussière dans lesquels se noie l'esprit et qui emprisonnent le temps. Elle avait patiemment écouté la conversation la veille, Jonathan devait connaître les agissements des uns et des autres, la corruption des fonctionnaires et des ministres, le détournement de l'aide internationale, ces centaines de millions de dollars qui disparaissaient chaque année, le trafic de drogue, l'argent de l'héroïne qui servait à acheter les milices et les armes.

Jonathan Saint-Éloi aurait vite fait de comprendre, après quelques semaines à Kaboul et dans les montagnes. Sa candeur rappelait à Maryam sa propre adolescence à Peshawar, dans les camps de réfugiés avec son père, sa mère, ses cinq frères et sœurs. Pourquoi la guerre, pourquoi cet exil, pourquoi les pays occidentaux armaient-ils les islamistes de la résistance plutôt que Massoud ?

Fawad conduisait comme un pilote de char, et les nids-de-poule forçaient les passagers à s'accrocher aux poignées de porte. Les vitres ouvertes laissaient entrer de temps à autre des nuages de poussière. Maryam sentait combien Jonathan était concentré sur son désir de partir au plus vite vers les hautes vallées, là-bas, vers le nord-est, au-delà du Panchir et du mausolée dédié à Massoud. Il lui demandait de temps à autre de quelle montagne il s'agissait et Maryam répondait patiemment. Zachary McCarthy serait sans doute jaloux de tant d'attentions.

Les villages laissèrent place aux cultures des plateaux de Kaboul, puis aux faubourgs délabrés, bâtiments détruits, cinéma de la place Demazang éventré, façades grêlées d'éclats d'obus. Maryam regardait Jonathan à la dérobée. Il observait la rue, les étals des commerçants, les petits camelots, l'échoppe d'un boucher qui avait installé un hachoir à viande sur une remorque, courroie branchée sur un moteur de vélomoteur. Sur le siège avant, Stewart somnolait. Une étrange amitié le liait à McCarthy. Elle se demanda si ce dernier avait tout dit à Jonathan, sur Caroube le Sauveur, sur Albane la Perdue, sur Reccon, sur les trafics de la compagnie qui risquaient de gangrener tout le pays, et même toute la région, de l'océan Indien à la mer Caspienne. Elle avait envie de l'aider à rechercher Albane, sa confidente, son amie.

Alors que Fawad traversait le quartier chiite de Kartayi et s'approchait du zoo, Maryam souffla à l'oreille de Jonathan :

— Méfie-toi de Gholam. Il a disparu de Bamyan. Ce n'est pas normal. Je ne sais pas s'il va revenir à la mission, mais cela paraît étrange qu'il ait quitté aussi brusquement la maison.

— Peut-être a-t-il eu vent de notre fouille ?

— C'est possible, mais je sais que vous avez été, vous et Hugh, très discrets. Non, il cache quelque chose, et peut-être que c'est lié à la mort de Caroube.

Lorsque la voiture s'arrêta devant Agro Plan, Hugh Stewart et Jonathan se précipitèrent au premier étage. L'adjoint de José Da Sousa, Daoud, leur tendit un message d'un geste dédaigneux. Il s'agissait de la lettre d'Albane. Elle était adressée à Stewart, mais celui-ci préféra en laisser la primeur à son ami. Jonathan s'en empara, lentement, en tremblant, et s'assit sur le sofa du salon voisin, seul.

Il déplia la lettre, puis la parcourut en respirant profondément :

Caroube est mort, je suis saine et sauve. J'en ai presque honte. Je t'écris cette lettre sans savoir si elle t'arrivera. Tu comprends ma peine. Ils l'ont assassiné, dans le village. Je suis bouleversée, les mots ne suffisent pas, je ne sais pas si je vais vivre, si j'ai moi-même envie de vivre. Ils ont tué Caroube pour une rixe. Ce sont les hommes de Karimpur. Ils veulent venger leur chef. J'ai peur, j'ai froid. J'ai été recueillie par Aziz Khan, l'ennemi du clan Karimpur et du gouverneur Zahir Daoud. Je ne sais pas ce qui se trame ici, je ne sais pas si j'en reviendrai un jour. C'est étrange ce que les gens ont pu changer en quelques semaines, comme s'il y avait une folie. Je suis triste, j'ai envie de mourir, je te supplie de venir me chercher ou d'envoyer quelqu'un. La vallée est coupée, les hommes de Karimpur sont sur la route de Fayzabad au nord et tiennent une partie de la piste qui monte au col d'Anjoman. Aziz Khan me dit qu'il pourrait te faire parvenir la lettre par son frère. J'espère qu'elle t'arrivera.

Jonathan lut les détails donnés par Albane sur la rixe, l'enterrement de Caroube, la traque lancée par les hommes de Karimpur et apparemment par les milices de Zahir Daoud. Les deux bandes armées étaient de mèche et entendaient se partager le pactole de l'opium dans le Badakhshan. Il lut la lettre une seconde fois, tenta de comprendre ce qu'Albane pensait de Caroube. Il eut le sentiment qu'elle se sentait surtout coupable d'être restée en vie.

Je ne sais pas ce qui a pris Caroube de partir de Kaboul ainsi, continuait Albane. *Contre l'avis de l'ambassade, contre celui des hommes de Karzaï et d'Agro Plan. Il a lui-même creusé sa tombe. Caroube avait envie de cette fin-là, et il voulait m'emmener voir sa propre mort. Pourquoi ? Je ne sais pas, peut-être pour me punir de ne l'avoir jamais vraiment aimé. Il était suicidaire, et j'aimerais t'en parler.*
Caroube se croyait tout permis. Pas de limites, ce fut

107

là son drame. Et le pire, c'est qu'il a cherché à m'entraî-
ner sur cette pente mortelle, sans rien me dire des risques.
Je sais, je ne devrais pas le critiquer, mais telle est la
vérité, et demain peut-être je mourrai, là, dans cette
maudite vallée, avec ces putains de trafiquants.

Comment vas-tu la sortir de là ? se demanda Jonathan.
Comment peut-elle avoir encore confiance en toi ? Tu dois
te sentir horriblement seule, Albane, tu dois vivre un cal-
vaire, une aventure que tu n'as pas vraiment voulue, cette
volonté de te mettre dans de sales draps, encore plus sales
que les miens, une plongée sans retour à la surface, des
paliers oubliés. Tu te rappelles les virées au large de Saint-
Jean-Cap-Ferrat ? Tu croyais descendre facilement et
remonter encore plus facilement. Tu m'as fait des signes
en bas, tes yeux dansaient la gigue derrière le masque, tu
voulais m'entraîner plus bas que la grotte à corail où il n'y
a plus de corail, bientôt il n'y en aura plus nulle part en
Méditerranée, tu voulais descendre au plus profond de
nous, à cause de la narcose de l'amour. J'ai dû te ramener
de force vers le palier des six mètres. À la surface, tu as
perdu connaissance quelques secondes avant de finir au
caisson de décompression. Et ce fumier de Caroube a fait
pire, paix à son âme, comme dirait mon grand-père, il t'a
amenée plus profond encore, dans le nombril du trafic,
dans l'antre des rois de la came, lui qui ne voulait plus
remonter, lui qui avait oublié les paliers de décompression,
lui qui voulait mourir et t'entraîner dans sa mort pour
mieux se donner en spectacle.

Il me reste de l'argent, je vais payer le frère d'Aziz Khan au moins deux cents dollars pour qu'il fasse passer cette lettre par les trafiquants jusqu'à la mission de Fayzabad, à deux jours d'ici. Je t'en supplie, aide-moi à sortir de là, fais-moi quitter cet enfer. Je t'embrasse, Albane.

P.S. : Embrasse aussi Jonathan, si tu l'as au téléphone.

Jonathan serra la lettre sur son cœur. Moi aussi, je t'embrasse, Albane.

Il partirait au plus tôt, avant l'aube.

13

Le soir même, Jonathan se rendit avec Fawad à la librairie Shams, sur la place Sadarat. Deux employés classaient d'innombrables livres entassés sur des étagères poussiéreuses. Près de l'entrée, le maître des lieux, jeune et bedonnant, reliait des livres photocopiés par ses soins avec une couverture en carton rigide de couleur. Il leva à peine la tête lorsque Fawad lui demanda un ouvrage sur l'histoire de l'Afghanistan.

— Venez, c'est au fond, dit le chauffeur.

Jonathan acheta deux livres en anglais dont l'un parlait du nouveau Grand Jeu, de la bataille que se livraient les pays environnants et les puissances occidentales, comme au XIXᵉ siècle, lorsque Kipling avait inventé l'expression pour décrire les rivalités entre l'Empire russe et l'Empire britannique. Jonathan le feuilleta dans la voiture qui le ramenait à la maison d'Agro Plan.

— Pourquoi le nouveau Grand Jeu ?

— Parce que rien n'a changé, répondit Fawad. L'Afghanistan est à la fois un grand et un petit pays, grand par la taille, vingt jours pour le traverser, et petit par sa faiblesse, manipulé par de nombreux pays, par les envahisseurs russes, pakistanais, saoudiens même, qui ont dépêché ici des bataillons de wahabis.

— Ils sont partis, ces wahabis, objecta Jonathan.

— Pas tous. Ils ont fait des petits frères, les talibans, lesquels ont engendré à leur tour des émules, jusqu'ici, à Kaboul. Regardez, au-delà de ces maisons, c'est le quartier de Shahr-i-Naw, et on trouve dans ces belles avenues, au milieu de ces villas résidentielles, une petite mosquée, le fief du mollah Borné, son surnom. Lui ne se gêne pas pour lancer des avertissements à tous lors de la prière du vendredi, à ceux qui s'approcheraient trop de l'Occident ou qui regarderaient des films indiens avec des danseuses à moitié dévêtues, à ceux qui se laisseraient guider par le désir.

— J'ai l'impression d'entendre une histoire ancienne, commenta Jonathan.

— Le mollah Borné n'est pas taliban, mais pire encore. Il attire tous les frustrés, les déçus de la politique, les revanchards. Il est vrai que les maux ne manquent pas. La drogue, surtout. Regardez, là, à cet angle.

Fawad désignait un être squelettique qui tenait à peine sur ses jambes.

— On ne les voit pas beaucoup, les drogués à l'héroïne. Ils s'isolent, se cachent, restent chez eux. Mais parfois ils sortent.

Jonathan regarda l'ombre titubante qui tentait de mendier, rejetée par les épiciers, les camelots, et suivie par une frêle silhouette en burka bleue. Il lui sembla que la vallée de Jurm, celle des trafiquants, commençait dans cette rue encombrée de Kaboul.

Hugh Stewart se réveilla de fort mauvaise humeur. Trop peu de sommeil, trop d'émotions, aussi, en conclut Jonathan, qui savait combien la vallée des bouddhas disparus était chère à Hugh et Sutapa. Elle ne l'accompagnerait pas cette fois-ci, « Jurm, ce n'est pas sûr du tout », un euphémisme après les mésaventures rencontrées par les agents de l'ambassade de France.

Dans la salle à manger du premier étage, Jonathan croisa José Da Sousa. Il avait sa tête des mauvais jours et restait muet sur la disparition de Gholam à Bamyan. Que cachait ce visage fermé ? Quel lien entretenait-il avec Gholam ? Hugh Stewart en prenant son thé lui répéta la consigne :

— Tu ne dis rien, à personne, compris ? Officiellement, nous allons voir les Ismaéliens dans la montagne au nord, près de Pul-i-Khumri. Pas un mot sur Jurm.

Stewart n'était pas dupe. Il avait tout à redouter de José Da Sousa et craignait un mauvais coup de Gholam. Sutapa surveillerait ce petit monde, mais elle ne disposerait d'aucun moyen pour joindre Jonathan et Hugh dans la vallée perdue.

La voiture partit à 6 heures du matin. Stewart se rendormit dans la plaine de Chamali alors que les premières lueurs rebondissaient sur les versants de la montagne et que les flancs du Panchir perdaient leur teinte sombre. Au loin, les neiges éternelles donnaient un dernier éclat au paysage. Jonathan songeait au Grand Jeu, aux manigances des pays voisins et des grandes puissances. La voiture dépassa un champ immense, terrain de *bouzkachi*, le jeu afghan où deux équipes de cavaliers se disputent le corps d'une chèvre décapitée. Sans doute le nouveau Grand Jeu était-il semblable au *bouzkachi*, avec des adversaires prêts à tous les coups, en quête d'or noir, rompus à toutes les compromissions, tous les massacres, tous les coups tordus. La plaine devint plus chaotique, après un petit col apparurent d'autres montagnes et bientôt, au-delà d'un pont métallique, la ville de Charikar.

— De là-haut, à gauche, les talibans autrefois nous bombardaient, commenta Fawad.

Ils parvinrent à Djabal Saraj. Fawad délaissa la route du col de Salang pour se diriger vers Gulbahar, à l'orée de la vallée du Panchir. Jonathan aperçut des hommes en armes, des policiers qui tentaient de régler la circulation, des paysans dont les ânes encombraient la piste, des *tchaïkhanas* où se délassaient les Afghans venus des montagnes et où les vieux sages racontaient la vie éternelle des torrents. À la sortie du bourg, les parois se rapprochaient et la piste surplombait la rivière.

— Quand Massoud était attaqué, il fermait la vallée ici à coups de dynamite sur les rochers, dit Fawad. Longtemps, il y a eu un mur de pierres à cet endroit.

Fawad ne donnait aucune indication sur ses sentiments à l'égard du commandant Massoud. Jonathan savait seulement qu'il était pachtoun et non tadjik comme l'ancien chef de la résistance et les habitants du Panchir. Il avait aussi appris par Stewart qu'il avait combattu les talibans dans les montagnes alentour, sans doute avec les moudjahidin du cru, ceux de Massoud. En revanche, il ne laissait paraître aucune admiration pour le Lion du Panchir, contrairement aux habitants de Gulbahar et de Djabal Saraj.

De temps à autre, Fawad commentait les stigmates de la guerre dans les villages ou sur les hauteurs, là un cimetière de *shahids,* de martyrs, avec des drapeaux verts qui claquaient dans le vent, plus loin un tank russe à la tourelle éventrée, sur les hauteurs un village rasé pour punir les Panchiris d'avoir soutenu Massoud... Nulle trace de chagrin dans sa voix, se disait Jonathan. Que pense-t-il vraiment ? Un notable en habit bleu descendit d'une voiture suivi de deux hommes en armes et s'engouffra dans une maison cossue.

– Que sont devenus les compagnons de Massoud ? demanda Jonathan.

– Au pouvoir, répondit Fawad. Karzaï en a gardé beaucoup, même s'il a viré Abdullah Abdullah, son ministre des Affaires étrangères.

– Il avait sans doute ses raisons...

– Bien sûr, dit Fawad en se redressant sur son siège. Tous des corrompus, ou presque. Même les habitants du Panchir en ont marre de cette clique. Les « petits Massoud » s'enrichissent et plus rien d'autre ne compte pour eux.

– Massoud n'aurait sans doute pas aimé.

– Non, il les aurait même punis.

Fawad s'enferma ensuite dans un profond silence. Hugh Stewart reprit la conversation, en français, parla des chefs de la police et des sous-ministres qui s'étaient constitué de belles fortunes.

— L'aide internationale, mon cher Jonathan, voilà ce qu'ils ont détourné.

— Celle d'Agro Plan aussi...

— Oui, nous ne sommes pas dupes. Quand des fonds européens ont été affectés à la région de Ghazni, le gouverneur s'en est aussitôt emparé. Il nous a fait croire qu'il avait lancé de grands travaux agricoles, que des canaux d'irrigation allaient être construits.

— Vous n'avez pas vérifié ?

— Impossible. Quand j'ai envoyé des gens de chez nous sur le terrain, ils se faisaient balader. On leur montrait de vieux *kârêz*, des canaux rénovés la veille sur quelques dizaines de mètres. Les champs qu'ils visitaient appartenaient au *wali*, au gouverneur. La coopérative censée profiter aux villageois de Dala Khel était aux mains de la famille du même *wali*. Bref, le gouverneur s'est tout mis dans la poche.

— Tu aurais pu commander un rapport.

— Cela a été fait. Mais José Da Sousa, je l'ai su plus tard par Sutapa, l'a modifié afin qu'il ne choque pas nos bailleurs de fonds.

— Et tu n'as rien dit ?

— C'était trop tard, Jonathan. J'étais à Paris et je n'ai vu que la version finale. Cette crapule de Da Sousa disait en préambule que tout allait bien, que les travaux démarraient. Lorsque Sutapa m'a informé, à mon retour à Kaboul, le rapport était déjà sur les bureaux de nos chers financiers européens, à Bruxelles.

— Il n'est jamais trop tard pour dire les choses...

Stewart se retourna sur son siège.

— Tu plaisantes ou quoi ? Tu sais très bien comment ça

115

marche. Une crise, une fuite, un chiffre qui manque, et tu t'attires les foudres. Plus de fric, plus de subventions ! Les bailleurs se méfient de toi dans la seconde.

— Ce n'est pas une raison pour fermer les yeux, Hugh.

— Je ne ferme pas les yeux. Ce salopard de José Da Sousa nous a induits en erreur. Pourquoi ? Va savoir. Il a sans doute détourné de l'argent lui-même mais cela me paraît compliqué. Tu veux que je mette la clé sous la porte et que cent mille Afghans retournent à la misère ?

— Ce José Da Sousa a l'air gourmand, que veut-il ?

— Je n'en sais rien. Il se fait construire une villa au Brésil, d'après ce que l'on dit. Mais personne n'en a la preuve.

— Pourquoi tu ne le vires pas ?

— Je te l'ai déjà dit, pas assez de preuves. Mais nous sommes sûrs maintenant qu'une grosse compagnie paie.

— Ton ami McCarthy doit en connaître un bout sur le sujet.

Stewart sourit.

— Oui, tu as raison. Sauf qu'il est loin, dans son fief derrière Kaboul. Nous le verrons au retour.

Les sommets à droite et à gauche semblaient s'embrasser. Puis, après une montée dans laquelle un camion patinait, un col s'offrit à leur regard. Fawad désigna un sentier à flanc de montagne.

— De là, Massoud faisait partir ses combattants pour garder tout le Panchir. Quand il y avait des chemins minés, il faisait nettoyer les sentiers les plus importants mètre par mètre. Il a sauvé tout le Panchir, et même l'Afghanistan, qui n'a jamais pu tomber totalement sous la coupe des Soviétiques ou des talibans.

Un petit attroupement au bord de la route attira leur attention. À quelques mètres se dressait une maison de marbre.

– Le mausolée de Massoud, souffla Fawad.

Il gara la voiture et se rendit près de la tombe. Jonathan le suivit. Plusieurs paires de chaussures étaient disposées à l'extérieur. Des hommes et des femmes priaient en silence. Une dévotion impressionnante régnait à l'intérieur du petit bâtiment garni de photos de l'ancien commandant et de fleurs en plastique. Jonathan en ressortit ému.

Il remarqua que Fawad avait les yeux rouges.

Ils repartirent sans un mot. Des hommes armés descendaient des montagnes. À droite de la piste, des bergers menaient leurs troupeaux de chèvres à la rivière. Quelques champs en terrasse bordaient le Panchir, puis la montagne reprenait le dessus, avec des flancs escarpés, des ravines, des éboulis.

Jonathan contemplait les crêtes qui semblaient coupées au couteau, au fur et à mesure que la voiture de la mission Agro Plan gravissait la route du col d'Anjoman. Il se sentait libre, libre de la tutelle de l'ambassade et de la chape de plomb qui régnait sur Kaboul, libre de retrouver Albane, libre de remonter la piste, jusqu'au bout s'il le fallait. Stewart avait l'air soucieux. La montée vers la vallée de Jurm puis la descente après le col d'Anjoman ne seraient guère aisées et sans doute son ami envisageait-il un autre chemin. Jonathan crut deviner qu'il pensait à José Da Sousa et lui posa la question.

— Il est capable de tout, répondit Stewart, des coups les plus tordus, à l'aide d'un intermédiaire, l'air de ne pas y toucher. Cette ordure est dangereuse, je le sais, pour la mission, pour nous, et peut-être pour Albane.

Jonathan se raidit sur son siège.

— Crois-tu qu'il puisse intervenir de si loin, de Kaboul, si Albane est sur les hauteurs de la vallée de Jurm ?

— Je ne sais pas, mais ce type a un comportement de plus en plus étrange. Ses intérêts vont au-delà de la magouille pure et simple. Il a des contacts avec les talibans dans le Sud et il prétend que c'est indispensable pour le bien-fondé de la mission.

— Ce en quoi il n'a sans doute pas tort.

— Certes, nous devons mener à bien des programmes d'ensemencement et des cultures de substitution.

— À l'opium ?

— Oui, pour remplacer les champs de pavot. Nous avons trois programmes pour des villages autour de Kandahar.

— Les fiefs de la drogue…

— Parmi d'autres, dont la vallée de Jurm. Da Sousa s'est rendu à maintes reprises à Singesar, près de Kandahar. Une escorte modeste, un *tchokidor* de la mission, un seul, et des talibans pour l'accompagner. Tu sais qui a longtemps habité dans ce bled ?

— Des chefs talibans sans doute.

— Mieux que ça. Le mollah Omar en personne. Le grand maître des turbans noirs ! Or l'un de ses beaux-pères – il en a quatre, car il est marié à quatre femmes – est cultivateur de pavot et producteur d'opium. C'est un village où ne rentre pas n'importe qui ! Quand j'ai vu le nom de

Singesar sur le rapport, perdu au milieu d'autres noms, je me suis demandé ce que Da Sousa était venu foutre là. Ça m'a paru étrange, et sa manière de répondre encore plus. Il m'a parlé de fertilisants. Comme si nous avions besoin de les aider en la matière !

— C'est étrange, en effet. On retombe sur le papier retrouvé à Bamyan, la facture avec le nom de cette boîte.

— C'est ce qui m'inquiète. Ce Gholam de malheur avait acheté du Daper, un engrais fort utilisé par les cultivateurs d'opium. Et je t'ai dit qui était derrière…

— Reccon, la compagnie pétrolière. Mais quel lien avec Da Sousa ?

— Cet enfoiré de Gholam n'a pas pu agir seul. Le fait que Da Sousa se soit retrouvé à Singesar est inquiétant. Il ne pouvait agir que pour le fric. Sinon, il serait resté à Kaboul ou à Bamyan.

— Il a pris des risques…

— Beaucoup, du moins pour nous. Je suis sûr qu'il a eu des garanties pour aller là-bas.

— Tu veux dire qu'il est de mèche avec les talibans ?

— Oui, avec les talibans, les gardes du mollah Omar, et il doit y avoir du Reccon derrière tout ça.

Tandis que Stewart lui exposait ses inquiétudes, Jonathan pensait à Albane, loin devant, au-delà des crêtes dentelées, des ravins vertigineux, des sentiers minuscules qui serpentaient sur les flancs rouge et noir de la montagne. Dans quel guêpier es-tu tombée, Albane ? As-tu pensé à tout cela en suivant Caroube ? Rien cependant ne pourra m'arrêter, Albane, je suis sur ta route.

Il aperçut sur la droite, dans un coude du torrent, une

large vasque, comme une piscine. Des enfants s'y baignaient malgré la température glaciale à cette altitude. Il se remémora les plongées dans les lacs de montagne au-dessus de Nice, dans la vallée du Mercantour ou au Boréon. Eau froide, profondeurs gelées, les membres ankylosés, les dents qui claquent, la tête qui bourdonne, le sexe qui rétrécit. Le plus dur est de s'élancer, puis tu peux t'accoutumer. La leçon du chef de palanquée, Jonathan l'avait répétée des dizaines de fois. Il s'en était servi pour approcher une belle femme sur le port de Nice, au bar du Neptune. Jette-toi à l'eau, Jonathan, n'hésite pas, lance-toi dans les profondeurs sans fond du désir. Il avait tenté sa chance, elle avait souri, puis était partie devant tant de maladresse. Il avait essayé la même tactique avec une jeune femme au bar en bas de chez lui, à Paris, et pour une fois cela avait marché, elle avait répondu au boomerang qui arrivait sur elle, un boomerang de rêves et d'inconscience. Longtemps ils avaient parlé de Nice, de la Côte, de l'arrière-pays qu'elle connaissait bien pour y avoir séjourné pendant deux semaines après la mort de son père près de Monte-Carlo, au lendemain du kaddish sur la tombe d'Èze-sur-Mer. Tu as sûrement dû réciter un autre kaddish pour Caroube, pas pour lui mais pour toi, Albane, ou pour ton père que tu devais retrouver en lui. Comme j'aurais aimé être là pour te prendre par la main, pour te dire que tout cela est fini, pour écouter *Tosca* sur la vedette Bertram, pour t'emmener loin, très loin de la descente aux Enfers que t'a réservée Caroube.

14

Le soleil commençait à se lever au-dessus des crêtes. Albane Berenson était essoufflée et priait pour que la pente s'adoucisse, que la piste s'achève, mais Aziz Khan menait un train infernal. Une balle avait résonné au fond de la vallée et il avait cru son heure arrivée. Il observait de temps à autre la jeune femme derrière lui et son regard signifiait qu'aucun faux pas ne serait toléré, pas de ralentissement, pas de pause ; quant au ravin, il était là pour rappeler la vigilance. Il avait éprouvé du désir pour elle, pour ses formes dissimulées sous les amples replis de sa tunique, mais il se refusait à la courtiser. Elle s'était mise dans un beau pétrin, sans le savoir, ou justement parce qu'elle le savait, comme ce fou de Caroube prêt à déclencher une vendetta de cent ans entre deux vallées pour le plaisir d'en rapporter les faits. Aziz Khan lui avait raconté l'altercation de Caroube avec son frère Bismillah, soucieux avant tout d'arrêter les combats pour reprendre le négoce de l'opium.

« Que veut cet abruti ? lui avait demandé Bismillah dans le village de Qasdeh au début de l'équipée. Qu'est-ce qu'il manigance ? Si tu le laisses faire, les hommes de Karimpur vont trouver le prétexte idéal pour se venger de la mort de leur chef.

— Je sais, Bismillah, mais ce *dâktar* Caroube est d'abord notre hôte. Nous ne pouvons pas l'abandonner.

— On ne sait même pas pour qui il travaille ! Nos hommes ont foutu le camp, morts de trouille. On ne peut plus prendre de risques.

— Il travaille pour l'ambassade de France, et il est d'abord médecin.

— Il peut aussi jouer le rôle du parfait espion, n'oublie pas ça, Aziz Khan !

— Possible, et il y en a eu durant le djihad. Mais eux aussi nous ont aidés.

— Aujourd'hui, ils peuvent détruire l'Afghanistan, ou ce qu'il en reste.

— Il n'en reste plus rien, Bismillah, et tu le sais bien. Au train où vont les choses, il n'y aura bientôt plus de pays, mais des vallées qui se battront les unes contre les autres.

— Ce *dâktar*, il vaut cher, très cher ! Et il peut nous servir à amadouer les hommes de Karimpur, si on veut recommencer à faire passer de l'opium.

— Ce *dâktar* est mon protégé, et aussi longtemps que je vivrai, tu ne toucheras pas à un seul de ses cheveux ! »

Le ton était monté dans la *tchaïkhana* de Qasdeh mais les deux frères s'étaient calmés quand des trafiquants avaient franchi la porte. En voyant le faciès des nouveaux hôtes, un berger accompagné de son fils s'enfonça aussitôt sous sa couverture. Les deux frères ne poursuivirent pas la conversation. Aziz Khan avait beau défendre le *dâktar* Caroube, il avait désormais des doutes.

Caroube était enterré dans un vallon de moraines aux pierres blanches. La vie est étrange, pensait Aziz Khan, cette jeune femme ne pleure plus, elle paraît presque soulagée de la mort de son compagnon, soulagée de savoir qu'il a accompli son dernier voyage dans la vallée de Jurm. Lui, Aziz, avait arrêté de pleurer depuis longtemps, les amis perdus, les moudjahidin tombés au champ d'honneur ou du déshonneur, les cousins fauchés par les mitrailleuses lourdes, l'oncle à la main brisée par la crosse d'un soldat communiste de Kaboul, les trahisons innombrables, la guerre civile, le commandant Massoud assassiné par deux faux journalistes.

Aziz Khan observa le col devant lui. Ils y arriveraient avant le soir. Si la maison sur la gauche, près du flanc de montagne, arborait un drapeau noir, cela signifierait que la voie était libre, selon le signal convenu avec Bismillah. Si rien n'apparaissait, Aziz Khan devrait rebrousser chemin et trouver une autre porte de sortie.

La lenteur de la progression le plongea dans le souvenir des premières années du djihad, lorsque les moudjahidin de sa tribu utilisaient les mêmes signaux. Il avait eu jusqu'à mille hommes sous ses ordres et était devenu un chef de guerre, un seigneur important. Il se rendait une fois par an à Peshawar au Pakistan par les sentiers détournés des zones tribales pour recevoir des fonds, des centaines de milliers de dollars qu'il convoyait jusque dans les vallées du Nouristan. Après avoir prélevé leur quote-part, les agents des services secrets pakistanais lui confiaient des armes, ainsi que des missiles Stinger donnés par les Américains. Des émissaires saoudiens traînaient eux aussi dans les officines de Peshawar, cherchant à faire œuvre charitable dans les fiefs des fondamentalistes de la résistance, surtout ceux de Gulbuddin Hekmatyar. Aziz Khan avait vu des dizaines d'humanitaires emprunter les sentiers compliqués de la résistance, ceux qu'il fallait déminer sans cesse. Un monde étrange, fait de générosité et d'inconscience, d'égoïsme et de folie, de caractères doux et forts, d'engueulades et d'amitiés à la vie, à la mort.

Aziz Khan aperçut un drapeau noir flotter sur le toit de la maisonnette. Tout danger était donc écarté. Il eut envie de forcer l'allure mais se retint pour Albane Berenson, qui haletait de plus en plus. Ils arrivaient au col lorsqu'une petite troupe surgit sur le sentier, Bismillah en tête. Les deux frères se congratulèrent et se dirigèrent vers la maison où des moudjahidin préparèrent du thé. Aziz Khan servit lui-même le breuvage à Albane qui tremblait de froid.

– Nous sommes à près de quatre mille mètres et vous allez avoir du mal à dormir, dit Aziz Khan. Nous avons beaucoup marché, mais nous avons échappé à nos poursuivants.

– Montrez-moi où nous sommes sur la carte, demanda-t-elle.

Aziz Khan déplia sans un mot le papier placé dans la poche de son *shalwar kamiz* et indiqua le tracé suivi dans la journée. La maisonnette se trouvait sur les hauteurs d'Eskan.

Bismillah vint lui souffler quelques mots à l'oreille et il secoua la tête. Il traduisit pour Albane. Elle n'aimait pas le regard que posait sur elle le frère d'Aziz Khan, ni son air ironique.

— Mon frère dit qu'il reste des combattants de Karimpur sur la piste, en bas, de l'autre côté du versant. Il va envoyer des hommes pour sonder la vallée.

— Avons-nous des chances de passer ? s'inquiéta Albane.

— Des chances ? dit-il dans un éclat de rire. Allah seul le sait. Ou peut-être de la malchance.

Aziz Khan l'abandonna à ses pensées un moment. Que venaient faire ici ces envoyés de la bonne conscience occidentale ? Il regarda à nouveau Albane et éprouva du désir pour elle. Il lui serait si facile de l'enfermer dans la pièce voisine, d'abuser d'elle, puis de négocier la paix avec le clan des Karimpur en échange d'une Blanche qui valait un bon paquet d'opium. Toutes ces guerres, ces querelles de vallée étaient dues après tout aux Occidentaux, ces oiseaux de malheur qui lançaient périodiquement des croisades pour le Bien. Quelles foutaises ! Le Bien, le Mal, qui pouvait les discerner ici, dans ce patchwork d'ethnies, dans ce nouveau Grand Jeu qui avait engendré des petites Républiques, le Pétrolistan, l'Opiomistan, le Droguistan... Il vit par la fenêtre les dernières lueurs du soleil teinter d'un rouge sang le versant de la montagne, au-dessus de la rivière Kokcha, et se refléter sur les roches humides.

Aziz Khan resservit du thé à Albane Berenson. Savait-elle ce qui se tramait en ce moment ? La question le taraudait mais il ne savait comment la formuler.

125

– Il faut vous reposer, finit-il par dire. La journée de demain sera éprouvante.

– Je croyais que nous avions dépassé la vallée de Jurm.

– Nous sommes au-dessus, mais nous devons rejoindre le village de Ghowrayd Gharami, en amont de la Kokcha.

– Il suffira donc de redescendre dans la vallée.

– Non, au contraire, les hommes de Karimpur sont à Eskan, un hameau un peu plus bas.

– Et l'autre village est entre les mains de vos hommes ?

– Oui, Bismillah y compte des amis.

Deux gardes servirent des galettes avec de la sauce, puis Albane se leva et demanda à la femme du paysan de l'accompagner au torrent en contrebas. La paysanne portait une lampe tempête et vit la *Faransawi* se déshabiller près d'un arbre maigrichon. Nue, Albane entra dans l'eau glacée du torrent, se frictionna et ressortit très vite. En se rhabillant, elle vit que la vieille femme édentée lui souriait. Elle souffla, grelottant de froid. La paysanne lui frictionna le dos et ses gestes vifs, précis, la réchauffèrent en quelques instants.

Pour la première fois depuis l'enterrement de Caroube, l'odeur de la mort la quittait enfin, noyée dans les eaux du torrent. Les deux femmes retournèrent à la fermette d'un pas rapide. Albane bâilla. L'étape suivante serait longue.

Elle se rendit dans la pièce voisine, s'allongea sur un fin matelas de laine rouge et s'endormit aussitôt.

15

La descente du col d'Anjoman s'avéra acrobatique. La vieille jeep soviétique que Jonathan et Stewart avaient louée à l'auberge du col tanguait dans tous les sens.

— Putain de voiture ! s'écria Stewart. On va finir par casser le châssis !

Fawad soupira en donnant un coup de volant pour éviter un nid-de-poule.

— C'est tout ce que nous ont légué les *Chouravis*, des jeep pourries... (Il désigna d'un geste du menton le flanc de la montagne à droite, de l'autre côté du torrent.) Et des mines. Là-haut, il y a tout ce que vous voulez, des mines-papillons, des mines antipersonnel et parfois, sur les bas-côtés de la route, des antichars.

Stewart commençait à ressentir la fatigue. Ses muscles étaient ankylosés à force de s'agripper à la poignée de porte. Sa tête cognait de temps à autre contre le pare-brise. Il avait essayé pendant quelques heures de se tenir debout à l'arrière, les pieds sur le pare-chocs, accroché à la galerie du toit, afin de se dégourdir les jambes, puis y avait renoncé en raison de la rudesse de la piste. De temps à autre, en pestant, il regardait les montagnes au relief déchiqueté, ces pans de murailles qui défiaient la pesanteur, mélange de roches dures entrecroisées par les siècles, patchwork de couleurs qui luisaient au soleil du matin. La nuit avait été brève. Il s'était réveillé plusieurs fois, la gorge sèche, le souffle court à cause de l'altitude. Il admirait le stoïcisme de Jonathan qui, sans un mot, se contentait de plonger le regard dans les remous du torrent et de scruter les sommets. Stewart le sentait à la fois pressé et très calme, presque serein, comme si la montagne le calmait, ou l'approche de Jurm, en contrebas.

Ils s'arrêtèrent dans une *tchaïkhana* misérable entre les villages de Skazar et Farghamu, au sommet d'une piste qui offrait une vue magnifique sur la vallée, les bosquets et les roches sculptées par le temps. La piste était coupée par les intempéries et il fallait continuer à pied. Meublée chichement, entourée d'un petit mur d'enceinte et bordée de sapins qui lui donnait des allures de chalet suisse, la *tchaïkhana* sentait le fumier mêlé à une odeur âcre. Stewart reconnut l'odeur de la pâte à opium. Gras, le visage constellé de cicatrices dues apparemment à une maladie infantile, un *pakol* de laine beige vissé sur le crâne, l'aubergiste leur proposa des montures, trois chevaux et deux ânes. D'humeur maussade, il leur servit du *samenack,* un plat à base de grains de blé germés, et du thé, puis s'enferma dans un profond mutisme. Stewart s'enquit de la raison d'un tel silence.

— Il dit que la guerre a recommencé dans les vallées voisines, répondit Fawad. Les paysans s'entre-tuent pour le pavot à opium produit dans le coin.

– A-t-il entendu parler d'une femme occidentale disparue près de Jurm ? s'enquit Jonathan.

Fawad traduisit tout en dégustant son thé vert. Le propriétaire de la tchaïkhana n'avait rien vu, rien entendu, il baragouinait de temps à autre, voulait augmenter la location des montures, payables en dollars, en afghanis ou en pavot, comme pour nombre de transactions dans la vallée. Stewart sourit.

– Dis-lui que nous n'en avons pas encore trouvé.

L'aubergiste répondit par un geste ample, en désignant la montagne de gauche :

– Les champs commencent derrière. Tout le monde plante par ici, avec deux récoltes par an.

Au même moment, le bruit d'une explosion fit sursauter Stewart.

– Une mine, dit l'aubergiste.

Il se leva, inquiet.

– Ça y est, ils recommencent.

– Qui ? s'enquit Jonathan.

– Les gardes de Karimpur. Des bandits, des soudards. Ils veulent sûrement monter jusqu'à Anjoman.

L'aubergiste s'avança vers un pétrin de bois noir, saisit un fusil Kalachnikov et sortit sur le terre-plein de sa maison.

– S'ils viennent jusqu'ici, lança-t-il à Fawad, ils auront affaire à moi !

Comme pour lui répondre, une détonation résonna en aval.

– Ceux de Bismillah, lâcha l'aubergiste, de plus en plus

maussade. Ils sont à une heure à pied d'ici. Je crois que vous ne pourrez pas passer.

Fawad traduisit les propos du tenancier et Jonathan demanda :

— Là-haut, sur les sommets à gauche, le passage est peut-être plus sûr ?

L'aubergiste éclata de rire.

— Là-haut ? C'est pire ! Les cimes, je vous ai dit.

— Mais enfin, il doit bien y avoir un sentier.

— Laissez donc les hommes de Bismillah faire leur travail. Ceux de Karimpur savent qu'ils ne peuvent pas monter bien haut. Ou alors, c'est la guerre pour cent ans. Et ici, nous avons tous besoin de faire du commerce.

— Qui est Bismillah ? demanda Jonathan.

— Le frère d'Aziz Khan, celui qui est avec la femme occidentale.

Il se reprit aussitôt, conscient d'en avoir trop dit.

— Une femme occidentale ? s'écria Stewart. Pourquoi ne pas l'avoir dit plus tôt !

Une main rassurante saisit son bras. C'était Jonathan, toujours aussi calme. Stewart le regarda avec stupeur. La tunique sale, le *pakol* sur la tête, un châle sur les épaules, les yeux noirs, son ami ressemblait de plus en plus à un Afghan. Stewart comprit qu'il ne fallait pas perdre l'appui de l'aubergiste. Il leur serait encore utile.

— Où est-elle ? demanda Jonathan, toujours aussi serein.

La théorie du boomerang. Montrer au maître des lieux qu'il traite avec des *gentlemen*, des voyageurs qui ne se laisseront pas avoir, qui ne pourriront pas sur pied comme les plants de blé parce que les hommes de la vallée préfèrent cultiver le pavot.

— Là-haut, répondit l'aubergiste avec le même calme que Jonathan Saint-Éloi. À deux jours de marche. Avec Aziz Khan. Les hommes de Karimpur veulent les capturer.

— Et que leur veulent-ils ?

— C'est Aziz Khan qui les intéresse. Une affaire de taxes sur l'opium dans les vallées de Fayzabad. On appelle cet impôt l'*usher*. Les mollahs en profitent, les *namaïndas*, les maires, aussi. Nous n'avons pas d'autre choix, nous les paysans, que de planter du pavot.

Il désigna une parcelle de terre au loin, derrière un mur de pisé.

— Là, vous voyez ce lopin de terre ? Eh bien, là commencent les plantations. Ce sont mes champs et mes terrasses, hérités de mon père qui lui-même les a hérités de son père. Mais il n'y a jamais eu de pavot à opium ici avant la guerre. Désormais, tout le monde cultive le pavot. Comment voulez-vous sinon que l'on paie toutes ces taxes ?

La fusillade reprenait de plus belle en aval.

— Vous ne pourrez pas passer aujourd'hui, dit l'aubergiste. Partez demain et restez chez moi ce soir. Vous serez protégés, dit-il en montrant son fusil-mitrailleur.

— Je dois rejoindre au plus vite Aziz Khan, reprit Jonathan.

Le paysan n'insista pas. Le vent soufflait, déposant une couche de poussière jaune sur les champs alentour. Une étincelle brûla dans les yeux de l'aubergiste. Il doubla le prix des montures, puis se ravisa, à cause de la loi de l'hospitalité. Que les gens de Bismillah et de Karimpur ferraillent ne le gênait guère, pas plus que les producteurs d'opium du coin, au contraire : les combats ne pouvaient que faire monter les cours de la drogue.

Jonathan paya l'aubergiste pour qu'il leur indique le plus sûr chemin. L'homme maussade leur fournit les chevaux et une carte sommairement dessinée sur un bout de papier. Jonathan et Hugh Stewart partirent aussitôt, précédés de Fawad, qui avait acheté un fusil deux cents dollars à un paysan près du torrent. Ils s'élevèrent sur le flanc gauche de la vallée, puis obliquèrent sur la droite, dans une forêt de pins. À la sortie du bois s'ouvrait un petit vallon traversé par une cascade. Un saillant apparut à main droite où pouvaient à peine pénétrer les chevaux. Pendant deux heures, ils s'obstinèrent à pousser les bêtes à travers les ronces, sur des roches glissantes fouettées par l'eau glacée du torrent. Stewart observait son ami. Jonathan s'arc-boutait sur l'âne, revenait en arrière aider ses compagnons de route, scrutait les crêtes. Il est dans son élément, le bougre, songea Stewart. Jonathan, tu renais et je ne te reconnais pas. Il haletait sur la pente raide mais rien ne l'arrêtait dans sa course, pas même le *shalwar kamiz* qu'il avait remonté sur ses mollets. Le bruit de la fusillade maintenant se rapprochait et Stewart s'en inquiétait. Qu'est-ce qui les attendait sur la crête ? Devant, Fawad marchait d'un pas sûr. Il connaissait non pas le sentier mais les montagnes de Khvajeh Mohammad, et la veille il avait décrit à Stewart les chemins secrets, les passages par les sommets les moins élevés qui avaient permis maintes fois à ses hommes et aux troupes de Massoud d'échapper aux *Chouravis* pour se réfugier dans la vallée de la Mashad. Stewart pestait contre la montée, le vent chargé de gouttes d'eau, le torrent qui s'invitait sans cesse sur la pierre et menaçait d'envoyer les chevaux dans les replis de la montagne.

Ils parvinrent au sommet après une marche exténuante. En contrebas au loin, sur une crête moins élevée bordée d'une mare et d'un immense rocher qui dominait une vallée aux falaises rouges, une masure abritait des hommes de Bismillah, signalés par un drapeau blanc et vert. Une placette bordée de pierres et perchée au bord d'un précipice servait de tour de garde. Fawad marcha vers eux en brandissant son châle beige.

— Il est inconscient, dit Jonathan, resté en arrière, il va se faire descendre comme un lapin.

— Non, il est des leurs, souffla Hugh Stewart.

Brusquement, une détonation retentit. Fawad s'accroupit et son cheval tomba sur le sentier. Les siens avaient fait feu et touché la monture : ils avaient menti sur le drapeau.

Jonathan voulut s'élancer sur le sentier mais Stewart le retint.

— Les enfoirés, ils ont trahi.

— Ce ne sont pas les hommes de Bismillah.

— Laisse faire, Fawad est malin, il reviendra tout seul.

L'Afghan roula sur le côté, s'abrita derrière deux rochers et entreprit de récupérer son fusil. Il tira à deux reprises puis descendit sur la droite.

— Il est fou, il est à deux doigts de tomber dans le ravin ! s'écria Jonathan.

— Ne t'inquiète pas, s'il le fait, c'est qu'il sait voler.

133

C'était au tour de Stewart d'être calme, d'adopter la pose locale, de se laisser bercer par le bruit des rafales pour mieux percer les failles de l'adversaire.

— Ce sont donc des hommes de Karimpur, dit Jonathan.

— Pas sûr, tout est possible avec ces crapules. Un coup fourré, une trahison, un commandant qui s'est fait racheter par la milice adverse.

Jonathan remarqua que Stewart avait retrouvé son accent anglais.

— Et nous n'avons pas d'armes, dit Jonathan.

— Ce bâtard d'aubergiste nous a sans doute vendus.

— Ou tout simplement jetés dans la gueule du loup.

Une nouvelle détonation retentit et rebondit de vallée en vallée. Les tirs provenaient de l'amont de la masure, comme si une attaque avait été déclenchée par d'autres combattants. Stewart tenta de discerner des mouvements au-delà de la bicoque, en vain.

— Fawad les a sans doute pris à revers.

— Ou bien ce sont les hommes de Bismillah qui sont montés, suggéra Jonathan.

Les fusillades devinrent plus nourries, puis le drapeau blanc et vert chancela. Jonathan entendit un cri rauque, suivi d'une clameur. Des turbans apparurent au loin, près de la masure. Plusieurs hommes brandissaient des fusils. Fawad revint en courant vers eux, essoufflé.

— Par Allah, nous avons gagné. Ces chiens ont été expédiés au royaume des mécréants !

— Ce sont bien les gardes de Karimpur ?

— Oui, et ceux qui ont attaqué ont été envoyés par Bismillah, le frère d'Aziz Khan, mon ami. Ils nous retrouveront tout à l'heure.

— On ne peut pas les voir ? demanda Jonathan.

— Non, ils ne veulent pas. Pas tout de suite.

— Ils nettoient le secteur, ajouta Stewart.

— Des cadavres traînent encore, reprit Fawad. Un seul en fait, et nous sommes désormais à égalité. Un blessé, deux prisonniers. Ils vont être évacués dans un *markaz,* l'un des nos centres de commandement. L'endroit est miné, il faut être prudent.

Les trois hommes s'assirent. Une heure plus tard, un homme au loin leur fit signe. Ils s'approchèrent en évitant les bas-côtés minés du sentier. Une demi-douzaine de combattants attendaient sur une placette. Le corps de l'homme rafalé avait déjà disparu. Un barbu d'une quarantaine d'années, en tunique marron et gilet noir, la joue gauche barrée d'une cicatrice, commandait le groupe. Jonathan s'adressa à lui :

— Avez-vous eu vent du passage dans la vallée d'une femme occidentale ?

Le barbu prit son temps, saisit une brindille et se cura les dents. Puis il indiqua la montagne au nord.

— Elle est là-bas, traduisit Fawad.

— Allons-y tout de suite ! lança Jonathan.

— Pas question, répondit le commandant. Trop de dangers.

— Comment ça, pas question ? Vous êtes de la bande de Bismillah !

— Justement, l'ordre de ne pas bouger vient de lui.

135

— Vous allez laisser Aziz, son frère, seul avec l'Occidentale ?

Ne te dévoile pas trop, Jonathan, ces gars-là sont capables de tous les coups fourrés, magouilles et arnaques pour continuer leur trafic. Principe de la plongée progressive, tu attaques par petits bouts, vas-y doucement, laisse-toi couler.

— Aziz Khan n'est pas seul. Il a été capturé, répondit le commandant au gilet noir. Par les bandits de Karimpur.

Tu en fais un beau de bandit, toi aussi, pensa Jonathan. Même crapule, mêmes trafics.

— Mes deux amis s'inquiètent pour Aziz Khan et la femme, dit Fawad d'une voix forte. S'ils ne sont pas libérés, il y aura la vendetta dans la vallée pour longtemps.

— Et alors, vous croyez que je fais quoi, moi ? hurla Gilet-Noir. Si nous n'attaquons pas, c'est que nous ne pouvons pas, pas encore ! Ordre de Bismillah !

— Où est-il ? demanda Jonathan. Nous voulons le voir.

Le commandant fut surpris par la sérénité et l'aplomb de l'étranger aux yeux noirs. Savait-il que d'un coup de crosse il pouvait l'expédier dans le ravin ?

— Vous n'en avez pas le droit, répondit Gilet-Noir. Bismillah m'a donné un autre ordre : interdiction à tout étranger d'approcher.

— Nous avons soigné les gens de la vallée pendant longtemps, dit Stewart, qui commençait à bouillonner.

— Et aussi ceux de Karimpur, ajouta perfidement Gilet-Noir.

La partie est loin d'être gagnée, pensa Jonathan. Doctrine du combat en profondeur : s'éloigner du danger, quitter le territoire ennemi, trancher les filins de pêche au couteau, quitte à y laisser un doigt.

– Ils ont soigné des deux côtés. Il y a eu tant de changements, tant de retournements de veste, dit Jonathan.

Le commandant faillit perdre son calme mais se retint.

– Nous continuerons d'accepter la présence des *dâktar* dans les vallées du Badakhshan s'ils ne s'immiscent pas dans nos affaires.

– Quand seront-ils libérés ?

Gilet-Noir observa la montagne. Ses combattants fixaient les étrangers d'un air belliqueux.

– Allah seul le sait. Ils veulent signer la paix.

– Et continuer à cultiver comme avant. L'opium surtout.

Des nuages couraient au nord. Gilet-Noir les regarda fixement puis se redressa soudain.

– L'opium, sachez-le, intéresse tout le monde par ici !

Un coup de boule et je fous cet arrogant dans le précipice, se dit Jonathan. L'ennui, c'est qu'il n'est pas seul. Ces gangsters de l'opium ne se déplacent qu'en palanquée. Il tenta à nouveau de négocier, fit miroiter, avec l'accord de Stewart, une aide pour la vallée de Gilet-Noir, des médecins, des infirmières, des médicaments à profusion. Gilet-Noir ne cilla pas.

Jonathan remonte à la surface, il vient de rebondir sur le fond vaseux de l'océan d'opium, il effectue des paliers, il va damer le pion à Gilet-Noir :

– Nous partons quand même à la recherche des disparus.

Sous le regard incrédule de Fawad et Stewart, il s'élance vers le sentier ouvert sur le ravin, éboulis en contrebas, vue imprenable sur la vallée de Machin-Chose, vallée de truands, vallée d'enfoirés, la vallée de gens que je vais buter s'ils continuent à me taper sur le système, vallée de ratés qui, tout comme Gilet-Noir, ne savent que planter de l'opium. Un coup retentit, deux autres.

– Jonathan, arrête-toi, cette fois-ci, ils vont te viser !

Stewart s'époumone sur la tour de garde donnant sur le précipice puis Jonathan effectue un lent demi-tour sur le sentier. Les trois hommes de cette ordure de Gilet-Noir ont leur fusil braqué sur lui. Il lève les mains en l'air et revient lentement vers la masure des moudjahidin, maudissant le ciel de ne pouvoir envoyer leur chef dans le ravin. Soucieux, Fawad tente de reprendre les choses en main, avec fermeté, promet des châtiments divins s'il arrive quoi que ce soit à ses deux hôtes, parle de Bismillah, d'Aziz Khan, de leurs équipées communes dans les montagnes du Badakhshan pendant le djihad contre les Chouravis, de leurs alliances avec les Ouzbeks de Dostom pendant le bombardement de Kaboul, de leur repli vers le Panchir lors de l'assaut mené par les talibans. Gilet-Noir ordonne alors à ses hommes de baisser les armes et répond à Fawad que la loi des hautes vallées est ainsi, nul ne peut enfreindre un ordre donné, même les plus blanches des barbes blanches, même les plus sages des *babas* des crêtes ou des villages perdus.

Pourquoi nous cacher la vérité ? interroge du regard Jonathan. Fawad répond entre ses dents : Ils trament quelque chose, cela nous dépasse, on ne peut rien faire, on doit foutre le camp. Et Stewart acquiesce, Ces salopards sont capables du pire, y compris de nous expédier dans le torrent où personne ne viendra nous chercher, pas même Bismillah. Jonathan tente encore de tergiverser, théorie du narcosé des profondeurs, du type-qui-ne-veut-plus-remonter, je suis trop près du but, trop près du trésor unique, trop près de la grotte à corail, de la matrice de toutes les origines.

Jonathan part vers le sentier. Il entend un cri, se retourne, reçoit un coup de crosse sur la tête. Il tombe à terre, se protège le visage, récolte un coup de pied dans les côtes, un autre dans la cuisse. Le moudjahid continue de le frapper mais Gilet-Noir le retient d'un geste. Il ordonne à ses hommes de décamper et renouvelle à Fawad l'interdiction d'aller plus avant. Fawad le toise sans mot dire.

Jonathan reprit conscience allongé sur l'échine d'un cheval, les pieds et les mains attachés. Le vallon avait laissé place à un haut plateau bordé de montagnes aux reflets bleutés et rouges, certaines couvertes de neige.

— Désolé, vieux, il fallait t'évacuer avant que l'un de ces fous ne s'acharne sur toi. Et t'attacher pour que tu ne tombes pas !

Hugh Stewart marchait à ses côtés. Il défit les liens sans arrêter le cheval et tendit une gourde à son ami.

— Où est Fawad ? murmura Jonathan, les lèvres serrées, ivre de souffrance.

— Resté avec cet enfoiré de commandant.

— Mais ils peuvent le tuer...

— Ne t'inquiète pas, ils ne tiennent pas à une vendetta entre tribus. Beaucoup de mascarade dans tout ça.

— Hugh... il faut revenir en arrière... on va retrouver Albane.

— Impossible, Jo. Il y a trop de fusils dans le coin. Tout cela nous dépasse.

Jonathan tenta de descendre de sa monture, mais ses hanches lui faisaient atrocement mal, sa cuisse gauche aussi.

— Prends ça, dit Stewart en lui tendant un comprimé. Un peu de morphine. Un dérivé d'opium…

Jonathan n'eut pas la force de sourire.

— On ne peut pas laisser tomber Albane, on ne peut pas, répéta Jonathan dans un état d'hébétude.

— Tu es fatigué, Jo. On y verra plus clair en bas. Si on continue de l'autre côté, c'est la mort assurée, et sans doute aussi pour Albane.

— Mais qui sait, bon Dieu, ce qui peut lui arriver ? Tu n'y as pas pensé, toi ?

— Écoute, Jo, pas de nouvelles, bonnes nouvelles. Dis-toi qu'elle est en vie. Son meilleur atout, c'est d'être avec Aziz Khan. Il ne pourra rien lui arriver.

— Je ne peux pas redescendre dans la vallée, Hugh, je ne peux pas. C'est plus fort que moi, je ne m'en remettrai pas.

— Tu veux que je t'y oblige ?

Stewart brandit le poing. Il ne plaisantait pas, Jonathan était trop faible pour lui répondre. Puis l'Anglais éclata de rire.

— Allez, assez d'émotions, crois-en mon expérience en Afghanistan. Fawad va nous dépatouiller tout cela.

Le plateau finissait de dérouler son tapis rocailleux et, au-delà d'une fin de moraine, donnait dans le vide. Selon les indications de Fawad, Stewart obliqua vers la gauche. Jonathan s'agrippa à la selle du cheval, le cachet de morphine commençait à agir, il sentait ses veines se dilater, les douleurs s'enfuir, les cimes se rapprocher, ses pensées étaient plus sereines dans la solitude des pierres. Il s'évertuait à ne pas fermer les yeux. Un sentier descendait le long d'une falaise. Les deux hommes débouchèrent sur un vallon aux flancs abrupts, comme taillé à coups de pic dans le roc.

Ils marchèrent plusieurs heures. De temps à autre, par-dessus son épaule, Jonathan tentait d'apercevoir encore quelque sommet lointain, au-delà du fief de Gilet-Noir, au-delà de la montagne aux embuscades et des vallées à trafiquants. Un jour, on ne saurait plus comment nommer ces lieux, on les rebaptiserait du nom de ces ordures, le village de la Grosse Crapule, le hameau des Profiteurs, la vallée des Rois de l'opium, la rivière des Incapables-qui-ne-savent-produire-que-du-pavot. Tout cela lui paraissait étrange et ne correspondait pas à ce que lui décrivait depuis longtemps Stewart. Une pièce ou plusieurs manquaient au puzzle. Il s'en ouvrit à son ami.

— Bien sûr qu'il manque des pièces, répondit l'Anglais. Ces gens-là ne se font pas la guerre pour si peu. On s'entend de vallée en vallée depuis des générations, les paysans du coin en ont assez de la guerre. Ils peuvent toujours se mettre d'accord, sur le prix de l'opium, sur les stocks.

— Peut-être pas sur les laboratoires d'héroïne.

— Je ne sais pas s'il y en a dans le coin. Au nord, oui, et aussi à la frontière pakistanaise. Ici, encore une fois, tout est possible. Des labos, il en reste peut-être des dizaines, qui sait, avec ces enfoirés, avec cette putain de came qui rend fou !

— Tu ne crois pas que les moudjahidin sont un peu dépassés ?

— Les moudjahidin et les trafiquants, Jo, c'est la même chose. Tout le monde plante cette foutue came dans les parages. J'ai surtout peur qu'eux-mêmes soient des instruments. Depuis Bamyan, j'en ai la conviction.

— La poudre a déjà tout gangrené.

— Bien sûr, et cela dépasse cette foutue province. Un pays entier, et même sans doute toute l'Asie centrale. Le Grand Jeu, Jo, le Grand Jeu…

À la nuit tombante, ils parvinrent à une ferme-auberge sur la route d'Anjoman, en retrait de la *tchaïkhana* où ils avaient séjourné avant leur départ vers les sommets. Ils dévorèrent un plat de riz pilau à la graisse de mouton, accompagné d'un mauvais soda couleur orange chimique importé du Pakistan.

16

Le jardin du restaurant La Pergola était un Éden au pied de l'une des hautes collines de Kaboul. Au-delà d'une roseraie, au fond du petit parc où une glycine donnait un peu de fraîcheur devant la maison d'hôtes, des cadres de l'ONU devisaient sur le sort de l'Afghanistan en dégustant une grillade de mouton. Jonathan mit un certain temps à se frayer un chemin entre les tables et les transats installés sous des parasols, le long de la piscine, et à retrouver Zachary McCarthy.

— Vous ressemblez de plus en plus à un Afghan ! dit l'Américain en tendant la main au-dessus de la table avec une pointe de tendresse pour celui qui aurait pu être son fils. Asseyez-vous. Un vrai Afghan jusqu'à la claudication. J'ai appris que la virée au-dessus de la rivière Kokhcha s'était mal passée.

— C'est le moins qu'on puisse dire.

— Bah, vous vous en sortez bien. Un peu de baston n'a jamais fait de mal à personne. Bon, j'arrête, je sais, je suis ignoble, c'est une déformation professionnelle. Qu'est-ce que cet espion d'Afghan peut vous servir ? dit-il en appelant le serveur, dont l'œil était constamment tourné vers les étrangères en maillot deux pièces qui s'ébrouaient dans la piscine.

Jonathan n'était pas d'humeur à plaisanter.

— Que me vaut cette invitation à boire un verre ?

— Oh, répondit McCarthy, rien de grave. Je dois simplement vous conseiller de vous tenir sur vos gardes. Ces arnaqueurs de trafiquants sont prêts à tout. Ils ont des hommes à Kaboul.

— Ça, je m'en serais douté. Merci du conseil.

Il but un verre de jus d'orange, avec la sensation de déguster un whisky tant il éprouvait l'envie de se détendre.

— Quelle est l'information que vous souhaitez me livrer ?

On y arrive, se dit McCarthy, ce Saint-Éloi est accrocheur, complètement inconscient. Plus afghan que les Afghans, Stewart l'a senti lui aussi. Il ne lui reste plus qu'à apprendre le persan. De toute façon, il doit être cinglé pour vouloir chercher son ex dans les maquis de l'opium. Ce gars me plaît.

— Eh bien, cher Saint-Éloi, d'abord, cet endroit est agréable. Il ressemble aux colonies de votre douce France. Regardez, nous sommes tous des petits Blancs bien friqués. Enfin pas vous ! Blanc en partie…

Le ferrer, voir ses réactions. Le type a du cran. Il ne va pas se laisser alpaguer. Ou alors il consent à ce que je débite mes âneries parce qu'il est encore plus fin que moi.

— Gaëtan Demilly, le chargé d'affaires de l'ambassade de France, désire vous parler.

— Il peut aller se faire voir ! S'il a besoin d'un émissaire, dites-lui d'envoyer un chauffeur.

— Mais il va le faire. Il vous invite à dîner.

— Pour m'amadouer ? Alors qu'une Française a été enlevée et qu'un Français a été assassiné ?

— Justement. D'abord, Albane Berenson n'est pas que française, elle est franco-britannique, nuance.

— Ah, j'oubliais ! ironisa Jonathan Saint-Éloi.

Une jeune femme brune se jeta dans l'eau et deux hommes vinrent la rejoindre. L'un d'eux lui passa de l'huile solaire dans le dos.

— Vous voyez ça, Jonathan ? Les serveurs se rincent l'œil, et ils ont bien raison. Mais, sitôt dehors, ils parleront de débauche, d'orgies, de partouzes. Les deux Italiens qui tiennent ce resto sont inconscients. Bientôt les mollahs sortiront dans la rue et tout brûlera.

— Bref, je ne sais toujours pas ce qui me vaut cet entretien.

— Vous me rappelez mes débuts à Istanbul, avant que je ne sois recruté par l'agence. La belle vie, les jeunes Turques, des parents bourrés aux as, des *yali*, des maisons en bois coloré sur les rives du Bosphore qu'elles me prêtaient le week-end. Et surtout, je voulais vous avertir de ne pas mettre le doigt dans l'engrenage.

— Je risquerais de me faire mal ? Ne vous inquiétez pas, monsieur McCarthy, c'est déjà fait.

— Appelez-moi Zachary ou, encore mieux, Zack. McCarthy, ça me vieillit terriblement. Ah, voilà mon café liégeois. Bon, si je vous ai fait venir, c'est pour vous mettre en garde. Demilly est une crapule, une de plus.

— Vous m'avez l'air bien renseigné, y compris sur mon prochain dîner. À croire que vous êtes proche de lui.

Un coriace, pensa McCarthy.

— On vous a sans doute parlé du nouveau Grand Jeu, reprit l'Américain, qui oppose les pays du coin et les grandes puissances sur la question du pétrole. Au centre, comme la chèvre décapitée du bouzkachi, l'Afghanistan, pour son passage, ses axes stratégiques, et l'Asie centrale, pour ses réserves, surtout le Turkménistan.

— Oui, je sais, j'ai appris ce que cela signifiait, Fawad m'en a parlé.

— Alors, vous savez pourquoi nous, les Américains, sommes encore en Afghanistan, bien que nous n'ayons plus assez de troupes à envoyer sur les autres théâtres d'opérations ?

— Sûrement pour aider Hamid Karzaï.

Nouvel éclat de rire de McCarthy. Soit ce type est un idiot, soit il joue bien la comédie.

— Bon Dieu, Saint-Éloi, si nous sommes là, c'est pour le pipe-line, pour le pétrole, nos intérêts stratégiques dans toute la région ! Il faut vous faire un dessin ? Ah, le pire, ajouta-t-il d'un air cynique, c'est que vous avez raison : c'est tellement gros que personne n'y croit, sauf les gars de Reccon. Qui a passé des contacts avec les talibans ? Qui les a fait venir au Texas voici quelques années, lorsqu'ils dirigeaient le pays, massacraient, empêchaient les femmes de travailler, les frappaient si elles ne portaient pas la burqa ? Toujours nos chers amis du pétrole. Avec l'aval de la Maison Blanche.

— Karzaï serait donc dans le coup ?

— Lui, non, mais son frère, oui. Et les pétroliers entendent le manipuler. C'est pour cela que mon cher pays, et

146

le vôtre aussi, ont préféré Karzaï à Abd ul Haq. Mon ami Abd ul Haq...

L'Américain marqua une pause et porta son regard sur les dalles de la pelouse de La Pergola.

– On a laissé Abd ul Haq se faire assassiner lâchement par les talibans. Il a été pendu à un arbre de la Kunar alors qu'il avait appelé à l'aide nos forces sur son satellite. On s'est bien gardé d'intervenir à temps. Vous savez ce qu'on dit dans certains milieux de la sécurité à Washington ? On aurait donné l'information du voyage d'Abd ul Haq, qui partait de Peshawar, aux services secrets pakistanais qui l'ont aussitôt transmise aux talibans. Saloperie... Un comble, lui, le chef des moudjahidin, l'égal de Massoud. Il s'était battu contre les Russes, il avait sauté sur une mine, il avait perdu la moitié d'un pied, et nous, on l'a soigné aux États-Unis après l'avoir exfiltré des maquis. Eh bien, on a fini par le trouver trop proche des Russes et des Iraniens. Pas assez malléable. Avec Karzaï, les pétroliers peuvent agir à leur guise.

– Cela veut dire beaucoup d'argent, des risques...

– Les enjeux sont énormes. Il ne reste plus que quarante années de réserves pétrolières dans le monde. Là-bas, dans ces putains de steppes, il y a des trésors d'or noir. Le Kazakhstan détient trois pour cent des réserves mondiales. Au Turkménistan, le salopard au pouvoir règne en roi du pétrole, un dictateur monstrueux sur lequel évidemment on ferme les yeux. Ces roitelets de merde disposent de milliards de mètres cubes de gaz encore inexploités. Pareil pour la mer Caspienne. Un coffre-fort à hydrocarbures ! On parle de trente-trois milliards de barils, d'autres de plus

de deux cents, soit un tiers de toutes les réserves du Golfe !
Et par où tout ce gentil petit liquide doit-il passer ? Par la
Russie. Car tout le réseau existant est aux mains des Russes,
à quelques exceptions près, dont un pipe qui doit aller
en Turquie. Alors, la tension monte. C'est une cocotte-
minute !

McCarthy regarda derrière lui, s'assura que personne
n'écoutait, puis il prit des allumettes et les disposa devant
lui.

— Voilà, ce sont les pipes du Nord, ceux de la Russie.
Cette allumette, c'est le pipe qui doit aller à Ceyhan, en
Méditerranée, côté turc. Les Russes sont furieux, ça leur
échappe. Nous, les Américains, on voit ça d'un bon œil,
mais il y a mieux.

Il prit plusieurs allumettes, qu'il plaça vers l'est.

— Ce pipe permettrait de drainer les hydrocarbures de la
région de la mer Caspienne, du Turkménistan et du
Kazakhstan vers les mers du Sud, le Pakistan et l'Inde.

— Et en quoi cela arrange-t-il les Américains ?

— Cela arrangerait Reccon, surtout ! Cette foutue boîte
est prête à investir des milliards de dollars. Elle a déjà
dépensé en fonds perdus une fortune, uniquement pour
amadouer des tribus, courtiser ce grand cinglé régnant sur
le Turkménistan qui se prend pour le nouvel émir des
steppes et arroser tout le monde. Les Russes, eux, après
avoir privatisé leur industrie pétrolière dans les années qua-
tre-vingt-dix, veulent reconquérir leur puissance. Cela va
se faire avec les pipes-lines, avec les nouveaux gisements,
avec les anciennes Républiques musulmanes, du moins,
c'est ce qu'ils croient. Et les Iraniens, eux, se marrent ! Ils

manipulent, font monter la pression, exercent un chantage au nucléaire, exigent désormais que leur pétrole soit payé en euros et non plus en dollars, une claque pour les États-Unis.

— Ce projet de pipe-line va prendre des années...

— Le projet est déjà bien entamé. Savez-vous qui était le représentant de l'une des grandes compagnies pétrolières américaines, rivale de Reccon ? Zalmay Khalilzad en personne, le conseiller de la Maison Blanche, devenu ambassadeur américain à Kaboul et aujourd'hui en Irak. Croyez-moi, Jonathan, nous sommes au cœur du lobby. Ils ont des hommes partout. Et ici même, dans cette ville, dans cette rue, dans ce restaurant.

— Ne me dites pas que nos deux Italiens espionnent pour Reccon...

— J'en mettrais ma main au feu. Tout vaut mieux qu'une grenade qui explose dans la piscine ! Ça ferait un beau grabuge parmi ces bikinis. Les deux Ritals ont investi deux cent mille dollars. En moins d'un an, ils ont fait tellement de bénéfices qu'ils ont déjà tout récupéré. Ce restaurant est une vache à lait. Ils ne veulent pas de bordel, pas d'attentats contre eux et leur belle piscine. Ils sont prêts à tout pour monnayer leur sécurité et coopérer...

Où voulait-il en venir ? McCarthy sombrait dans la vulgarité aussi facilement qu'il pouvait adopter des manières de diplomate. Il se délectait de jouer ce rôle ambivalent, de sauter d'une langue à l'autre, de l'anglais au français, de donner des ordres au serveur en persan, de faire référence à la Turquie et à son pipe-line en citant des proverbes du cru en turc : « *Bois et mange avec ton ami, mais n'aie pas d'affaires avec lui »*, ou : *« Il faut savoir sacrifier la barbe pour sauver sa tête. »*

— Bref, votre amie est dans une belle panade. Je ne l'ai vue que deux fois, mais j'ai beaucoup d'affection pour elle, prenez cela comme venant d'un père. Elle est en vie, j'en suis convaincu, c'est le bruit qui circule à Fayzabad, où l'on se contrefout par ailleurs du sort des Occidentaux, surtout s'il s'agit d'une femme.

— Qu'est-ce qu'on attend alors pour la tirer de là ? dit calmement Jonathan.

Ce gars sait contrôler ses tripes, songea McCarthy, qui avait retrouvé son élégance naturelle. De la bonne graine. Je le prendrais bien à mon service. Un vrai caméléon. On l'enverrait dans les montagnes et il ramènerait à la fois un bouquetin en guise de trophée de chasse, un rapport d'analyse et la tête de deux trafiquants.

— Qu'est-ce qu'on attend ? Mais c'est à Demilly de répondre, au grand envoyé de la grande France ! Sachez qu'il s'intéresse de très près au pipe-line.

— L'ambassade y a des intérêts ?

— Si on veut. Les gens de Reccon surtout l'ont mis dans leur poche. Ils l'ont même neutralisé ! ajouta McCarthy avec un grand sourire.

— Ils le tiennent, en quelque sorte ?

— Oui, par les abattis. Trafic de statuettes du Gandhara, IIᵉ siècle après Jésus-Christ. Les pièces sont envoyées par la valise diplomatique au Pakistan, en Suisse et en France, d'où elles repartent pour Londres. Un sacré business, j'en conviens. Les collectionneurs de Chicago, New York, Tokyo et Bangkok en raffolent.

— Je vois mal Gaëtan Demilly tomber dans ce petit commerce.

McCarthy soupira. Soit ce Saint-Éloi est vraiment naïf et inconscient, soit il est très fin, et il s'y entend pour me tirer les vers du nez. Dans les deux cas, il a toute sa place en Afghanistan.

— « Petit » ? Vous voulez rire ! Ça fait deux ans que ça dure, et même plus, puisque l'attaché militaire avait commencé avant lui.

— Ça ne colle pas. On n'a pas besoin de ça pour vivre quand on est chargé d'affaires.

— Bien sûr que ça colle. Le FBI a remonté une filière en arrêtant un collectionneur de Chicago, à Regents Park South, si vous voulez tout savoir. Le type a accepté de collaborer pour que nous infiltrions le trafic. La piste mène jusqu'ici, à l'ambassade de France.

— Nous sommes loin d'Albane...

— Oui et non. C'est un tuyau : si Demilly vous cherche des noises, balancez-lui cette affaire de trafic de statuettes, entre les dents.

— Et vous, pour qui roulez-vous ?

— Oh, moi, je suis un type écœuré par ce qu'il a vu autour de lui. Un cynique, mais pas un blasé. Un type amoureux d'une Afghane et qui n'a pas envie que ce putain de pays vire un peu plus à l'enfer. Or nous sommes mal barrés, comme vous dites en français.

— Ce n'est quand même pas une compagnie qui peut donner à elle seule de tels cauchemars.

Il est malin, il peut aller loin.

— Il y a Reccon, le gros requin, et puis les prédateurs qui

rôdent autour, ses poissons pilotes, ses petits barracudas, ses profiteurs qui veulent leur part de barbaque.

— Il va donc falloir se méfier de beaucoup de monde !

— Je vous recommande surtout d'aller voir les gens de Gerland, dit McCarthy.

— Gerland ? Cela fait très « Terre de guerre » en français.

— Ah, je n'y avais pas pensé. Eux non plus d'ailleurs. À moins que Bill…

— Qui sont-ils, « eux » ?

Le mettre doucement à l'appât, faire en sorte qu'il morde à l'hameçon. Il aura la motivation d'aller jusqu'au bout.

— Gerland, c'est une boîte de consultants, comme la mienne en quelque sorte. L'association de deux ingénieurs, Andrus Gerfuls et Bill Landrieu. Ils ont baptisé leur compagnie en accolant la première syllabe de leurs noms. L'alliance donc d'un truand et d'un honnête homme. Avec beaucoup de fric. L'arnaqueur, la pourriture, c'est Andrus Gerfuls. Une crapule de première formée à Stanford. Non, ne prenez pas de notes, tout cela doit rester entre nous. Si vous avez des doutes sur moi, demandez à Stewart, il me connaît bien.

Zachary McCarthy commanda en persan un jus de grenade avec des pistaches, puis attendit que le *batcha* s'éloigne avant de reprendre :

— Ah, les pistaches, un rêve de Turquie. Andrus Gerfuls est un fieffé malin. D'origine lituanienne, descendant d'Allemands installés dans les pays baltes au temps de la Prusse. Autant dire des gars pas aimés après la Révolution russe.

— Et l'autre ?

– Bill Landrieu, nettement plus recommandable. Un type de La Nouvelle-Orléans, un Cajun descendant d'une famille française, d'où son nom. Je l'ai connu au Vietnam, il a déserté puis s'est caché en pays cajun, un marigot pestilentiel. Un bon gars. Il a rendu quelques services à la nation, et on l'a blanchi des accusations de désertion.

– C'est évidemment très facile aux États-Unis, en temps de guerre, d'échapper à l'accusation de désertion, ironisa Jonathan.

– Non, pas en temps de guerre, mais après la guerre du Vietnam. On l'a embauché dans les services, quelques coups tordus. Bref, du donnant donnant.

– Et en quoi ces deux braves types ont-ils quelque chose à voir avec Reccon et le pipe-line ?

– Reccon a eu recours à des sociétés de service et de consultants, des sortes de *contractors*, comme on dit chez nous. Gerland était l'une des boîtes qu'il leur fallait, prête à tout. Vous me suivez, mon cher ?

Bien sûr qu'il me suit, se dit McCarthy, inutile de poser la question. Il est même tout ouïe. Si j'étais à la place des gens de Gerland, je l'aurais déjà embauché.

– Gerland a fait des repérages, a envoyé quelques émissaires voir les talibans. Bill Landrieu s'est déplacé en personne et Andrus Gerfuls aussi, à Kaboul, en plein règne des salopards au turban noir. Tous les deux ont même invité les talibans à Washington, et ça a marché, ils ont été reçus, et bien reçus, jusqu'au Texas !

– Tout ça grassement payé, j'imagine.

– Évidemment ! Les gars de Gerland ne se lancent pas dans ce genre de tractations pour des clopinettes.

153

— Et ça a mené à quoi, leurs repérages ?

— À négocier le tracé du pipe. Les talibans y ont été d'abord hostiles, puis une faction l'a emporté, celle du mollah Hassan, le gouverneur de Kandahar, le numéro deux ou trois de ce putain de régime, si on peut appeler ça un régime. Un type qui dormait tout le temps sur son coffre-fort et qui a perdu une jambe lors des combats contre les Soviétiques. Les talibans et le mollah Omar ont été convaincus qu'ils se rachèteraient une virginité auprès de Washington avec ce pipe. Et ils avaient raison. La Maison Blanche était prête à tout.

— Vous parlez au passé. Le projet de pipe-line est donc enterré ?

— Vous plaisantez ! L'affaire est repartie. Il y a trop de fric en jeu, trop de barils.

— Et vous voyez déjà un pipe-line en train de déverser du pétrole qui coulerait à travers l'Afghanistan, près de Kandahar qui plus est ? Je vais finir par croire que c'est un pays très calme où il n'y a jamais d'attentats...

— Il suffit de payer des tribus pour qu'elles se tiennent à carreau et ne fassent pas sauter le tuyau. Du pétrole qui coule à neuf kilomètres à l'heure, vous vous rendez compte de ce qu'on récolte au bout du pipe ?

— J'ai du mal à croire que vous, les Américains, puissiez considérer les Pachtouns islamistes comme vos alliés.

Ce type est fin, très fin. Il me cherche, il veut sonder mes limites. J'aime ça, et il sait que j'aime ça.

— « Vous » ? Écartez-moi du lot, s'il vous plaît. Les Américains, mes concitoyens, dont l'immense majorité n'a pas fait la guerre du Vietnam, se foutent totalement des talibans. D'autres chats à fouetter : l'Irak, le 11 septembre. Même si tout est parti d'ici, les talibans sont des tendres à côté des exploseurs de Manhattan, des bombeurs du World Trade Center.

— Sauf qu'ici les bombeurs, comme vous dites, se tirent tous dans les pattes.

— Erreur, monsieur Jonathan. Ils ont tous été d'accord. Même Dostam, la crapule ouzbèke du Nord, l'égorgeur, le baiseur à tire-larigot. Même Massoud. Landrieu les a tous vus. Ils ont compris les bénéfices qu'ils pouvaient tirer d'un tel pipe-line. Ils avaient intérêt à s'entendre, du moins à enterrer la hache de guerre le temps de le construire. Landrieu et Gerfuls ont fait, je le reconnais, du bon boulot. Sauf que Landrieu en a eu marre et il a claqué la porte.

— Malgré tout ce pactole ?

— À cause de tout ce pactole. Il s'est engueulé avec ce salopard d'Andrus Gerfuls qui est prêt à tout pour arriver à ses fins. Landrieu a quitté le bateau, pfuit, envolé. Il connaît tout des manigances qu'il a lui-même concoctées pour sa boîte Gerland et pour Reccon. Lui, ce n'est pas un truand, c'est un type qui a hésité dans sa vie, surtout après le Vietnam, et qui a failli basculer bien bas plusieurs fois.

— Dois-je en déduire qu'il serait bon que je le rencontre ?

— À votre place, je le ferais, si du moins vous tenez à retrouver miss Berenson. Landrieu a toutes les clés.

— Et... où puis-je le voir ? Devant cette piscine, peut-être ?

Ce Saint-Éloi ne manque pas d'humour, se dit McCarthy.

— Pas exactement. Près d'une autre grande piscine, d'une immense baie. San Francisco.

Jonathan sursauta.

— Ce n'est pas la porte à côté !

— Ce n'est pas beaucoup plus long de se rendre à San Francisco que d'aller de Kaboul au Pakistan en voiture...

— Je serais ravi de rencontrer votre Bill Landrieu, il doit effectivement en savoir beaucoup. Mais qui me dit que le jeu en vaut la chandelle, que je ne vais pas faire chou blanc en arrivant à San Francisco ?

— À vous de voir. Je vous donne ce conseil pour deux raisons. D'abord, je connais Bill Landrieu, il vous recevra, il craint le pire avec les agissements de Reccon dans la région. Deuxièmement, parce que moi-même, j'en ai assez des complots de Reccon et de cette dynamite qu'on sème en Asie centrale. La déferlante de la came, ça ne fait que commencer. Nous, les Américains, nous avons allumé un gigantesque incendie dont on se contrefout. Politique à courte vue. De l'aveuglement. Vous savez combien de morts ont fait les attentats du 11 septembre 2001 ?

— Quelques milliers.

— Allez, à la louche, trois mille. Et vous savez combien de morts cause cette putain de came ?

McCarthy reprit son sourire sarcastique, un sourire d'homme blessé, un regard de survivant de la guerre du Vietnam.

— Trente mille morts par an... Dix fois plus, chaque année ! La destruction des tours, ça fait déjà cinq ans. Dans l'intervalle, on a eu cent cinquante mille morts par over-dose. Cinquante fois plus ! Rien que dans le monde occidental. Et je ne parle même pas des autres pays. Tenez, le Pakistan, allez y un faire un tour, Karachi, la cour des miracles, les junkies sont partout ! 92 % de l'héroïne du monde entier partent de ce foutu pays afghan.

Zachary McCarthy retrouva son calme. Il regarda autour de lui. Personne ne prêtait attention à ses gestes. La piscine était pleine et un doux brouhaha régnait jusqu'au fond du petit parc. La volupté absolue, pensa McCarthy, l'insouciance du monde des petits Blancs dont je fais partie, qui attendent la fin du mois, le retour en Europe ou aux États-Unis, tous frais payés, déménagement garanti sans souci, vous n'aurez plus qu'à poser les pieds chez vous sur le tapis afghan acheté au rabais.

Jonathan le regardait d'un air ébahi, comme s'il avait perdu sa détermination, sa froideur. Se doutait-il que McCarthy avait eu un fils tombé dans la poudre ? Le ton de sa voix le laissait deviner, voix brisée, souffle de déprime. McCarthy, en première ligne au Vietnam, le commando de Da Nang devenu le commando des missions les plus pourries au monde, du Panama à l'Afghanistan, du Laos à la Colombie, drogué à la petite et à la grosse combine, camé au complot, comme s'il était obligé de replonger dans cette crasse toute sa vie.

– Bon Dieu, Jonathan, allez-y, à San Francisco. Rencontrez Bill Landrieu. Il vous expliquera tout. Je vous donne l'adresse, 110 Seadrift Road, à Stinson Beach, au nord du Golden Gate. Apprenez-la par cœur. S'il n'est pas là, c'est qu'il a la trouille. Il sera alors dans sa cabane du lac Tahoe. Facile à trouver. Si les autres vous en laissent le temps…

Le soir même, à la maison d'Agro Plan, Jonathan entreprit Hugh Stewart sur le cas McCarthy alors qu'il se remettait d'une longue sieste dans les bras de Sutapa.

– Apparemment, vous vous connaissez bien…

– Bien, c'est beaucoup dire, répondit Stewart en refermant la porte de son petit salon. Nous nous sommes connus ici, pendant le djihad. J'étais humanitaire, lui aussi, mais je n'en croyais pas un mot, les moudjahidin non plus. Zachary McCarthy était un agent américain. Un type important, dépendant non pas de la CIA mais du Conseil national de sécurité, donc directement de la Maison Blanche. Il avait tous les pouvoirs et il disposait de l'appui des grands commandants, qu'il payait, et des services secrets pakistanais, l'ISI.

– Ceux-là, ils ont l'air d'être partout.

– Ils le sont ! Dans tous les coups fourrés. Les islamistes parmi les moudjahidin, ce sont eux, les types de l'ISI. Les talibans, ce sont eux encore. La came, ce sont eux, avec les Américains.

Sutapa de temps à autre apportait des friandises et du thé. Stewart la suivait des yeux, admirant ses formes, la courbe de ses reins noyée dans le flou de sa robe rouge, ses cheveux défaits flottant sur son dos plat.

– Que veut McCarthy ? demanda encore Jonathan.

– Je n'en sais rien. Il veut sûrement se laver de toutes ces saloperies, ces affaires tordues, dont lui-même a été l'instrument, ou même le détonateur.

– Tu veux dire qu'il a déclenché ces événements lui-même ?

– Oh, du moins une partie, répondit Stewart. Au printemps de 1986, il est venu avec deux autres agents américains et des moudjahidin jusque dans les montagnes du Paktia. C'est d'ailleurs dans ce coin-là que nous nous sommes rencontrés, des montagnes infernales, des combattants d'un autre âge, de bons bougres qui crapahutaient du matin au soir et continuaient à combattre été comme hiver, par les grandes chaleurs comme durant les grands froids, et même pendant le ramadan, quand il fallait se lever à quatre heures pour jeûner jusqu'au soir. Dans la vallée voisine de la mienne, un type est arrivé un jour, McCarthy, avec trois missiles Stinger, des missiles d'à peine deux mètres de long que tu places sur l'épaule et que tu conduis à vue. Un jeu d'enfant. Avec les trois missiles, il a descendu trois avions soviétiques.

– Ce McCarthy aurait dû faire carrière dans un stand de tir.

– C'est un peu ce qu'il a fait, Jo, en plus grand. Lui et ses gus ont pris des photos des trois appareils éclatés en plein vol et ils ont ramené tout ça sur le bureau de Ronald Reagan à Washington, alors que le staff de la Maison Blanche n'était même pas au courant. Le Président, bien sûr, a dit oui.

– Oui aux Stingers ?

– Oui à des centaines de missiles, un millier environ. Tous ont été acheminés au Pakistan. Les agents de l'ISI ne se sont pas gênés pour en carotter une partie, trois cents environ selon McCarthy. Le reste a été expédié aux moudjahidin. Le problème, c'est que ces enfoirés d'agents de l'ISI ont choisi leurs poulains, les islamistes de Hekmatyar

159

et Sayyaf, les plus durs, les plus rigoristes. Massoud, lui, n'a pratiquement rien eu.

— Il n'empêche que ces missiles ont fait des dégâts et ont permis de gagner la guerre.

— En effet, on a gagné la guerre, les avions et hélicos des Russes ont été descendus, on a eu la maîtrise du ciel en quelques mois. Les moudjs pointaient le ciel, visaient, touchaient à tous les coups ces putains de Mig et de Sukkhoï. Défaite de l'Armée rouge, retrait, perestroïka dans une Russie chamboulée. Victoire, grâce à ton fidèle serviteur McCarthy. Jusqu'au jour où le fidèle serviteur a dit à la Maison Blanche que ces missiles étaient des saloperies, des bombes à retardement.

Comment dire à Jonathan que Zachary McCarthy, le grand manitou des coups tordus, s'était trompé ? Comment lui dire que lui aussi, comme McCarthy, se sentait coupable d'avoir semé la peste dans le pays, avec ces centaines de missiles non utilisés aux mains des islamistes, qui pouvaient faire sauter n'importe quel avion de ligne près de Kandahar ou Kaboul ?

— Il reste deux cents ou trois cents de ces Stinger, poursuivit Stewart. McCarthy a essayé de dire au Conseil national de sécurité combien il était dangereux de laisser ces bordels d'engins dans un pays si explosif, et on lui a dit : « Mais, McCarthy, qu'est-ce que ça peut nous foutre, puisqu'on a gagné ? Et vous, vous êtes couvert de gloire, vous allez avoir une belle promotion, vous devez juste la fermer. Après, de toute façon, un autre staff suivra... »

— Et que sont devenus ces missiles ? demanda Jonathan, subitement intrigué.

— Envolés ! Dans la nature. Ces bureaucrates de mes deux qui n'y connaissent rien ont dit : « Pas de soucis, l'électronique qui est là-dedans se bousille en deux ans maximum. » Balivernes ! Il suffit d'avoir un diplôme d'apprenti électronicien pour vous bricoler ça et le missile repart ! Mais personne, encore une fois, n'a cru les prédictions de McCarthy. Le Sénat a fini par comprendre et a lancé un programme de cent millions de dollars pour racheter la camelote. Dommage, il était déjà trop tard…

— Et je peux savoir comment tu es courant de tout ça ?

Stewart allongea les jambes et avoua qu'il avait fréquenté le MI 6, les services secrets britanniques, lors de ses débuts dans l'humanitaire, sans être lui-même un espion. Il avait simplement facilité l'embauche de candidats à l'aide humanitaire dont la charité, il s'en doutait bien, n'était pas la première des motivations. Quand il vit les yeux écarquillés de son ami, il répondit :

— Et alors, tu crois que les Français se sont gênés ? Les maquis au début du djihad étaient bourrés d'agents déguisés en humanitaires. Réfléchis, cela revenait au même. Certains soignaient, d'autres renseignaient ou informaient. Les associations en regorgeaient. On fermait les yeux. Le fric pleuvait, les aides des gouvernements, les facilités. C'était pour la bonne cause.

— La bonne cause… (Jonathan étouffa un rire.) En tout cas, McCarthy me propose d'aller rendre visite à un certain Bill Landrieu, à San Francisco.

— N'hésite pas.

— Je serai loin d'Albane, loin de la vallée de Jurm.

— Non, tu verras, tu seras encore plus près.

— Merci pour le conseil, Hugh. Je dois juste trouver de quoi acheter le billet.

— Puise dans tes économies, Jo. Tu ne le regretteras pas. Si McCarthy te propose de voir un de ses amis, vois-le, même au bout du monde.

— Il m'a aussi parlé de l'associé de ce Landrieu, Andrus Gerfuls.

Jonathan remarqua la gêne de Stewart, qui hésita un instant avant de répondre :

— Gerfuls... Une belle ordure, une de plus. Souvent fourré à Kaboul. Un prospecteur pétrolier qui s'est orienté vers le conseil. À la fois un manipulateur, un électron libre et un employeur de mercenaires. Sa fortune est assurée. McCarthy t'a dit ce qu'il faisait ici ?

— Pas précisément, mais j'imagine qu'il œuvre pour le compte de Reccon.

— Exact. Il a arrangé pas mal de contacts dans le coin, et jusqu'à Achkabad au Turkménistan. Il lui a suffi d'arroser pour s'octroyer l'appui d'un commandant, d'un ministre ou d'un député. Il faut reconnaître que dans l'ouest du pays, il a bien travaillé...

— L'ouest ? C'est le tracé du pipe-line.

— Bien sûr, c'est son seul intérêt. Les gens de Reccon ont lancé un consortium pour investir trois milliards de dollars. Gerfuls, lui, a senti le vent, il a placé ses pions. Reccon a été obligée de passer par lui. Pas le choix. Gerfuls n'a pas oublié de faire comprendre, via quelques interlocuteurs sur le terrain, que sa boîte Gerland a un pouvoir de nuisance. Suffit de poser quelques bombinettes au passage de telle ou telle voiture dans le Sud. Le jour où les gars de Reccon ont appris que la jeep d'un fonctionnaire de Kandahar travaillant pour eux avait essuyé les éclats d'un engin explosif, le message a été reçu. Un avertissement des proches de Gerfuls. Pas de concurrence déloyale. On marche avec ou contre moi. Gerfuls est un malin qui sait s'arrêter à temps. Quand un émissaire de Reccon est venu lui dire que ses sbires en Afghanistan devaient quand même faire attention à ne pas égratigner leurs copains, Gerfuls leur a répliqué qu'il ne maîtrisait pas tout le monde.

– Bill Landrieu doit en savoir beaucoup sur Gerfuls. Mais je ne vois pas pourquoi il souhaiterait en parler.

– Landrieu en a marre, Jonathan, marre de toutes ces magouilles, de ces complots qui sont en train de porter leurs fruits et de dégénérer. Va à San Francisco.

Dans sa chambre, Jonathan attendit le dernier moment avant de préparer son sac. Il sortit une photo de son portefeuille, l'embrassa, puis la plaça sur son cœur. *Zanda bashi.*

C'étaient les rares mots de persan qu'il avait appris. *Reste en vie.*

17

Les barres orange du pont du Golden Gate qui défilaient entre la presqu'île de San Francisco et Marin Peninsula donnaient à Jonathan Saint-Éloi l'envie de dormir. Il n'avait pas fermé l'œil depuis deux jours, hormis quelques heures sur un banc de l'aéroport de Londres, mais s'efforçait de rester éveillé dans l'autobus. Le ciel se confondait à sa gauche avec la ligne de l'horizon et une écume blanchissait par touches l'océan. Le soleil se reflétait en une myriade de petits miroirs sur l'immensité bleue.

Jonathan prit un second bus qui coupa à travers le Mount Tamalpais State Park. Il regarda à nouveau la carte de la Bay Area, la région de la baie de San Francisco. L'adresse donnée par McCarthy indiquait Stinson Beach, au nord du Golden Gate Bridge. Le second bus le déposa non loin de l'océan Pacifique, en bas d'une route bordée d'eucalyptus. Son sac sur l'épaule, il marcha jusqu'à la calle del Arroyo aux maisons de bois cossues, traversa Stinson Beach et continua sur Seadrift Road, entre l'océan et un lagon. Devant les maisons de bois, la mer agitait ses rouleaux et des vagues blanches venaient se fracasser sur la plage déserte. Il imagina quelques corps jetés sur les rochers, un peu plus loin. La noyade à Stinson devait être fulgurante.

Il surprit Bill Landrieu dans son grand jardin face au Pacifique. Grand, chevelu, roux, proche de la soixantaine, il boitait légèrement de la jambe gauche.

Visiblement, il était porté sur la pelouse à l'anglaise et la tonte à outrance.

— Bill Landrieu, bonjour, je vous attendais, dit-il en tendant une main tout juste dégantée. Saloperie de taupes. Elles sont revenues. Si vous n'y faites pas gaffe, elles vous bouffent le jardin en moins de deux !

Il invita Jonathan à s'asseoir sur la terrasse protégée du soleil par une glycine. Sa femme, une robuste Californienne qui rentrait d'une promenade au bord de mer, leur servit du café et des biscuits, puis annonça qu'elle repartait marcher sur la plage.

— En Californie, c'est une maladie. Promenade matin et soir. Vous savez d'où je tiens mon nom ? De mes aïeux français échoués sur la côte de Louisiane. Rien à voir avec ce que vous avez devant les yeux, plutôt de la grande verdure et des marais. Surtout dans l'arrière-pays. Mais bon, vous n'êtes pas là pour un cours de géographie. McCarthy m'a prévenu. Soyez le bienvenu dans cette maudite Californie où se préparent tous les trafics.

Landrieu se servit du café et continua d'inspecter d'un œil la pelouse. Puis il raconta comment il avait fondé Gerland.

— Oui, Gerland, la société que j'ai créée avec ce foutu Andrus Gerfuls. Je m'en mords les doigts maintenant. Mais d'abord, tout ce que l'on va se dire doit rester entre nous. Ne mentionnez jamais mon nom.

– D'accord, vous avez ma promesse. Et que faisait Gerland ?

– Du travail de consultant. Un bien grand mot pour parler de trafics d'influence. Objectif : conseiller Reccon, cette boîte de tarés qui n'en font qu'à leur tête. En fait, Gerland était – est toujours – une tête chercheuse, un moyen de pénétrer les tribus en Asie centrale et de soudoyer les chefs. Des centaines de milliers de dollars ont ainsi été distribués.

Il se leva, inspecta la piste en direction du bord de mer puis revint s'asseoir. Jonathan crut que Bill Landrieu cherchait sa femme.

– Ça va, vous n'êtes pas suivi. Ils sont capables de tout.

– Vous pensez que ma visite est si importante que ça ?

Bill Landrieu frappa sur l'épaisse table en acacia.

– Vous croyez quoi ? Que ce sont des gentils qui ont tué ce toubib en Afghanistan ? Et ces dizaines de morts dans les villes du Sud et à Kaboul passés par pertes et profits, assassinés officiellement par les talibans ! Les islamistes ont le dos large. Les salopards de Reccon sont rompus à tous les coups.

Il se ressaisit, reprit son souffle et parla plus lentement :

– Je me demande pourquoi j'ai accepté de vous recevoir. Vous touchez du feu, cher ami. Ces gens-là ne reculent devant rien. Pour le pipe-line, ils enverront des gars dans le monde entier. Depuis San Francisco et le Texas jusqu'au fond du plus terrible des déserts. Croyez-moi, rien ne les arrête.

— Et vous, monsieur Landrieu, pourquoi avez-vous arrêté ?

— Reconversion. D'autres conseillers, une autre boîte, sur Polk Street, à San Francisco. Mais Gerland existe toujours, je n'ai pas pu empêcher cette ordure de Gerfuls de continuer. J'ai voulu enlever le « land » du nom de la boîte, le début de Landrieu, mais je n'y suis pas arrivé. Et cet enfoiré de Gerfuls fait comme si de rien n'était. Pots-de-vin, corruption de fonctionnaires, intimidations, meurtres, il est capable de tout.

Le soleil amorçait sa descente vers l'océan et inondait de lumière la terrasse de la villa.

— Vous-même, vous avez participé à de tels... coups ?

— Je n'ai jamais versé de sang. J'en suis resté au stade des arnaques et des dessous-de-table, comme vous dites en français. En fait, des dessous-de-table plus gros que cette table ! Et puis, j'ai vu Gerfuls s'affairer sur des choses pas nettes, des contrats louches. Je me suis engueulé avec lui et j'ai claqué la porte. Mon avocat a obtenu trois millions de dollars pour cession de mes parts.

Landrieu se retourna. Il semblait encore chercher son épouse du regard.

— De toute façon, vous restez dîner. Et vous prendrez la chambre du fond. Silence total. Vous nous ferez un petit jogging demain matin. C'est idéal pour se désencrasser de tout ce qu'on aura bu et mangé ! Bref, les combines du pétrole. Vaste sujet.

Jonathan le questionna sur le pipe-line.

— Si Reccon veut le lancer ? Bien sûr que oui ! répondit Landrieu. Il y a déjà trop d'argent investi pour qu'ils se contentent d'arrêter. On dirait qu'ils n'ont que ça à foutre, dépenser des centaines de millions de dollars ! Vous vous rendez compte ce qu'on peut acheter avec une telle somme dans ce putain de pays ? Comptez aussi sur l'Ouzbékistan qu'il faut arroser, le Kazakhstan avec ce Nazarbaïev qui se prend pour un sultan, et le Turkménistan de notre petit roi des steppes, un Gengis Khan. Il ne demande qu'à couper des têtes sans que ça se sache trop.

Landrieu marqua une pause. Il soufflait, il transpirait. L'évocation de ces souvenirs devait lui être pénible.

— J'aimerais encore vous avertir d'une chose, monsieur Saint-Éloi. Vous avez mis le doigt dans un putain d'engrenage. Vous avez affaire à de vraies pourritures. Ils n'hésiteront pas à vous casser. Voire pire.

Jonathan remua sur sa chaise.

— Ils sont prêts au pire, ça, je l'ai compris. Mais je veux retrouver Albane Berenson. Elle est en vie, dans les montagnes afghanes. Cachée, peut-être enlevée. Ou servant d'appât. Ce qui revient au même. Qui est James Graham ?

— James Graham ? répéta Bill Landrieu, un peu surpris par la question.

Il souffla à nouveau. De la sueur perla sur son front, malgré la brise du large.

— Graham est une autre belle crapule, une ordure comme on en fait peu. C'est le président de Reccon. Il est arrivé là on ne sait comment. À force d'intrigues auprès du conseil d'administration, ça, c'est sûr. Il passe plus de temps à comploter sur le golf du Presidio, là-bas, après le Golden Gate, que dans les bureaux de Reccon. Le golf ! Il faut dire que c'est une splendeur. D'un côté l'océan, qui doit lui rappeler toutes ses plates-formes offshore, de l'autre la prison d'Alcatraz. Je le verrais bien enfermé là-dedans. Un requin parmi les requins. Vous avez parlé d'appât. C'est tout à fait ce que Graham est capable d'imaginer.

Bill Landrieu regarda un instant les cieux de Californie puis s'attarda sur les collines derrière Stinson Beach.

– Cette Albane que vous cherchez, elle peut leur servir à provoquer des tribus entre elles. Une monnaie d'échange pour des récalcitrants, ceux qui ne voudraient pas du fric de Reccon. Et Dieu sait quoi encore. Mais peut-être veulent-ils tout simplement la faire taire...

Jonathan marqua son étonnement d'un haussement de sourcils.

– Elle n'est qu'un pion, mon cher ami, continua Landrieu. Un pion dans un vaste jeu. Venez ! Les grillades, vous aimez ?

Il se leva et l'invita dans la cuisine.

– Nous allons mettre le couvert dans le jardin, et puis dîner. Caroline vient de rentrer.

Ils dressèrent la table près d'un petit massif de roses qui avait la délicatesse de ne pas cacher la vue sur l'océan. Tandis que Landrieu allumait le barbecue, Jonathan observa les surfeurs amassés sur la gauche, pour les vagues du soir. *Tu glisses sur l'eau, Jonathan, tu rentres la tête, tu guettes la vague, puis tu te laisses couler dans le tunnel, non, pas couler sous l'eau, Jonathan, mais sur l'eau ! Tu te laisses aller, tu amadoues la mer et l'univers.* Le père Camille avait raison, lui qui l'avait initié aux vagues devant Saint-Laurent-du-Var lors des rares périodes de glisse dans l'année. *Tu épouses la vague, tu ne l'affrontes pas, pigé ?*

169

Landrieu activait le feu du barbecue avec un soufflet décoré de motifs chinois, un cadeau de Chinatown, près de Clay Street.

– Vous ne connaissez pas encore ? Il est vrai que vous n'êtes pas là pour faire du tourisme. Vous permettez que je vous appelle Jonathan ?

De temps à autre, Landrieu relevait la tête pour inspecter le rivage en contrebas. Hormis une Volkswagen verte tatouée de fleurs blanches et un minibus aux portes rouillées, des kayaks sur le toit, qui étaient stationnés sur la plage des surfeurs, aucun véhicule n'était en vue.

– Tenez ce soufflet, Jonathan, je vais remettre du charbon de bois.

Landrieu respira profondément pour humer l'air du large. Sa femme apporta les grillades, qu'elle saupoudra d'herbes. Caroline Landrieu avait une solide carrure de nageuse, portait une tresse blonde et des lunettes de soleil relevées sur le sommet du crâne.

– Pas trop de thym, chérie ! beugla Landrieu. Ça prend toute la pollution !

Caroline ressemblait à une ancienne sportive un peu trop portée sur la lampe à bronzer. Les bras musclés, elle maniait la plaque chargée de grillades avec une aisance déconcertante. Landrieu servit les côtelettes de mouton et ouvrit une bouteille de rosé de la Napa Valley.

– Goûtez-moi ça, il n'est pas mal, ils se débrouillent bien là-bas, de l'autre côté de la 101, du cépage de chez vous.

Il but une première rasade, très vite, puis une seconde, plus lentement.

— Il n'y a que ça, Jonathan, pour se rafraîchir le gosier. Vous savez pourquoi on a perdu la guerre du Vietnam ? Pour deux raisons, à cause de gars comme moi, des abrutis qui ont déserté, et à cause du manque de bibine. Ces enfoirés du Pentagone feraient bien d'acheter des actions dans la bière s'ils veulent encore remporter des guerres.

Le soleil commençait à décliner sur l'océan, et les surfeurs avaient regagné la plage où stationnaient toujours le minibus et la Volkswagen verte. Jonathan remarqua une troisième voiture, à l'écart près des dunes, une grosse berline blanche sans galerie à planche de surf et sans remorque à kayaks. Les surfeurs s'esclaffèrent lorsque l'un d'eux enleva sa combinaison près de la camionnette, devant deux filles qui le prirent en photo.

— C'est la roulette russe ici, dit Caroline. Un jour, la mer a rejeté une planche de surf abîmée. On voyait distinctement l'empreinte de la mâchoire d'un requin. Le corps du surfeur n'a été retrouvé que cinq jours plus tard, près de Point Reyes. Il lui manquait une jambe et un bras. Des requins blancs. Il y a des moments où ils pullulent par ici. On ne sait jamais quand ils arrivent. Les surfeurs aiment ce risque-là.

Jonathan observait la plage. Il se rappela les escapades avec Albane lorsqu'il prenait les clés de la vedette Bertram amarrée au quai de la Réserve et qu'il l'emmenait le soir vers Villefranche, prétextant une tournée de routine pour voir si des véliplanchistes n'étaient pas en perdition. Il ancrait la vedette près des rochers, lançait la voix de Maria

Callas dans *Tosca*, l'opéra préféré d'Albane, et l'enlaçait dans la cabine, parfois au-dessus de la grotte. « *Vissi d'arte, vissi d'amore*, J'ai vécu d'art, j'ai vécu d'amour. » Enregistrement de 1953, le meilleur de la Callas, disait Albane, bien mieux que *La Bohème* ou *La Traviata*, mon père m'a tout dit sur elle.

Un soir, l'ancre avait ripé, la vedette commençait à dériver et Jonathan s'était retrouvé nu à manœuvrer la Bertram afin d'éviter qu'elle ne s'échoue lamentablement sur les rochers de la Réserve. Il s'en était sorti de justesse, serviette autour des hanches, et Albane, à cause de la succession de manœuvres, avait vomi par-dessus bord. C'était devenu une plaisanterie entre eux. Jeter l'ancre signifiait désormais faire l'amour. *Ancre-toi à moi, Jonathan, n'ayons pas peur de la vie, ni de l'aventure, je ne l'oublierai jamais, jamais, jamais.*

À la seconde bouteille de rosé, Landrieu s'agita davantage. Le soleil se noyait dans l'océan et la grosse berline blanche était toujours là.

— Au moins le squale, ça peut vous laisser en vie, avec un bras ou un pied en moins. Reccon en revanche bouffe tout, ces ordures légales pillent le tiers monde, elles sucent les pays pauvres jusqu'à la moelle, et leurs dirigeants sont complices. Pauvres ? Je devrais dire des pays riches, Nigeria, Angola, Turkménistan, bourrés de fric. Mais les habitants, eux, n'ont pas grand-chose à se mettre sous la dent.

Jonathan prit une gorgée du vin de la Napa Valley, aux teintes du soleil couchant qui avait définitivement jeté l'ancre. Il songea aux descentes avec Albane dans la grotte-à-corail-dépourvue-de-corail.

– Notre boîte, Gerland, était là pour ça, des gros sous, de gros projets, de grosses magouilles, continua Landrieu.

– Précise que tu n'avais pas le choix, l'interrompit sa femme.

– Pas le choix, c'est vrai. Le prix de la tranquillité, si on peut dire.

Il se redressa sur sa chaise et regarda l'océan qui s'obscurcissait, apaisé après la brise du soir.

– C'était ça ou la taule pour vingt ans. J'ai déserté pendant la guerre du Vietnam, McCarthy a dû vous le dire. Il en a tiré plusieurs du pétrin. Je me suis caché dans les marais de Louisiane. Mon père, qui était à La Nouvelle-Orléans, est venu me porter un message. Le Pentagone effaçait tout si j'étais prêt à servir pour des coups tordus. J'ai signé les yeux fermés. Pas de tueries, pas de massacres, pas de napalm. C'étaient mes conditions. Ils m'ont dit oui. Je m'en veux encore. Quand je pense à tout ce qu'on a pu faire, je crois que c'était pire. Plus insidieux. On ne s'en rend pas compte sur le moment. Des tractations avec des trafiquants en Birmanie, puis avec des petits seigneurs de la guerre en Afghanistan, des grands discours dans leur *markaz*, des salamalecs à coups de dizaines de milliers de dollars dans les maisons de torchis qui servent de quartier général, des palabres sur la démocratie, la liberté, la croisade du Bien, vous et moi dans le même pétrin, nous sommes pour la victoire des droits de l'homme, et ces tordus de barbus qui vous prennent les armes, les Stinger et les fortunes qu'on amène à dos d'âne, ces barbus qui vous font un bras d'honneur dans le dos, qui islamisent, qui massacrent à huis clos. Le Pentagone se frotte les mains, les lobbies du pétrole aussi, et Reccon, n'en parlons pas !

— Vous voulez dire que Reccon a agi pour le compte de votre gouvernement ?

Landrieu jura en français :

— Grands dieux ! C'est à croire que vous ne comprenez pas ! Ce n'est pas Reccon qui agit pour le gouvernement américain, mais le contraire ! Les hommes de Washington sont à la botte de Reccon, ou du moins une partie d'entre eux. C'est cette putain de boîte qui dirige plusieurs pays du tiers monde, qui trafique, qui complote, fait assassiner des dirigeants. Quand elle ne les assassine pas, elle les corrompt à mort, ce qui est encore pire, car c'est tout le pays qu'on assassine.

— Pardonnez-moi, fit Jonathan, mais vous ne croyez pas que vous y allez un peu fort ? On dirait à vous entendre que les compagnies pétrolières dominent le monde.

— Mais c'est le cas, bordel ! Regardez de quoi elles sont capables. Tenez, en 1950, les Iraniens ont voulu mieux partager leur pétrole, ils revendiquaient la moitié des revenus. Mais l'Anglo-Iranian Oil Company, qui faisait la pluie et le beau temps dans tout le pays, en fait la future BP, a aussitôt refusé. Mossadegh, le Premier Ministre, a répliqué en nationalisant le pétrole un an plus tard. Ce fut comme une déclaration de guerre. La CIA l'a renversé en 1953 et l'a fait mettre en taule pour trois ans. Pour nous, c'était un coup double : le pétrole n'a pas été privatisé et les Anglais ont perdu leur monopole. Belle affaire, je l'avoue. Pareil pour l'Angola : pendant la guerre, l'horrible guerre entre ces salopards du gouvernement de Luanda et Jonas

Savimbi, eh bien, les affaires ont continué ! Cela arrangeait même les pétroliers ! Guerre veut dire besoin de fric, et donc des gars à Luanda prêts à tout pour qu'on extraie leur pétrole.

— Votre société Gerland était présente là aussi ?

— Et comment ! Gerland et Reccon. Vous voyez l'océan au loin ? Je vous l'ai dit, infesté de squales à certains moments de l'année. La mer d'Angola, c'était idem. Bourrée de requins, prospecteurs pétroliers, marchands d'armes. Des requins avec des poissons pilotes. Gerland en était un, bon à gaver le requin, à le guider, à l'aider à se défendre contre les autres putains de squales, les autres compagnies. On en a fait des coups tordus !

Landrieu parlait beaucoup mais semblait souffrir en évoquant ces souvenirs. Il sentit le regard inquisiteur de Jonathan et répondit pour se justifier :

— Il fallait bien que je me rachète une conduite. Et puis, le poisson pilote voit, pressent les choses, amène le requin à la victime, mais ne sait pas toujours ce qui se passe après, quand la proie est dévorée et que lui est déjà parti sur d'autres coups. Gerland, c'était ça.

Jonathan se rappela que Caroube avait été médecin sur une plate-forme pétrolière en Angola. Fallait-il le signaler à Landrieu ? Caroube avait aussi séjourné à San Francisco, dans le quartier hippie de Haight Ashbury, non loin du théâtre où s'était produit Jefferson Airplane pour la première fois.

— Et pourquoi avez-vous arrêté Gerland ? demanda Jonathan.

— Pas le choix.

— Bill sombrait sinon dans les excès, ajouta Caroline, affairée à découper un morceau de côtelette.

Landrieu prit une canette de Budweiser avant de poursuivre :

— Mouais, je dois dire que Caroline m'a sauvé. Je ne supportais plus ces coups bas et cet enfoiré de Gerfuls, ce franc-tireur de mes deux. Il embauche des mercenaires à tout crin, des Américains, des anciens de la guerre en Irak, des Libanais, des Français, des Anglais, des Népalais. Et lui se fout un paquet dans la poche quand les mecs se font trouer la peau sur le terrain.

— Comment peut-on le rencontrer ? demanda Jonathan.

Landrieu se raidit.

— Cette saloperie ? Vous croyez qu'il a du temps à vous accorder ? Les véroles qui l'accompagnent ne vous laisseront jamais l'approcher. Et lui n'y a aucun intérêt. Ou alors c'est lui qui viendra vous chercher s'il a besoin de vous. Ou de vous faire la peau. Pensez-y !

Jonathan vit les occupants de la voiture blanche, deux hommes, sortir et se promener sur la plage. Landrieu se retourna.

— Eux ? Ne vous inquiétez pas. Des gays de San Francisco. Ça pullule. Ils viennent bisouiller dans le coin le soir. Ça s'était calmé avec le sida mais maintenant ça reprend de plus belle.

Les deux hommes s'éloignèrent vers les dunes sans se tenir par la main.

— Le pipe-line, figurez-vous, ne pourra jamais exister sans les trafiquants de came, continua Landrieu. Or qui les a amenés là-bas, en Afghanistan ? Nous. On a encouragé les moudjahidin à planter le pavot, on a fait venir quelques chimistes, dont un Allemand, et allez, c'est parti pour un tour, des centaines de tonnes d'héroïne. Demain, si on arrive à dessoûler, je vous emmène sur une colline de Frisco, à Haight Ashbury, voir quelques mecs qui se shootent. Vous devriez faire aussi un tour à Karachi. L'horreur. Des junkies partout. Voilà ce qu'on a semé.

— Excusez-moi, mais je ne vois toujours pas le lien avec le pétrole.

Agacée, Caroline prit la parole :

— Le lien, c'est que les talibans dans l'ouest et le sud de l'Afghanistan laissent faire si on leur fout la paix pour trafiquer. L'important pour eux est d'avoir le contrôle des champs de pavot. Et Gerland, tu peux le dire, Bill, a été excellent là-dessus.

Elle semblait prendre un malin plaisir à évoquer ces mauvaises heures de la vie de son mari, comme pour le culpabiliser.

— Je n'avais pas le choix ! trancha le rouquin.

— Quelle était précisément la mission de Gerland en Afghanistan ?

— Rallier les tribus à l'idée de construire le pipe, en les achetant avec des valises bourrées de dollars. Les chefs prenaient le fric et se cassaient dans leurs montagnes, ou leurs villages de la plaine du Helmand. Avec cela, Reccon se croyait tranquille.

— Et puis, tout a basculé, continua Jonathan.

— Oui. Les talibans, c'était bien pour Reccon, aussi étrange que cela puisse paraître. L'ordre, même islamique, le règne de la loi, la force, les coups de fouet et les amputations pour ceux qui ne sont pas gentils.

— Des loups cachés sous des peaux de mouton.

— Bravo, je vois que vous connaissez les proverbes afghans. Mais les vrais loups, c'étaient nous, les gars de Gerland et de Reccon, et c'est toujours les types de Reccon.

Landrieu s'empara de la boîte de Budweiser vide et la broya.

Dans les dernières lueurs de la soirée, Jonathan aperçut les deux hommes de la berline blanche, ou du moins leurs silhouettes à contre-jour sur le sommet de la petite dune. Ils prenaient des photos au flash.

— Bordel, vous allez décamper, oui ou merde ! hurla Landrieu.

Il jeta dans leur direction la canette d'aluminium. Les deux hommes s'éloignèrent derrière la dune.

— C'est quoi, chéri, ces lumières ? demanda Caroline, qui arrivait de la cuisine avec un plat de fraises.

— Ces bâtards prennent des photos au flash.

— Ce n'est pas eux qu'ils photographient, Bill, c'est notre maison…

Landrieu bondit et courut chercher une batte de base-ball dans le fond du jardin plongé dans l'obscurité.

— Je vais te les exterminer, ces trous-du-cul !

— Non, Bill, arrête, ce doit être plus sérieux. Tu sais ce que je veux dire.

Landrieu s'arrêta net. Oui, il savait, encore des menaces, des intimidations. Lâche ta part de Gerland, ne nous gêne pas, et Bill avait quitté la boîte de Colombus Avenue avec ses trois millions de dollars en poche, mais il n'avait pas obtenu le changement de nom, il n'avait pas eu gain de cause non plus sur le changement de cap. Allez, Andrus Gerfuls, allez chercher du côté de la mer du Nord, c'est moins compliqué, allez trafiquer avec les Britanniques et les Norvégiens, cela fera moins de dégâts. Et Gerfuls avait refusé, du haut de son grand bureau de Colombus Avenue. Non, mon cher Landrieu, le pipe d'Asie centrale, c'est un très grand morceau, de l'argent, de la gloire, on en a pour des années.

Caroline s'était approchée de la rampe qui menait au garage, puis avait démarré la voiture pour l'avancer légèrement. Sans sortir la Volvo bleue de l'allée, elle braqua les phares sur la gauche, pour perdre leur lumière dans les dunes. Jonathan entendit un bruit de moteur. La voiture blanche avec ses deux occupants venait de démarrer en direction de Bolinas.

— Enfoirés ! hurla encore Landrieu, la batte de base-ball en main.

Caroline revint vers le jardin, le visage défait.

— Il faudrait en parler au shérif, implora-t-elle.

— Tu sais bien que cet abruti ne peut rien faire. Il ne sait même pas tenir un fusil ! Et puis, nous n'avons aucune preuve. Pas de menaces, pas de lettre anonyme, pas d'appel téléphonique. Rien que des signes.

— À vous rendre fou, ajouta Caroline en baissant les yeux.

Landrieu invita Jonathan à se rasseoir. Il paraissait plus affecté par le fait que la bouteille de vin était vide.

— Maintenant, passons aux choses sérieuses, dit-il. D'abord une bière, ensuite un conseil.

Il ouvrit une nouvelle canette.

— Je vous donne un tuyau, et vous ne direz pas que c'est moi. Partez pour Rhodes.

— Rhode Island, près de Boston ?

Landrieu soupira, l'air abattu.

— Ah, ces sacrés Européens ne changeront pas, bien qu'apparemment vous ayez du sang mêlé. Rhodes en Grèce, bon sang ! La grande île, celle qui fricote avec la Turquie !

Jonathan se raidit. Albane avait séjourné dans l'île, lors du voyage de son père vers Jérusalem.

— Et… que puis-je trouver là-bas ?

— Votre amie Albane y a une vieille connaissance, une Britannique.

Touché en plein cœur. Landrieu est un sacré chasseur, pensa Jonathan, il sait ferrer ses proies, quitte à les ménager, à les mettre en condition aussi. Sa peur devant les deux hommes sur la dune était-elle feinte ? Il était capable d'avoir exagéré l'histoire, inventé des angoisses pour mieux taquiner sa victime. La théorie du trop-généreux, tu donnes jusqu'à plus de limites, puis tu reprends, les grillades, l'hospitalité, les Budweiser, le rosé de la Napa Valley, tu reprends tout. Tu donnes parce que cela te permet de mieux dominer, tu donnes pour marquer ta puissance. Landrieu est un requin, sympathique, sincère, mais un requin. On peut changer l'eau de l'aquarium, on ne change pas un prédateur. Avec ou sans Gerland, avec ou sans part à trois millions de dollars, Landrieu reste l'homme des coups fourrés.

Jonathan se ressaisit sous l'effet du vent du large chargé d'embruns. Il songea à Caroube. Se pouvait-il qu'il ait été pendu sur ordre de Reccon ? Peut-être en savait-il trop sur les agissements de la compagnie, notamment par ses contacts sur les plates-formes pétrolières au large de l'Angola.

— Albane Berenson, vous la connaissez donc ? demanda Jonathan.

— Pas exactement, mais j'en ai entendu parler, répondit Landrieu. Beau morceau, paraît-il, si vous me permettez. Monsieur a du goût.

— Merci, monsieur Landrieu, mais je ne crois pas que ce soit le moment.

— Pardon. Au moins elle est vivante, d'après ce que raconte Zachary McCarthy. Elle en connaît un rayon sur Reccon et les manipulations pour construire le pipe.

— Et... comment le savez-vous ?

— Quand on travaille pour ces enfoirés de Reccon, on sait forcément des choses. Surtout avec Gerland ! Albane Berenson a apparemment enquêté sur les agissements des sociétés pétrolières en Asie centrale, notamment sur Reccon en Afghanistan. Cette saloperie de compagnie n'aime pas ça...

— Arrête de lui foutre la trouille, l'interrompit Caroline, qui passait par le jardin.

— Ça va, chérie ! Je ne lui flanque pas la trouille, je l'informe ! Avec ça, il peut remonter au moins une piste.

Landrieu entreprit alors Jonathan sur Fiona Galloway, l'amie d'Albane qui vivait à Rhodes, non loin de l'ancienne cité des chevaliers de la Terre sainte où Alexander Berenson avait acheté une maison ancienne, près des remparts. Elle avait connu Albane dans la vieille ville, puis l'avait emmenée à Lindos, un petit village traditionnel perché au-dessus de la mer, aux rues dallées, aux maisons peintes à la chaux et aux terrasses calmes en dehors des deux mois de la saison touristique. Cette Britannique, mariée à un Grec puis divorcée, tenait une petite auberge plutôt luxueuse ainsi qu'une librairie qui avait la particularité de vendre, outre des livres, de l'huile et de la tapenade.

— Fiona Galloway fait partie de SOS Planet, continua Landrieu, une association qui lutte contre les agissements des compagnies pétrolières. Elle parle très bien espagnol et elle a travaillé en Argentine. C'est précisément à Buenos Aires qu'est installée la firme concurrente de Reccon pour l'Asie centrale, Arenas. Fiona Galloway possède des tas d'informations sur les deux rivales. Et elle est devenue une spécialiste de la lutte contre le blanchiment. Dangereux. C'est pour ça qu'il faut rester discret sur tout ce qui la concerne.

— Parce qu'il y a deux compagnies sur le coup du pipeline ?

— Exactement. Arenas a construit plusieurs pipe-lines dans le monde, y compris le pipe sous-marin entre Syracuse, en Sicile, et un autre qui ravitaille le nord de l'Italie.

— Cela veut dire qu'Arenas a pris langue elle aussi avec les talibans ?

— Encore mieux ! Les gars d'Arenas ont signé un accord avec les talibans, en présence de Carlos Cabrera, le patron de la boîte, dit CC, un Argentin qui ne se déplace qu'en

182

jet privé. Il n'a jamais autant voyagé. Turkménistan, Ouz-békistan, le fief des talibans, bien sûr, à Kandahar.

— S'ils ont signé, cela veut dire que le pipe leur revient…

— Pas si vite ! Carlos Cabrera a signé lui-même non pas avec le mollah Omar, qui refuse de voir des infidèles, mais avec ce gros lard de mollah Hassan, son bras droit, le gouverneur de Kandahar au temps des talibans, un type qui a perdu une jambe en sautant sur une mine. Reccon a alors porté plainte pour « pillage de projet déposé ». Et vous savez où ? Ici même. Je ne vous dis pas combien d'avocats sont sur le coup. Une autre plainte a été déposée à Buenos Aires, mais là Reccon s'en fout complètement.

— J'aimerais rencontrer un des avocats.

— N'y pensez pas, ils tiennent à leurs revenus. À leurs tripes, aussi ! Il y a de gros enjeux là-dessous.

— Alors, il me reste à aller à Rhodes, conclut Jonathan. Ça fait loin.

— C'est sur le chemin de l'Afghanistan, ou pas loin de Paris.

— Vu d'ici, effectivement.

— Allez, une chambre vous attend à côté de celle de notre fils, il est en traitement pour leucémie à San Francisco, vous devez être fatigué après ce voyage et toutes ces émotions. Demain matin, je vous emmène à San Francisco. Nous irons dans le quartier des babas cool et des ex-hippies, j'ai rendez-vous à côté avant d'aller faire mon golf au Presidio. Bon, dormez bien, je vais marcher sur la dune pour voir si ces salopards d'amateurs de flash ne veulent pas recevoir une batte de base-ball en pleine gueule.

Avant de tourner les talons, Jonathan vit Landrieu

ramasser la batte et la manipuler avec une surprenante habileté, sans doute un souvenir du Vietnam.

Pendant que Bill Landrieu écumait la lande avec un déhanchement de joueur de base-ball un soir de grand match, Jonathan consulta ses mails sur l'ordinateur de la chambre des invités, une grande pièce au plancher de bois ouverte sur une baie vitrée en rotonde et une terrasse donnant sur la mer. Il entendait cogner les vagues et son cœur dans la poitrine. Un message indiquait : « Mêlez-vous de ce qui vous regarde. Assez ont payé. Les plongées sont difficiles. Il ne faudrait pas que vous ratiez le palier de décompression. »

Il ne détruisit pas le mail et décida d'en parler à Bill le lendemain matin. L'expéditeur savait manifestement qu'il avait été plongeur sous-marin.

Il dormit peu, se leva tôt, alluma l'ordinateur et entreprit, avant de partir pour San Francisco avec Bill, d'acheter un billet d'avion pour Rhodes. Il devait repasser par Paris. Cela lui laisserait le temps de prendre quelques vêtements et de voir avec sa banque comment payer tous ces imprévus. Il envisagea même de reprendre ses activités de plongeur sous-marin. Il irait à nouveau chercher les cadavres au fond de la mer afin qu'ils échappent à la pourriture des profondeurs et redeviennent poussière, dans un cimetière de Nice ou de l'arrière-pays. À moins qu'il ne vende une nouvelle parcelle de terre dans les montagnes des Alpes-Maritimes, du côté de Sospel.

Albane, as-tu pensé au cadavre que nous avons vu depuis

184

le pont de la vedette Bertram pendant que nous doublions le cap de Nice ? Je l'avais repêché en attachant le corps avec un filin depuis la plate-forme arrière. Tu t'étais évanouie. Cela te rappelait l'odyssée du *Saint-Louis* sur lequel avait pris place ton père Alexander au départ de Hambourg. Il t'avait raconté maintes fois comment l'un des passagers, refoulé à Cuba, s'était jeté par-dessus bord et avait péri noyé. Ton père aussi avait sauté, mais il avait survécu, coupable à vie, tandis que les autres s'en retournaient vers l'Allemagne nazie. « Tout se termine toujours mal, te disait-il, écoute *Tosca*, c'est magnifique, il n'y a là que souffrances, *Vissi d'arte, vissi d'amore*, à peine Tosca a-t-elle prononcé ces mots qu'elle tue par amour. Un meurtre, une exécution capitale, un suicide, tout se finit mal. Tosca, Mario son amant, Scarpia qui la convoite, tous périssent. »

J'espère, Albane, que tu n'as pas vu le corps pendu de Caroube, j'espère de tout cœur que les bandits là-haut, dans le Badakhshan, t'ont épargné cela.

18

Albane Berenson se relève d'un mouvement brusque. Le jour point déjà, la porte de la fermette est grande ouverte, et le vent des montagnes balaie sa couche à lui en briser les os. Elle referme le vantail de bois avec un pressentiment. Devant la maison, les chevaux ont disparu. Un mot est affiché : « Je reviens. Un business dans la montagne. Une livraison. Deux hommes surveillent la *tchaïkhana*. Personne ne peut s'en approcher. À ce soir. Aziz Khan. »

– Le salaud ! hurle-t-elle. Qu'est-ce qu'il croit ? Qu'il peut aller trafiquer tout seul ?

Elle saisit son sac à dos, y fourre toutes ses affaires et s'enfuit de la maison. À quelques mètres, sous les arbres, un moudjahid lui barre la piste. Il lui fait signe de retourner à la *tchaïkhana* vide, mais elle refuse d'obtempérer. Elle crie, se débat. Il montre alors la crosse de sa Kalachnikov. Les lèvres serrées, ivre de rage, elle retourne vers l'auberge en maudissant tous les trafiquants du coin.

La lune est encore haute dans le ciel et se bat contre les premières lueurs du jour. Accoudée au rebord de la fenêtre, elle songe aux plongées lunaires avec Jonathan, « les plus belles du monde, tu vois des choses que tu ne peux voir sans lune, des seiches flamboyantes, des peignes de Vénus, des hippocampes, et même des poissons fantômes, viens avec moi, Albane, donne-moi la main les soirs de pleine lune, nous rentrerons dans l'eau tout doucement ». Elle regarde le lac qui s'étend non loin de la *tchaïkhana*, lové entre les deux versants de la montagne, et pense que Jonathan serait capable de s'y baigner, d'y plonger. Viens me rejoindre, Jonathan, viens me tirer de ce foutu bourbier.

Le soir venu, Albane constate que la lune est toujours pleine derrière les arbres, puis au-dessus des crêtes, bien haute, bien ronde. La porte de la *tchaïkhana* s'ouvre et Aziz Khan apparaît, couverture de laine sur le dos, fusil en bandoulière.

– Pardon, il y avait un rendez-vous sur la crête, il fallait que je m'y rende.

– Ça ne va pas de me laisser toute seule avec les moudjahidin dans la montagne ?

– Ils étaient là pour vous protéger. Ne vous inquiétez pas, si quoi que ce soit vous était arrivé, ils en auraient répondu de leur vie.

Il pose son *patou* et sa Kalachnikov sur le tapis, puis il prend un air maussade.

– Le rendez-vous m'a confirmé ce que je pensais.

– Quoi donc ? Que l'on va sortir de ce trou ?

– Que Karimpur est en vie…

Albane se redresse vivement et croit avoir mal entendu.

– Karimpur ? Le bandit ? Le seigneur de la guerre ? Tout le monde dit qu'il est mort et enterré !

– Le corps qui a été enterré n'était pas le sien. C'était

une feinte pour faire courir ses adversaires. Et même ses rivaux au sein du Jamiat islami.

Albane Berenson serre les poings. Que cache ce chef de guerre sans armée, ce seigneur reconverti dont le regard crie constamment vengeance ? Elle se souvient d'un proverbe afghan qu'affectionnait Caroube : « La vengeance vieille de cent ans a encore des dents de lait. »

– Cela signifie que l'on n'est pas près de sortir de cette prison, dit-elle, morose.

– Sauf si un accord est conclu.

– C'est une plaisanterie ! Le Badakhshan est à feu et à sang, ça trafique, ça tire dans tous les coins, et vous, vous parlez d'accord ?

Elle donne un coup de pied dans le tapis puis tente de se calmer, se dit que rien ne sert de s'énerver.

– Karimpur en vie, poursuit Aziz Khan, cela veut dire que sa bande obéira à un seul homme. Et que la trêve peut être conclue.

– Pourquoi alors avoir fait croire qu'il était mort ?

– Pour échapper aux services secrets pakistanais. Ils veulent sa peau. Les gars de Reccon aussi.

– Ça, je le savais, merci, le coupe Albane. Il a trop fait monter les enchères.

– Je dois reconnaître qu'il nous facilite plus la tâche vivant que mort, contrairement à Massoud, qui n'a jamais été autant vénéré que depuis son assassinat. Et puis, sachez que Reccon va mettre les moyens. Ses dirigeants veulent que ça se passe comme pour la Colombie : que les États-Unis déclenchent une guerre anti-drogue pour contrôler le gouvernement. Jusqu'à deux milliards de dollars par an là-bas ! Si le gouvernement colombien ne répond pas aux exigences de Washington, on coupe les vivres. Croyez-moi, miss Albane, je connais bien les Américains pour avoir travaillé avec les reporters du *Wall Street Journal* dans les maquis.

Albane se plante devant Aziz Khan, petit chef de guerre sans partisans, et le toise comme s'il s'agissait d'un vassal.

— Je veux sortir de là.

— Vous allez sortir de là. Mais pas trop vite.

— Karimpur vous fait peur ?

— Karimpur, non. Mais les gars de Reccon, oui. Il faut être extrêmement prudent. Ils sont en train de rappliquer, eux et leurs sbires.

Le lendemain matin, ils se lèvent tôt et quittent la *tchaïkhana* abandonnée avant le lever du jour. Albane Berenson n'a rien dans l'estomac depuis la veille au soir, hormis deux thés sucrés. Elle se sent légère, plus de contraintes, plus de corps, plus de Caroube, seul un faible souvenir, celui d'un homme qu'elle a tenté d'aimer et qui s'est enfermé dans ses chimères.

— Et ils sont où, tes moulins à vent ? demande Albane, alors que Caroube gravit une pente dans le Badakhshan.

Au sommet du versant, le bon Dr Sylvain Caroube répond, accroupi sur une grande dalle de pierre noire :

— Regarde, ils sont là, mes moulins à vent.

La brise soulève les turbans des moudjahidin comme des houppelandes, décoiffe les crinières des chevaux épuisés.

Albane se penche et voit des champs dans la vallée voisine, en contrebas, des champs de corolles rouges et blanches.

— On les éradiquera un jour, dit Caroube.

— Un combat perdu d'avance, répond-elle d'un air las.

Elle s'assied sur un rocher noir veiné de rouge et tire de son sac un petit dossier.

— Voilà, tout est là-dedans.

Lentement, Caroube tend les bras, les yeux écarquillés, et prend le rapport. Mal agrafé, il porte la mention « Confidentiel » et a pour titre : « Rapport pour l'organisation Agro Plan : les vraies raisons du développement du trafic de drogue en Afghanistan et en Asie centrale. » Tandis que deux aigles survolent la crête et que des têtes se signalent au loin, en route vers les champs, le médecin se cale près d'un gros rocher, à l'abri du regard des deux gardes afghans, et commence à lire le dossier. Il tremble lorsqu'il parcourt la dernière page et murmure à Albane :

— Tu ne devrais pas, c'est de la dynamite, ce sont de trop gros poissons pour nous. Les petits trafiquants, les paysans qui produisent de l'opium, ce n'est rien. Mais ceux-là sont prêts à tout.

— Eh bien voilà, Caroube, tu la voulais ta guerre ! Tu n'as plus qu'à te servir ! se moque Albane Berenson.

— Tu aurais dû me dire que tu écrivais ce rapport ! Tant qu'il s'agit de programmes de substitution, de nos petits projets à l'eau de rose ou de safran refourgué au Pakistan, on ne court aucun risque, ni Agro Plan, ni les autres humanitaires. Mais si tu commences à désigner Reccon, Arenas et les autres compagnies ou services secrets impliqués dans le trafic, je ne donne pas cher de notre peau.

— Tu ne crois tout de même pas qu'on va rester les bras croisés et ne rien faire ? Tu sais ce que représente la part des producteurs dans ce putain de trafic ? Cinq pour cent ! Pas plus que cinq pour cent, pour un trafic de quatre cent cinquante milliards de dollars dans le monde !

— Et moi qui suis accusé d'être un Don Quichotte...

Il regarde si les deux moudjahidin les écoutent, mais ils sont restés près des chevaux. Il reprend aussitôt son sérieux :

— Écoute-moi bien, Albane, si un seul de ces moudjahidin — et il y en a des milliers dans les parages — apprenait que tu as écrit ça sur les liens entre la drogue et le pipe-line, il te livrerait aussitôt à son chef, lequel est évidemment soit un trafiquant, soit lié à un trafiquant pour avoir le fric et la paix. Cela veut dire au mieux une balle dans la tête.

Albane ouvre les yeux, redresse le torse de sa couverture de laine posée sur les cailloux semés par le ciel. Caroube n'est pas là, il est parti depuis longtemps, sans doute dans l'aspirateur-bouffeur-de-vie, et elle s'aperçoit qu'Aziz Khan la regarde d'un air étrange, mélange de désir et de mélancolie, la main sur son poignard.

19

À 10 heures du matin, lorsqu'il désigna le siège de la société Gerland, à l'angle de Colombus Avenue et Jackson Street, Landrieu eut un pincement à l'estomac. Il avait garé sa voiture dans un parking de Nob Hill, par mesure de sécurité, puis avait emmené Jonathan par le *cable car*, le tramway à crémaillère de San Francisco, jusqu'à Montgomery Street.

— C'est au deuxième étage, attention que personne ne nous remarque, dit Landrieu.

Il se tenait le ventre, sûrement une gastrite, peut-être un début d'ulcère. Il avait constamment des douleurs depuis qu'il avait voulu se séparer d'Andrus Gerfuls. Caroline s'y était opposée, lui conseillant un départ en douceur, mais il avait préféré mettre les pieds dans le plat.

Landrieu entraîna Jonathan jusqu'à un bar de Haight Ashbury, sur Waller Street.

— On y sera plus tranquilles. Mon rendez-vous est à deux pas. Tout ce que je peux faire pour m'éloigner de cette putain de boîte de Gerland me fait du bien.

Une serveuse apporta du café et des muffins en guise de

petit déjeuner. L'ambiance de l'ancien quartier hippie rappelait à Landrieu ses années de jeunesse, à son retour du Vietnam.

— Après les marais cajun, je suis arrivé ici, à Haight Ashbury, à deux pas du théâtre où jouait Jefferson Airplane. Bon Dieu, j'avais tous les emmerdements du monde, mais au moins je n'avais pas d'ulcère !

Il baissa la voix, comme s'il était encore en cavale :

— Les amis m'ont caché à deux blocs d'ici, dans une maison délabrée avec un jardin. On fumait des joints toute la journée, on écoutait Grateful Dead, et un type nommé Allen Ginsberg venait nous voir le soir.

— Belle planque, le quartier est joli, fit Jonathan, qui n'osait pas revenir sur ce qui l'intéressait, Gerland et Reccon.

— Joli, oui. Et les filles l'étaient aussi ! L'amour libre, la défonce, le rock. On oubliait tout, et moi le Vietnam, les saloperies, les bombardements au napalm, le guidage des B 52 par radio depuis la jungle, les villages où s'étaient réfugiés quelques Viêt-congs et qu'il fallait nettoyer, même s'ils étaient bourrés de civils. Et vous savez qui nous protégeait, nous, les déserteurs du Vietnam cachés à Haight Ashbury et dans d'autres quartiers de Frisco ? Eh bien, c'était cette putain de bande de Hells Angels tout droit accourus du port d'Oakland, de l'autre côté de la baie. Pas de problèmes avec eux, ils vous liquidaient les moindres indicateurs. Quand ça devenait trop chaud, ils nous évacuaient en Harley dans une autre maison. J'ai même fini par embaucher deux ou trois de ces gus vingt ans plus tard à Gerland.

— Et Reccon ?

— Ils sont à deux pas de Gerland, dans la tour voisine de Transamerica Pyramid.

Jonathan soupira.

— Vous auriez pu me le dire qu'ils étaient si près de vous, pardon, de Gerland.

— Je n'aimerais pas que l'on me voie dans les parages de Gerland ou de Reccon. Et ce ne serait pas bon pour vous non plus ! On ne sait pas de quoi ils sont capables.

— À San Francisco, ils ne peuvent pas grand-chose contre vous.

Landrieu se demanda si Jonathan s'était aventuré sur le bon chemin. Bon Dieu, que m'a refourgué cette crapule de McCarthy ? Celui-là, il ferait bien de revenir en Californie plutôt que de fricoter avec une Afghane... Il se leva, paya l'addition et invita Jonathan à le suivre dans les rues de Haight Ashbury avant l'heure de son rendez-vous. Il lui prit le bras à plusieurs reprises comme s'il s'agissait de son fils pour lui signaler les endroits qu'il avait fréquentés, la maison de Grateful Dead au 710 Ashbury Street, celle de Janis Joplin au 12 Lyon Street, l'appartement d'Allen Ginsberg au 1360 Fell Street, un fou bourré de came du matin au soir.

Jonathan le suivait en se demandant s'il ne perdait pas son temps à écouter ce type sur le retour.

Landrieu parut percevoir l'impatience de Jonathan et lui avoua :

— Entre la désertion et Gerland, il y a eu un intermède. Reccon... « La Pieuvre », ce fut mon antichambre, le seul moyen de m'en sortir. Je devais non seulement éviter la prison, mais en plus soigner la leucémie de notre fils. Et vous savez ce qu'il en coûte d'avoir une telle maladie aux États-Unis. Je suis parti très vite en Angola puis en Afghanistan.

Les deux pays que Caroube avait choisis, pensa Jonathan. Se pouvait-il qu'ils se soient rencontrés ?

– L'Angola, c'était du mille dollars par jour, continua Landrieu. Qu'est-ce que vous croyez ? Qu'on peut refuser un tel pactole ?

Au nord de Haight Ashbury, Landrieu s'arrêta au coin d'une rue en pente qui offrait une vue magnifique sur l'océan Pacifique. Il devait marcher un peu tous les jours à cause de sa jambe blessée au Vietnam.

– Regardez, nous sommes au centre de San Francisco. Il y a cent cinquante ans, un émigré, comme mes aïeux, découvrit de l'or pas très loin. Il s'appelait le général Suter, il était suisse et fit fortune rapidement. Tout le coin lui appartenait. Puis les chercheurs d'or sont venus et lui ont piqué San Francisco. Il a essayé pendant des années, jusqu'à sa mort, de récupérer ses terres. En vain. Il aurait été milliardaire. Eh bien voilà, le pétrole, c'est l'or d'aujourd'hui. Reccon ressemble à une grosse pépite, et je croyais qu'il fallait passer par là pour être riche, à condition de ne pas avoir de scrupules. J'en ai eu. Alors j'ai bifurqué vers Gerland, une sorte de société-écran pour me détacher de la saloperie de Reccon.

Il invita Jonathan à poursuivre le chemin, vers le Golden Gate Park, au coin de Fulton Street.

— À quelques blocs de là, il y a le Veteran Administration Hospital. J'y suis allé plusieurs fois, pour dépression. C'est bourré d'anciens de Danang. J'y ai une place en or. J'ai même l'impression que c'est là que j'aurais dû finir et que c'est ce que le pays voulait ! On n'avait pas notre place au retour. Les retours sont toujours difficiles, vous comprenez.

Jonathan marchait sur le trottoir en regardant les bois du Golden Gate Park, non loin du Conservatoire des fleurs. Soudain, il aperçut une berline blanche qui ressemblait étrangement à celle stationnée la veille à Stinson Beach. Une ombre occupait la place du passager, tandis que le conducteur fumait une cigarette, adossé au capot. *N'oublie jamais, Saint-Éloi, en plongée, surveille toujours tes arrières,* disait l'instructeur. *Regarde derrière, tourne la tête, fais gaffe aux requins, aux filets de pêcheurs, même aux espions sous-marins !*

— Monsieur Landrieu, cette Toyota là-bas, ça ne vous dit rien ?

Le rouquin plissa les yeux et haussa les épaules.

— Des bâtards. Ne m'impressionnent pas. Tant que je suis sur le territoire américain, ils ne peuvent que me faire peur, et encore. Tout ce que j'ai à faire, c'est de bien surveiller où je gare ma voiture et de vérifier si on ne m'a pas scié les freins.

Les freins… Ces mots déclenchèrent une décharge d'adrénaline dans le corps de Jonathan. Le virage d'Èze-sur-Mer, la voiture d'Alexander Berenson qui bascule…

— Des bâtards de Reccon, ils n'ont que ça à foutre, continua Landrieu. Dans la jungle de Khe Sanh, on leur aurait mis quelques bastos à la 12.7 et allez, envolé, ni vu ni connu, mais ici, c'est plus subtil. On intimide, on emmerde, on agite sa petite Toyota blanche !

Il cracha sur le trottoir.

Jonathan lui posa la question qui lui brûlait les lèvres depuis la veille, dans le jardin de Stinson Beach :

— Vous avez connu le Dr Caroube ?

Landrieu marqua un silence.

— Putain de Caroube. Bien sûr que je l'ai connu. Plate-forme n° 3 B, Angola, au large de l'enclave de Cabinda. Un drôle de type. À la fois dur à cuire et rêveur. Tout ce qu'il nous fallait sur la plate-forme ! Quel bordel ! Monsieur avait ses humeurs. Il aurait fait un excellent toubib de première ligne au Vietnam. J'aurais pu le croiser en Afghanistan. Mais ni lui ni moi n'en avions envie. McCarthy m'a appris ce qui s'est passé dans cette satanée vallée de Jurm.

— Je ne sais toujours pas pourquoi il a été tué.

— Demandez donc à ces salopards de Reccon ! Ils tirent toutes les ficelles en Afghanistan, ou presque.

Jonathan regarda sur la gauche, en direction du Conservatoire des fleurs. La Toyota blanche avait disparu. Tout cela n'était peut-être qu'un rêve, une narcose de la surface due à la fatigue, à la décompression des vraies profondeurs, celle des souvenirs.

— Ce qui est sûr, c'est que Caroube et moi, on se ressemble. Lui est parti en Afghanistan pour faire de l'humanitaire. Moi, j'ai quitté l'Afghanistan pour rentrer aux États-Unis et fuir Gerland, toute cette merde charriée pendant des années. En réalité, nous, on n'a fait que reprendre ce qu'a initié la CIA au Vietnam et au Laos, financer la guerre avec la dope. Caroube, il gagnait trente mille dollars en deux mois en Angola. En Afghanistan, pour cette putain d'organisation qui reçoit plein de fric, il devait gagner cinq cents dollars par mois à tout casser, nourri logé blanchi, certes, mais quand même, ce n'est pas lourd.

— Il a agi par pénitence, pour se faire pardonner.

— Oui, on a tous besoin de se faire pardonner, ceux qui ont bossé en Afghanistan, et ceux qui ont été au Vietnam.

Landrieu désigna au loin, en contrebas, entouré de bois, le bâtiment vers lequel il s'acheminait, le Veteran Administration Hospital.

— Là-bas, c'est ceux du Nam. Moi, j'ai été aux deux, en Afghanistan et au Vietnam. Vous vous rendez compte ce que je dois me faire pardonner ?

Il partit dans un grand éclat de rire et tapa dans le dos de Jonathan.

— Tout ça, c'est de la connerie ! Il faut assumer. La Budweiser aide un peu. Caroube, lui, avait sûrement quelque chose de plus à se reprocher.

Mille questions se pressaient dans la tête de Jonathan. Il devait reprendre l'avion le soir même pour se rendre à Rhodes, via Paris.

— Caroube a aussi travaillé pour Gerland ?

— Non, pas pour Gerland. On avait bien quelques humanitaires, mais surtout des Afghans, plus quelques Français et Américains infiltrés dans les ONG.

— Personne de chez Agro Plan ?

Landrieu sourit à nouveau.

— Monsieur est un malin… Maintenant, je peux vous le

dire. Oui, des types d'Agro Plan nous ont aidés. Bien rétribués, en liquide, ou sur un compte au Luxembourg.

— Un certain José Da Sousa, par exemple ?

— Da Sousa, mais comment donc ! Un bon informateur. Plus que ça, même, un pivot de notre putain de stratégie pour ces maquereaux de Reccon. Il devait fourguer des engrais aux planteurs de pavot.

— Le fameux Doran…

— Oui, vous connaissez donc.

— On m'en a parlé à Bamyan.

— À Bamyan, justement, nous avions un autre homme de confiance, Gholam.

— Le chef de mission d'Agro Plan…

— Lui-même. Un gosse de riche bourré aux as et qui n'avait jamais assez de pognon, surtout pour sa Harley-Davidson. Il a empoché des paquets de dollars et je ne sais pas s'il travaille pour cet enfoiré de Gerfuls. Gholam est un type très dangereux. Sous des dehors d'ingénieur, un titre aussi prestigieux que *dâktar* là-bas, il est capable de tuer père et mère pour se faire du fric. C'est tout ce qu'il nous fallait. Le monde est laid, n'est-ce pas ?

— Gholam, je l'ai rencontré à Bamyan. Il a disparu lors de mon séjour en Afghanistan.

— Il doit se sentir grillé. Raison de plus pour vous méfier. Tout cela, mon cher Jonathan, n'est qu'une toile d'araignée. Tout est connecté, ramifié. Et tout se sait. Moi, on ne peut pas me buter tant que je ne sors pas des États-Unis. Mes copains du *flower people* qui se sont reconvertis au *San Francisco Herald* en savent assez pour faire deux ou trois unes sur moi en cas de pépin. Les gars de Reccon ont été mis au parfum, au cas où… Caroline bondit sur le téléphone dès que j'ai du retard. Elle a assez de documents pour enquiquiner pas mal de monde chez Reccon.

Ils marchèrent longtemps, jusqu'à la descente près de l'océan qui permettait d'accéder au Veteran Administration Hospital, au 4150 Clement Street.

— Je donne mes rendez-vous dans la maison des vétérans. Là aussi, c'est plus sûr. Tout est là pour les gars gentils comme nous qui ont donné leurs couilles, leurs boyaux et leur cerveau à la nation bien-aimée, la nation qui a su les amadouer avec quelques cadeaux comme ce foutu hôpital. Bon, une chose encore, mon petit, pardon d'être aussi familier mais vous m'êtes sympathique, je préfère vous parler dans la rue, on évite les micros, sait-on jamais. Cette salope de Gerfuls a écrit un manuscrit, une sorte de journal, les Mémoires d'un fou, avec des références bibliques. Il parle du pétrole comme étant le sang du monde. J'en ai lu quelques pages quand nous étions encore associés. Je ne sais pas comment vous pourriez mettre la main dessus, mais vous voilà informé. On s'est tiré une balle dans le pied en trafiquant la dope.

Lorsque Bill Landrieu disparut à l'entrée du Veteran Administration Hospital, Jonathan eut un pincement au cœur. Cet ancien déserteur était au fond un homme attachant.

20

Assise sur une pierre non loin de la maison qui lui servait de geôle la nuit, Albane regarda la vallée en contrebas et soupira. Les deux moudjahidin de Karimpur la surveillaient sans cesse. Elle les sentait prêts à bondir sur elle. Où était encore passé Aziz Khan ? Mort ? envolé ? Il avait à nouveau disparu après avoir entendu des coups de fusil dans la montagne. Ses hommes avaient déserté les hauteurs, comme par enchantement. Un guet-apens ou un arrangement, au choix. Quand elle avait émis une plainte, l'un des hommes, le fusil sur l'épaule, lui avait tendu une couverture en souriant. Que lui voulaient-ils ? Le soir, dans la maison aux volets de bois, elle avait voulu en finir en utilisant les ciseaux de sa petite pharmacie, mais elle n'en avait pas eu le courage. Ces bandits, s'ils avaient voulu la tuer, auraient agi sur-le-champ, lors de la capture. Elle rêvassait le jour, dormait mal la nuit. Aucune nouvelle ne lui parvenait. Un commandant lui intimait l'ordre de temps à autre de se tenir tranquille. Elle était persuadée que tout cela dépassait les moudjahidin qui l'entouraient.

Une monnaie d'échange entre les mains de grands joueurs, voilà ce qu'elle était devenue.

Une nuit, en se penchant par la fenêtre de sa geôle, elle avait longuement observé les étoiles. Elle ne pouvait dire pourquoi, mais elle avait senti la présence de Jonathan sur la piste. Stewart lui avait sans doute demandé de venir à Kaboul, afin d'enquêter sur la mort de Caroube et sur sa disparition, elle, humanitaire trop naïve et trop cynique à la fois, coupable d'avoir mis son nez dans les dossiers d'une sale combine qui était en train de changer la face de l'Asie centrale et du monde. Petits et grands arrangements avec les trafiquants de drogue, les caïds de l'opium, au Badakhshan et dans le Sud, le Helmand et l'Oruzgan. Les gars de Reccon avaient réussi là où la guerre avait échoué : unir les Tadjiks et les Pachtouns, main dans la main autour de la dope.

Je t'écris dans ma tête, Jonathan, maintenant tu es présent au fond de moi, parce que la mort rôde, parce que j'ai froid dans les os. Ce n'est pas Caroube que j'ai envie de rejoindre, c'est toi. Je pense à toi quand je vais à la source et me lave tout habillée sous le regard des deux barbus, je pense à toi quand je mange ce que je peux encore ingurgiter. Je ne comprends pas le persan mais j'ai entendu dans la bouche de mes geôliers des noms qui me sont familiers, Reccon et Andrus Gerfuls. Tu es un seigneur de l'amour et de l'espoir au milieu de ces seigneurs de la guerre et de la mort. Tout est possible ici, je m'attends même à voir revenir Aziz Khan, mais du côté de mes ravisseurs, qui sont aussi les ravisseurs du monde, ceux qui empoisonnent les veines d'Orient et d'Occident. Nous sommes les esclaves d'une civilisation trop matérielle. Nous n'avons pas appris à nous défendre, à défendre la nature qui se meurt. Pourtant, le monde est merveilleux, l'eau court entre les parois, la vie s'élève des torrents, les montagnes chuchotent et surveillent sans mot dire les hommes fous. Je te parle comme si tu étais à mes côtés, et tu es loin, je te parle comme si nous vivions ensemble, et nous nous sommes quittés. C'est étrange, je ne connais pas la guerre, je ne l'ai vue que de loin, mais maintenant je me sens en plein dedans, pas la *chicaya* des vallées, les coups de fusil misérables échangés entre Jurm et les autres vallées, non, une guerre immense allumée par quelques compagnies, dont Reccon et Arenas, par des types dangereux, des manipulateurs d'une nouvelle espèce comme Andrus Gerfuls et James Graham qui veulent provoquer une guerre inédite, horrible, contre laquelle nul humanitaire ne pourra lutter, ou si peu : la guerre de l'or noir et des veines bourrées de poudre. Oui, cette guerre, je la sens partout autour de moi, je suis en plein milieu de l'énorme déflagration, des Afghans meurent par dizaines, par centaines dans cette bataille. Le monde est dans le brouillard, la brume violette de la fumée, et la mort blanche est déjà dans le cœur de beaucoup.

21

Les phoques s'étiraient sur l'îlot portant leur nom, non loin du Golden Gate Park et du Veteran Hospital de San Francisco qui avait avalé Bill Landrieu. Jonathan observa longuement les mammifères marins depuis la falaise, au-dessus du restaurant Cliff House. Ils venaient se réfugier là, à l'abri des requins de l'océan Pacifique.

Jonathan se demanda pourquoi Landrieu craignait encore tant son ancien associé de Gerland, Andrus Gerfuls, et James Graham, le patron de Reccon. Des requins. Jonathan observa les courants d'Ocean Beach. Cinq nœuds minimum, avec de violentes aspirations sous-marines, comme l'annonçaient les panneaux de la municipalité. Un bon nageur peut s'en sortir, songea-t-il, à condition de se laisser couler et de pratiquer le bouchon, inspirer, s'enfoncer, ressortir et inspirer à nouveau, gagner quelques mètres sans paniquer, si possible dans le sens du courant ou en travers, pas contre. Il avait connu cela plusieurs fois, au large de Villefranche et du Cap-Ferrat. Les courants ressemblent aux chagrins amoureux : pour atténuer la peine, il convient de glisser avec le sentiment, pas contre. Théorie du trop-sentimental, après celle du trop-généreux. Pour remonter le courant de Reccon, c'était la seule technique à adopter, si on ne voulait pas finir dans les eaux froides de la baie de San Francisco ou dans un ravin d'Afghanistan.

Jonathan se retourna et vit, de l'autre côté de Point Lobos Avenue, deux hommes adossés à une Toyota blanche en train de manger un sandwich. Ils ne le regardaient pas mais pouvaient l'observer à leur guise, les yeux cachés derrière des lunettes noires. Il entra dans le restaurant Cliff House, commanda un café lavasse et attendit que la voiture reparte. Puis il remonta Point Lobos, coupa par la 44ᵉ Avenue et décida de semer ses éventuels poursuivants en entrant dans le parc du Golden Gate. Il lui restait quelques heures à tuer avant de prendre l'avion pour Paris. Quand il pénétra dans le parc, il sentit un souffle sec passer devant son nez. Un bruit mat résonna dans le sapin qu'il frôlait. Une ombre s'enfuit à sa gauche, sous les arbres, en direction de North Lake. Jonathan s'approcha du conifère. Une flèche de harpon sous marin était plantée dans l'écorce. Elle aurait pu lui transpercer la joue, mais le tireur sans doute ne l'avait pas voulu. Ne te mêle plus de ça, occupe-toi de tes oignons, pars au plus vite, quitte cette ville de requins, cette ville aux courants mauvais, cette ville témoin de tant de naufrages.

Étalé sous la citadelle à l'aplomb de la Méditerranée, le village de Lindos somnolait dans l'attente des touristes qui ne tarderaient pas à affluer. Les marchands de souvenirs grecs étaient assoupis devant leur boutique et les restaurateurs préparaient les terrasses ouvertes sur la mer et les rochers, au-delà des maisons peintes à la chaux. Jonathan arriva, fourbu, par le bus de l'après-midi en provenance de Rhodes. Il avait hâte de rencontrer Fiona, qu'il avait prévenue de son arrivée lors de son escale de deux jours à Paris. Elle lui avait proposé de l'héberger, ce qui n'était pas pour déplaire à son portefeuille.

Fiona Galloway l'attendait à l'entrée du village, avant les ruelles piétonnes ombragées par des glycines et des bougainvillées. C'était une femme encore jeune, une blonde aux yeux délavés, au visage un peu triste abîmé par l'alcool ou le chagrin, ou les deux. Elle lui tendit la main et l'entraîna vers la partie haute du village, sous la citadelle, là où elle tenait une petite auberge, des appartements traditionnels meublés à l'ancienne qu'elle louait au mois ou à la semaine.

Sa maison plut tout de suite à Jonathan. Le bleu pâle des terrasses s'estompait sous les bougainvillées et les vignes au-dessus d'une cour pavée de cailloux gris, « une tradition à Lindos », précisa Fiona. Une petite baie s'étalait sous la maison avec ses roches jaune et noir.

Fiona installa Jonathan dans une chambre qui donnait sur la mer, « comme cela vous serez bien », et elle le laissa se reposer avant de revenir avec du linge de maison. Les figuiers en contrebas exhalaient leurs parfums et résonnaient dans l'air printanier les notes de Puccini, *Vissi d'arte, vissi d'amore.*

La chambre était vaste, meublée à l'ancienne et peinte en bleu lavande afin de permettre à la mer de s'y sentir chez elle. Jonathan se pencha sur le petit balcon, scruta les profondeurs. Les plongées devaient être attrayantes dans cette mer turquoise, dans ces criques aux tombants vertigineux, mais sa coéquipière manquait à l'appel.

Fiona se tenait sur le pas de porte et s'aperçut du trouble de Jonathan.

— Elle saura se sortir d'un tel pétrin, dit-elle.

Elle invita Jonathan à manger du pain grillé et à boire un café chauffé avec son marc, qu'il ne fallait surtout pas appeler « café turc ».

— *Metrio* ? Moyennement sucré ? demanda Fiona.

— Non, pas de sucre, merci.

— Albane est déjà venue dans cette maison. Elle aimait cette chambre et restait des heures devant la mer, à ne rien faire, ou à lire. Elle écrivait aussi. C'est sûrement pour cette raison que vous êtes venu.

— Oui. Et aussi pour parler de deux compagnies, celle de Californie et celle de Buenos Aires.

— Elle se rendait souvent à Rhodes, du moins l'été.

— Je sais, trois étés au moins. Je crois qu'elle aimait votre maison.

— Oui, et elle avait fini par apprendre quelques mots de grec.

— Vous savez comment elle a connu Rhodes ? demanda Jonathan.

— Son père avait retrouvé dans la vieille ville de Rhodes la plus belle réplique de Jérusalem. Je vous prépare le café.

Ils s'installèrent dans le grand salon face à la mer. Andréas, le fils de Fionna, piaffait d'impatience.

— Il a quatre ans et parle déjà deux langues, dit Fiona. Son père vient le voir trois fois par semaine. Nous nous sommes séparés voici deux ans et c'est mieux pour Andréas. Son père ne supportait pas le vent. Il devenait violent quand ça soufflait.

Elle n'entra pas plus dans les détails et préféra parler tout de suite d'Albane Berenson.

— Elle ne travaillait pas depuis longtemps sur le pétrole et la compagnie Reccon, poursuivit Fiona en servant le café. Je ne vous propose pas de lait, ce serait une hérésie.

— Pourquoi a-t-elle travaillé sur ce dossier ? demanda Jonathan.

Tout autour de lui, des affiches en grec ou en anglais sur la mondialisation ornaient les murs. Des photos montraient des jeunes sous le puissant jet d'eau d'un camion de police aux vitres protégées par des grillages.

— Des manifs à Athènes, dit Fiona. Albane a commencé à s'intéresser au pétrole quand elle m'a connu. Elle est retournée en France, puis elle m'a envoyé des mails et des lettres avec quelques photocopies. Elle parlait d'un dissident de la firme.

— Bill Landrieu ?

— Non. Un type qu'elle n'a jamais rencontré mais qui aurait remis un rapport à Caroube.

Elle observait Jonathan pour voir si cela ne le gênait pas de parler du médecin.

— Il est mort, dit Jonathan.

— Oui, je l'ai appris. Les infos circulent très vite aujourd'hui, surtout entre nous.

— Vous ?

208

— Les militants d'une association créée pour faire connaî-tre les dégâts que peuvent causer des compagnies comme Reccon.

— Il y en a beaucoup.

— De dégâts ? Oui, vraiment.

— Non, des associations comme la vôtre, des écologistes.

Fiona leva les yeux vers le plafond.

— Nous ne sommes pas des écolos ! SOS Planet a été créée par des anciens de l'Organisation mondiale de la Santé, en désaccord avec leur maison-mère à cause de son inertie. Puis d'autres experts les ont rejoints, des hydrolo-gues, des médecins, des ingénieurs, des botanistes, des géo-graphes. Moi, je suis une ancienne chercheuse en biotech-nologies à Londres. J'ai atterri ici par amour, et j'y suis restée, même si j'ai divorcé. Les gens du coin m'ont adop-tée. Et SOS Planet a depuis une branche en Grèce.

— Reccon ne doit pas aimer que vous les taquiniez, inter-vint Jonathan.

— Vous savez combien elle pèse, cette boîte ? Cinquante milliards de dollars ! Reccon dispose d'un budget plus important que celui de tous les pays du Sahel réunis.

— Il y a de quoi faire, en effet, mais de là à incriminer Reccon…

— Nous ne les incriminons pas à cause de leur chiffre d'affaires, au contraire, mais pour leurs actes, pour ce qu'ils font de cet argent en Afrique, en Asie, en Amérique du Sud. Soudoyer, corrompre et, plus fort encore, trafiquer la drogue.

— Vous croyez qu'Albane a pu réunir des documents là-dessus ?

— Plusieurs ! Le plus important est le récit de James Graham.

— Le patron de Reccon...

— Lui-même. Au cours d'une réunion, il a laissé échapper une remarque qui a été dactylographiée par une secrétaire pour un document de travail. Le document a été très vite détruit, à la demande de James Graham. Mais une version a circulé et le dissident de Reccon en a eu vent. Ce document disait que Reccon ferait tout pour faciliter la production d'opium avec une arme nouvelle. Un engrais dont les paysans raffoleraient, d'abord à bas prix, puis sur endettement auprès des trafiquants. Cet engrais est indispensable pour son plan de pipe-line. Ce produit s'appelle le Doran.

— J'en ai entendu parler.

— Ce produit lancé par Reccon est vendu exclusivement par ses soins en Afghanistan. Le pari est déjà gagné. Le but est simple : obliger les paysans à planter... Des usuriers payés par Gerland prêtent de l'argent aux paysans pour qu'ils achètent les semences de pavot et le Doran en grandes quantités, de quoi avoir des stocks pendant des années. La première année, les récoltes remboursent à peu près la mise. Grâce à l'engrais, les paysans obtiennent de meilleures récoltes et avec les bénéfices rachètent de l'engrais. C'est un cercle vicieux. Les usuriers, eux, ne se gênent pas pour pratiquer des intérêts élevés. Les paysans s'enchaînent non seulement à Reccon et à ses succursales, mais aussi aux chefs tribaux et aux mollahs qui tolèrent et protègent les usuriers.

Andréas s'impatientait. Fiona le prit dans ses bras, le berça et lui murmura des phrases en grec. Jonathan remarqua qu'il était très beau avec ses cheveux noirs, ses yeux verts et sa peau mate.

– Avec le Doran, Reccon contrôle une bonne partie de la plantation de pavot à opium en Afghanistan, donc celle du monde entier, reprit Jonathan.

– C'est ce que disent les membres de SOS Planet. Mais pour le moment nous gardons cela pour nous. Nous savons que c'est dangereux.

– Il y a déjà eu des morts, un en tout cas, Caroube.

– Je ne sais pas s'il a été tué par les gens de Reccon, dit Fiona. Quant à nous, nous avons reçu des menaces, à Londres, à New York, à Athènes, toujours par téléphone. Jamais de traces.

Non, pas de traces, se dit Jonathan. On pend un médecin dans une vallée d'Afghanistan, on met ça sur le compte des petits seigneurs de la guerre et des barons de l'opium, on parvient à effrayer un dur-à-cuire de l'acabit de Landrieu, on tire une flèche de harpon dans un bois de San Francisco. Des avertissements, des signes, et si ça tourne mal, seule l'hypothèse du crime crapuleux est retenue.

– Est-ce qu'il y a une connexion entre les gens de Reccon et SOS Planet ? demanda Jonathan.

– Oui, soupira Fiona en jetant un œil sur la mer. Je vous expliquerai au dîner.

Elle s'absenta une heure pour s'occuper d'Andréas et fermer sa librairie peu fréquentée en dehors de la saison touristique. Elle louait trois meublés dont un seul était occupé en cette saison par un couple de vieux Anglais qui venaient passer tous leurs printemps à Lindos. En se penchant à gauche du balcon afin de mieux voir l'une des deux baies, sous l'Acropole, Jonathan aperçut au pied de l'antique citadelle, sur le vieux sentier muletier, un homme qui regardait dans sa direction, jumelles en bandoulière. Lorsque Jonathan le détailla fixement, la silhouette disparut dans les taillis. C'était là sans doute un geste d'hospitalité, qui avait au moins le mérite de ne pas arborer de harpon.

Quand Fiona Galloway revint, elle demanda avec la plus grande simplicité à Jonathan de l'aider à mettre le couvert dans le salon aux meubles de chêne de Macédoine qui fleuraient bon la cire. Une vieille femme en noir s'occupait d'Andréas dans la chambre voisine et lui chantait des berceuses en grec.

— C'est sa grand-mère, une femme adorable, elle est à moitié sourde, dit Fiona.

Elle parla longuement de SOS Planet, des travaux d'Albane, de sa recherche menée avec des ingénieurs de New York et de Londres, puis elle invita Jonathan à passer à table.

— Deux chercheurs nous ont beaucoup aidés. L'un est brésilien, l'autre turque, une femme, belle comme tout. Le Brésilien a commencé à nous inonder de renseignements sur Reccon et ses agissements. Il nous envoyait des documents par mail, par courrier, puis il a brusquement arrêté. On a cru qu'il avait été enlevé, drogué ou liquidé. En fait, il est passé du côté de Reccon. Puis il est parti en Afghanistan.

Jonathan fronça les sourcils.

— Un Brésilien ? À Kaboul ? Comment s'appelle-t-il ?

— José Da Sousa. Vous le connaissez ?

— Oui, bien sûr, je l'ai vu là-bas. C'est le chef de la mission d'Agro Plan.

Fiona Galloway fit une moue qui ne l'embellit pas.

— Da Sousa a infiltré cette ONG. Nous avons averti Hugh Stewart, mais il était déjà trop tard et lui ne voulait pas le virer.

— Hugh dit que José Da Sousa a toutes les cartes en main pour la mission d'Agro Plan, ajouta Jonathan. Il voulait se débarrasser de lui en douceur, sans que cela nuise à l'organisation. Da Sousa emploie deux cents collaborateurs sur le terrain. Vingt mille paysans reçoivent des semences grâce au programme et cent mille Afghans sont nourris par Agro Plan. Hugh a peur que tout cela ne s'écroule.

Fiona Galloway s'absenta encore quelques instants pour coucher Andréas, prit congé de sa belle-mère, l'embrassa sur les deux joues en s'adressant à elle davantage par onomatopées et par gestes que par phrases. Les mots grecs composaient une petite musique et Jonathan crut entendre la voix d'Albane :

Un jour, Jonathan, nous aurons un enfant, je me calmerai, je te le promets, un jour j'aurai fini mes recherches et toi tu auras abandonné tes chimères, tes plongées, ton goût pour les profondeurs, et ce jour-là nous serons heureux.

— Da Sousa a été un précieux informateur pour nous, dit Fiona en revenant à table. Il a étudié l'agronomie au Brésil et à Cuba, puis il a fait une année de spécialisation aux États-Unis, à Stanford. Il a été l'un des spécialistes de la culture du pavot à opium, avec une grosse recherche en matière de programmes de substitution. Il voulait aider les paysans à sortir du marasme et n'était pas contre la culture du pavot à opium, au contraire. Il disait que c'était un moyen de développement et qu'il appartenait aux pays occidentaux de trouver une solution, pas aux pays producteurs.

— Il ne fait aujourd'hui qu'aider les paysans à plonger davantage, à s'enchaîner à l'opium.

— Il a bien changé. Maintenant, il peut contrôler beaucoup de choses en ayant accès aux programmes agricoles.

— Qu'est-ce qui l'a incité à changer de bord ?

— L'argent, pardi ! Reccon l'a acheté, purement et simplement. Une société qui dépend de Reccon se charge de contacter les experts, les botanistes, les hydrogéologues, les agronomes qui peuvent être intéressés par la recherche sur l'agronomie et les cultures dans les pays en développement. Cette société accorde ensuite des bourses, des primes, des subventions, à coups de dizaines de milliers de dollars. Vous imaginez ce que cela peut représenter pour un chercheur du Mexique, du Brésil ou du Pakistan ?

— Cette société… Vous voulez parler de Gerland ? demanda Jonathan. C'est une société de consultants.

Fiona se redressa vivement.

— De mercenaires, plutôt ! Les gars de Gerland se vendent au plus offrant. Ils sont prêts à tout pour augmenter leurs profits. Reccon sait s'en servir. C'est du sale boulot à distance. Et quand Gerland craint de prendre trop de risques, la boîte sous-traite encore, avec des Afghans, des Pakistanais, des Libanais. Tout en cash, ni vu ni connu.

— Da Sousa a beaucoup servi à Reccon ?

– Il sert encore ! Le Doran est en cours d'expérimentation en Afghanistan, et Da Sousa, d'après ce que nous savons, s'est acoquiné avec des Afghans et fait ce qu'il veut sur le terrain, mais vous en savez sans doute autant que moi.

– Oui, dit Jonathan, il passe par une multitude d'intermédiaires et il est impossible à coincer.

Théorie de la plongée en douceur. Ne pas effrayer le compagnon de palanquée, ne pas lui dire que Reccon a sans doute infiltré des taupes au sein de l'association de Fiona Galloway.

– Vous pensez peut-être que Reccon a demandé à Da Sousa de nous espionner nous aussi, avant qu'il ne rejoigne Agro Plan, mais c'est improbable, répondit Fiona. Da Sousa était quelqu'un de sincère. Il voulait vraiment aider les gens, les pauvres paysans comme les sans-terre du Brésil.

– Il contribue à causer des milliers de morts aujourd'hui, en aidant le trafic d'opium et d'héroïne.

– L'argent lui a fait tourner la tête. Il doit se dire que les pays occidentaux sont les vrais coupables, coupables de demander de la drogue, coupables d'en consommer, coupables de ne rien faire pour endiguer le trafic, quatre cent cinquante milliards de dollars, et tout le blanchiment qui en résulte. C'est une petite rivière au départ, qui devient une déferlante une fois dans les pays occidentaux. Si un grand magicien arrivait à arrêter le trafic d'un coup de baguette, vous pouvez être sûr qu'un quart du système financier mondial serait en faillite.

– Mais toutes les banques ne sont pas impliquées dans le blanchiment.

— Bien souvent les banques elles-mêmes ne savent pas qu'elles blanchissent, poursuivit Fiona. Il y a des banques offshore partout dans le monde. Tout le système est pourri.

— Les polices contrôlent pourtant.

— Une opération frauduleuse sur mille est interceptée ! Pour le reste, les flics sont bernés. Ou on ferme les yeux. N'oubliez pas, Las Vegas s'est construit comme ça, avec du blanchiment.

— C'est vrai, on laisse faire. Vous parliez tout à l'heure d'un autre chercheur, une Turque. Qui est-ce ?

— Leïla Yilmaz. Une femme formidable, formée à l'université d'Istanbul, chercheuse en biotechnologies. Son père, un général de l'armée turque en poste à l'OTAN à Bruxelles, est un gros calibre, constamment entouré d'une escouade de gardes du corps par peur d'un attentat terroriste. Sa mère est pakistanaise, de Karachi, où son père l'a rencontrée lorsqu'il était attaché militaire à l'ambassade de Turquie au Pakistan, à Islamabad.

— Et Leïla vous a beaucoup aidée ?

— Énormément. Jusqu'à la semaine dernière.

— La semaine dernière ?

— Elle a brusquement arrêté de nous envoyer des mails, ici à Rhodes, à Athènes, à Londres et à New York. Personne n'a de nouvelles. Elle était à Karachi. Je m'inquiète terriblement pour elle.

— Elle aussi avait reçu une bourse ?

— Pas de Gerland en tout cas, ni de Reccon. Elle a perçu une belle allocation pour mener une étude à Stanford.

— La même université que Da Sousa...

Principe des remontées lentes. Les propos de McCarthy :

216

Andrus Gerfuls, l'associé de Bill Landrieu, ou plutôt l'ex-associé, « une crapule de première formée à Stanford ».

— Oui, la même université, répondit Fiona. Mais elle n'a pas connu Da Sousa là-bas. C'est notre association qui les a fait se rencontrer à Londres, il y a quatre ans, lors d'un colloque qui a dû être annulé au dernier moment.

— Annulé ?

— À cause d'une alerte à la bombe. Il devait se tenir à la London School of Economics. Avec la fausse alerte à la bombe, il a fallu reculer de deux semaines. Nous n'avions plus d'argent pour loger les intervenants, qui ont dû tous repartir. On a fait le colloque dans un bar-entrepôt, au nord de Londres.

Avant le sabordage, le sabotage. Des alertes à la bombe, des flèches de harpon, des cordes pour pendre les gêneurs. Et les pays occidentaux qui s'en moquent, qui ferment les yeux. Des cordes pour tout le monde, pour les junkies et les paysans. Comme ton père avait raison, Albane. Même les banquiers, blanchisseurs ou pas, vont finir par se pendre.

— Que disait Leïla dans ses messages ? demanda Jonathan.

Fiona soupira. La brise du soir commençait à agiter les branches des palmiers en contrebas de la terrasse et les bougainvillées qui tombaient en cascade du toit voisin.

— Elle résumait ses travaux de recherche sur le Doran et les engrais pour pavot à opium. Puis elle a commencé à s'intéresser aux effets de l'héroïne sur les drogués de Karachi. C'était terrible...

Fiona souffla et poursuivit :

— Des hordes de drogués, des drogués à l'héro, un million au total sur quinze millions d'habitants. Vous vous rendez compte ? Leïla était affolée. Elle connaît très bien Karachi pour y être retournée de nombreuses fois depuis son enfance. Mais là, elle ne reconnaissait plus la ville de sa mère. Des junkies partout, même dans les bureaux, dans les banques, les hôpitaux, les écoles. Des gens de toutes conditions, de tous les âges. Des fonctionnaires, même des médecins, des pharmaciens, des douaniers...

— Elle avait peur pour elle-même ?

— Oui, de plus en plus, c'est pour cela que nous sommes inquiets. Elle avait envoyé un rapport qu'elle avait fait pour une petite association pakistanaise qui s'occupe des drogués. Je l'ai reçu par mail, mais il a disparu.

— Disparu ?

— Oui, envolé. Mon ordinateur est tombé en panne un jour à cause d'un virus et tout a été nettoyé. J'ai sauvegardé beaucoup de choses sur disquettes, mais pas ce rapport.

— Le virus est arrivé tout de suite après l'envoi du rapport ?

Fiona tenta de se souvenir :

— Oui, je crois, ou peut-être le lendemain. C'est sûrement lié...

Bien sûr que c'est lié. Albane le saurait tout de suite. Son flair, son intuition. Dériver avec les courants ennemis pour mieux les connaître, pour mieux s'en extraire. Reccon et Gerland ont le bras long, très long.

— J'ai fait une erreur, se rappela Fiona. J'ai appelé un ami de SOS Planet à Londres pour lui dire que nous avions du nouveau sur Reccon.

Une erreur, oui, c'est le moins que l'on puisse dire. Des

oreilles partout. Des yeux qui vous guettent à Rhodes, à Kaboul, à Paris, à Londres, à San Francisco, sur les rivages de Stinson Beach.

— Bill Landrieu m'a dit que vous connaissiez bien la firme concurrente de Reccon, Arenas, dit Jonathan.

— Bill Landrieu, quel étrange personnage…

— C'est lui qui m'a donné votre nom et votre adresse.

— Landrieu est un dissident de Reccon. Il a beaucoup à se faire pardonner.

— Pas de sang sur les mains, tout de même ? s'enquit Jonathan.

— Non, gros trafic.

— De drogue ?

— D'anhydride acétique. C'est pire, je dirais ! Le produit que l'on emploie pour transformer l'opium en héroïne. Très difficile à trouver maintenant. Il y a des contrôles partout. On peut en dégoter en Inde. Gerland, son ancienne boîte, est mouillée là-dedans jusqu'au cou. Landrieu a pu importer des bidons et des bidons de ce produit de l'Inde vers l'Afghanistan, en passant par des contrebandiers et même par des chargements légaux, sous couvert de produits pharmaceutiques. Des bureaucrates à Islamabad et des douaniers pakistanais à la passe de Khyber ont été grassement payés pour fermer les yeux sur le passage de quelques camions.

— Ces gens d'Arenas, vous les avez fréquentés ?

— Arenas ? Oui, bien sûr, je les ai côtoyés de près, à Buenos Aires, là où j'ai rencontré le père d'Andréas.

Elle prononça ces derniers mots avec une pointe de lassitude et d'agacement.

219

— Arenas veut construire le pipe-line à la place de Reccon, poursuivit-elle. Les deux compagnies sont engagées dans une course de vitesse. Les deux ont énormément investi en Asie centrale, des centaines de millions de dollars, et personne n'est prêt à lâcher le morceau. Après les attentats du 11 septembre, le projet du pipe a été enterré. C'est du moins ce que l'on pensait.

— Jusqu'à ce que Hamid Karzaï le ressorte voici quelques mois.

— Et cela nous fait peur. À quelles forces obéit-il ? Pourquoi maintenant ? Son entourage l'y a sans doute poussé.

— Son frère ? Il est lié à l'une des deux entreprises ? feignit de s'étonner Jonathan.

— Pire que cela. Il est lié au trafic de drogue. Wali Karzaï est impliqué jusqu'au cou dans la dope, selon un rapport de l'armée américaine. Et Karzaï lui-même ne sait plus quoi faire. Il est débordé.

— Quel rapport avec le pipe ?

— Eh bien, Reccon et Arenas arrosent à qui mieux mieux. Je vous cite tout cela de mémoire, car le rapport de Leïla était long, et je n'ai pris que quelques notes.

— Puis-je les voir ?

— Désolée, elles étaient aussi sur l'ordinateur.

Travail parfait. Ne pas laisser de traces. Albane, ton père aurait pu nous aider. C'était son milieu, finalement.

— Dans leur bataille pour remporter le projet du pipeline, continua Fiona, Reccon et Arenas sont prêts à tout. L'idée d'Arenas a pris Reccon de vitesse : arroser les chefs de l'ISI, les services secrets pakistanais.

– Reccon avait pourtant des atouts, en étant une entreprise américaine.

– Bien sûr, et ses dirigeants ne se sont pas gênés. Demandez donc aux mercenaires de Gerland ! Les chefs de l'ISI ont été invités aux États-Unis, du moins ceux qui avaient été repérés. Beaux hôtels, piscines, cadeaux. Mais Arenas a fait mieux en arrosant les mêmes généreusement. Séjours au Caire et à Istanbul, invitations à des danses du ventre et dans des cabarets, des femmes dans les chambres pour ceux qui le voulaient.

– Votre amie turque a pu démontrer tout cela ?

Fiona réfléchit quelques instants avant de répondre :

– Leïla a surtout pu rencontrer un ancien de l'armée, qui a été un temps officier des services secrets pakistanais, grâce à sa mère, issue d'une grande famille de Karachi. Leïla parle très bien l'ourdou et connaît Karachi comme sa poche. Elle a sûrement dû remonter quelques filières. Mais c'est une ville où l'on disparaît facilement. On compte plusieurs milliers de disparitions chaque année. Et n'oubliez pas que le journaliste américain Daniel Pearl y a été décapité.

Le silence s'installa dans le salon tandis que le jour déclinait lentement sur la baie de Lindos. Un bateau de pêche rentrait vers le petit port, abrité par les bras de la rade.

– Vous pensez que je peux retrouver Leïla ? demanda Jonathan.

Fiona rit sans se retenir.

– Vous êtes drôle ! Et vous ressemblez tellement à Albane… Disons que c'est dangereux. Mais c'est aussi l'une

221

des rares pistes pour remonter jusqu'à Albane, où qu'elle soit.

— Leïla avait-elle des habitudes là-bas, à Karachi ?

— Oui, sans doute trop. Ne passez pas par sa famille. Elle mentionnait souvent la clinique d'un médecin pakistanais, le Dr Pervez. Il dirige un établissement pour drogués, un des rares centres qui propose des cures de désintoxication. Leïla parlait d'un taux de 40 % de réussite, ce qui est énorme, contre 2 % pour les hôpitaux de la ville, quand ils veulent bien admettre les drogués. Je n'ai pas le nom de la clinique en tête, mais je vais envoyer un mail ce soir à un ami de SOS Planet à Londres, un médecin lui aussi, qui connaît ce confrère.

— Votre ordinateur est réparé ?

— J'en ai acheté un nouveau. J'en avais besoin pour mes locations.

— Alors, ne l'utilisez pas pour communiquer à propos de cette affaire.

Fiona inspira profondément pour signifier que cette histoire la dépassait.

— D'accord, j'irai demain matin aux aurores chez une amie du village et je vous communiquerai les informations. Il se fait tard. Vous devez être fatigué. Je vais aller voir si Andréas ne fait pas de cauchemars. Depuis quelques jours, il dort mal. Il doit sentir que je suis soucieuse pour...

Elle ne finit pas sa phrase. Jonathan et elle pensaient à la même chose. Théorie de l'osmose, la loi du sel dans le sang, je te l'ai apprise, Albane, lorsque nous plongions au large du Cap Ferrat. Le sel dans le sang, c'est comme les sentiments ou l'amitié, ou encore l'amour, pour le meilleur et pour le pire. Jonathan se contenta de regarder la mer devenue noire sous l'horizon sombre. Les bateaux devaient tous être rentrés au port. Dans l'horizon de Jonathan, il en manquait un. Un jour, Albane, il n'y aura plus de naufrage, plus jamais.

Fiona lui adressa un baiser du bout de la main et quitta le salon la première vers la chambre du petit Andréas, bercé par les comptines d'une grand-mère sourde.

22

Le ciel des montagnes de Kaboul avait retrouvé son impeccable luminosité et Hugh Stewart crut voir un tableau primitif, un dessin de naissance du monde. Conduit par Fawad, il roulait en direction de Kargha et du lac d'altitude, près du golf. Le char détruit était toujours là et resterait sans doute encore là des années, des décennies, des siècles. Le moteur avait été récupéré, ainsi que toutes les pièces plus ou moins utiles. Ne demeurait que la carcasse dans l'attente de la rouille, menaçante. Plus personne n'y prêtait attention. Les Petits Poucet et mauvais djinns afghans avaient semé ces souvenirs comme autant de promesses d'une bataille. Il y en aurait d'autres, dont celle qui se tramait en ce moment dans les montagnes du Badakhshan et les champs de pavot du Helmand.

Stewart regarda à plusieurs reprises dans le rétroviseur si personne ne les suivait. Il avait pris de nombreuses précautions, était parti en taxi à 6 heures du matin en direction du Panchir puis avait bifurqué dans les faubourgs de Kaboul. Fawad l'attendait à deux cents mètres du carrefour au volant d'une vieille Volskwagen Passat prêtée par son frère, puis il avait pris des chemins détournés avant de rejoindre la route de Kargha. En apercevant la maison de l'Américain, il souffla profondément.

Maryam l'attendait dans la maison de Zachary McCarthy, déjà parti pour son bureau à Kaboul. Hugh pénétra dans le grand salon.

— On aurait pu se voir à Agro Plan, dit-il en français, mais je n'ai plus confiance en personne. Pas même dans les gardes, encore moins dans les employés de bureau.

— Tu as raison, nous sommes mieux ici, dit Maryam en l'invitant dans l'un des trois salons. J'espère que personne ne vous a suivis.

— Personne. Fawad est un malin.

Maryam lui servit un thé vert.

— Cela réveille, tu verras, plus que le noir encore, c'est plus insidieux, on ne s'en rend pas compte, mais ça fait fonctionner aussi les neurones.

Lorsqu'elle parlait français, elle prenait quelques intonations du Sud, souvenir de son séjour d'étudiante à Montpellier.

— Maryam, nous n'avons toujours pas retrouvé le corps de Caroube. Albane est en vie, mais on ne sait pas où. Je suis surtout inquiet depuis le cambriolage des locaux.

— C'est étrange, cela ne ressemble pas aux méthodes des voleurs de Kaboul. Ils ont laissé beaucoup de choses, pratiquement tout.

— Il y avait tellement de documents dans l'ordinateur.

— Il était en partie purgé, Hugh, tu le sais.

— Ce qu'ils ont trouvé m'importe peu. C'est plutôt un avertissement.

— C'est clair, dit Maryam. « Ils » ont voulu nous faire peur.

— Qui est-ce, à ton avis ? Peut-être des trafiquants d'opium…

— Je ne sais pas, tout est possible. Mais pour les trafiquants, cela me paraît trop gros. Eux tirent dans le tas et discutent ensuite.

— Les contrebandiers de l'anhydride acétique, ceux qui amènent à Kaboul le produit pour transformer l'opium en héro.

— Pas plus, même s'il y a parmi eux des Pakistanais.

— Les services de Karzaï, alors…

Maryam éclata de rire.

— Les services de Karzaï ? C'est une plaisanterie ! Notre Président peut à peine se protéger lui-même, le pauvre, ce sont les Américains qui s'en chargent. Non, je crois qu'on a affaire à de gros poissons.

— Maryam, je ne sais pas comment interpréter l'attitude d'Albane. Pourquoi est-elle partie dans le Panchir avec Caroube ? Ça n'avait pas l'air de coller si bien que ça entre eux. Et lui était suicidaire.

Maryam resservit du thé.

— D'accord, cela ne lui ressemble pas. Je crois que tu as tout compris.

— Dis-moi ce que vous savez, toi et Zachary, sur sa mission dans le Panchir.

Maryam eut un éclat dans le regard qui la rendit encore plus belle.

— Une mission, oui, c'est le mot. Le Panchir ne l'intéressait pas. Elle voulait aller au-delà, dans le Badakhshan.

La Mort blanche

– Ce n'était pas une idée de Caroube ?

– Il s'est laissé convaincre par Albane. Elle était sur un gros coup.

– Oui, je sais, l'affaire Reccon, le lien entre le pipe-line et le trafic d'héroïne.

– Plus que ça encore.

Elle baissa la voix et regarda par instinct la lourde porte en bois du salon, bien fermée :

– Que tout cela reste strictement entre nous. Deux choses la préoccupaient. D'abord, le Doran, l'engrais que Reccon a lancé par sa filiale. Elle savait que Reccon dispose avec ça d'un moyen de tenir les seigneurs de guerre qui veulent se reconvertir, les chefs tribaux et les mollahs un peu trop gourmands.

– Ils ne le sont pas tous...

– Dans le Sud, le moindre mollah radical veut quatre femmes, ce que lui autorise la loi islamique. Tu te vois, toi, nourrir quatre femmes et des enfants dans tous les coins ? Eux ne comptent plus que sur le pavot pour ça. En plus, ils achètent leurs femmes aux belles-familles, car les femmes ici ont malheureusement un prix.

– Et la deuxième chose ?

– J'y viens. Albane était persuadée que les services secrets pakistanais sont impliqués dans le trafic. Cette implication arrange évidemment Reccon, qui rêve d'étendre le pipe jusqu'à Multan, une ville sur l'Indus, au Pakistan, ou jusqu'à Karachi.

– Elle est donc allée dans le Badakhshan pour ça ?

– C'était l'un des éléments de son enquête. Le Doran est utilisé là-bas. Tout le système agricole du Badakhshan est désormais basé sur le pavot et l'opium. C'est un concentré d'Afghanistan, bourré de trafiquants, afghans comme pakistanais, des Pachtouns des zones tribales que personne ne peut différencier d'un Pachtoun afghan. Marco Polo avait raison. Qui contrôle le Badakhshan contrôle la route de la Soie. Aujourd'hui, qui contrôle le Badakhshan contrôle une partie de la route de la drogue. Albane a voulu comprendre tout ça.

Elle marqua une pause, par crainte d'être écoutée.

— Tu as peur des services secrets pakistanais ? demanda Hugh Stewart.

La secrétaire d'Agro Plan se redressa vivement, un air de défi dans le regard.

— Les Afghans n'ont peur de personne. On a viré les Anglais, excuse-moi, Hugh, on a viré les Soviétiques, on virera demain ces salauds de l'ISI qui sucent notre sang. Ils jouent avec le feu. C'est comme Reccon. Un gigantesque incendie est en train d'être allumé. Regarde ce qui se passe à Karachi ! Des junkies partout. Puis ce sera d'autres villes. Il paraît que Téhéran est en train de basculer dans la came. D'autres villes y viendront plus tard. Istanbul, Moscou, Berlin.

— Pardon, Maryam, mais je dois avancer. Albane avait-elle des preuves ?

— Sois prudent. Combattre les services secrets pakistanais ne nous effraie pas, mais il s'agit de rester en vie pour mener cette autre guerre. Oui, Albane avait des preuves. Une amie de Karachi, une Turque dont la mère est pakistanaise, lui a parlé d'un rapport qu'elle était en train d'écrire.

– Et où peut-on trouver ce rapport ?

Maryam parut à ce moment abattue.

– Aucune idée. Je ne connais pas cette Turque. Albane en tout cas avait l'air très excitée par cette histoire. Elle m'a confié un soir que tout se jouerait entre Karachi et les vallées de Jurm, au Badakhshan. Que cela ferait l'effet d'une bombe…

Hugh Stewart à son tour sembla préoccupé.

– Je comprends certaines choses.

– Tu es en train de mettre les pieds dans un sacré engrenage, Hugh. Avec l'ISI, il nous faut jouer plus rusé. Je crains qu'Albane n'y soit allée trop fort. Sans compter ce balourd de Caroube, qui a dû jouer aux pachas pour la conquérir.

– Il n'avait pas la carrure pour tout ça, pour cette aventure, et Albane le savait.

Maryam resservit du thé pour se donner une contenance, puis posa à son tour une question :

– Pourquoi es-tu venu me parler de tout ça ?

– C'est Jonathan qui me le demande. Par mail, via l'adresse de Fawad, il a pris une signature d'emprunt, un nom de père évangéliste comme il y en a plusieurs à Kaboul. J'ai cru que Fawad m'apportait la lettre d'un religieux bigot, une demande de conversion par internet ou une arnaque. J'ai failli jeter le message, signé révérend Peter Knight. Puis je me suis aperçu que c'était du Jonathan tout craché quand il parle du plongeur de Tibériade, et non pas du pêcheur. Dans le mail, il utilise des termes d'ingénieur agronome et des références bibliques. C'est assez malin. J'ai décrypté. Le message est clair : « Il faut prier la légende d'Onan jusqu'à sa source. »

— Onan ? Ça sonne turc.

— Onan, le péché d'Onan. Le deuxième fils de Juda dans notre Genèse à nous, les chrétiens. Onan a répandu sa semence à terre. La semence, bien sûr, ce sont les semences de pavot.

— Je croyais Jonathan rentré à Paris.

— Disons qu'il se promène. Je le connais. On le laisse dans une palanquée de plongeurs, on le retrouve sur une épave ou devant une grotte, seul. Il parle aussi de la veuve d'Er, le frère d'Onan, veuve qu'il a épousée et qu'il a refusé d'engrosser, d'où sa semence répandue à terre.

Hugh observait Maryam. Elle ne semblait aucunement gênée par ces références bibliques.

— Jonathan m'a dit dans son mail que la veuve d'Er va survivre si l'on trouve la clé de la semence. La veuve, c'est bien sûr Albane.

— Il va se faire repérer, dit Maryam.

— Pas avec de telles phrases. Il a envoyé un second message, aussi sibyllin. Il cite Tammar, la veuve d'Er. Quand le père d'Er et d'Onan lui demande : « Quel gage te donnerai-je ? », elle répond : « Ton cachet, ton cordon, et le bâton. »

— Tout cela est bizarre…

— Le révérend Saint-Éloi nous donne des clés ! Il évoque ce passage de la Genèse comme s'il s'agissait de son sermon du dimanche. Le cachet, c'est l'argent. Le cordon, la corde des assassins de Caroube. Et pour le bâton, j'hésite. Il commente en parlant de punition, puis de bâton de sourcier, les gens qui recherchent l'eau avec une baguette. Il veut sûrement nous donner une indication, mais j'ignore laquelle. Je n'ai pas répondu directement au message, que j'ai détruit. Sutapa a expédié une réponse à une nouvelle adresse.

– Même avec toutes ces précautions, les tueurs de Caroube peuvent encore vous trouver.

– Zachary McCarthy nous protège, ajouta Hugh Stewart.

– Je sais. Zachary a été de leur camp, lui aussi. Il ne se laissera pas faire. Méfions-nous également des gens de Karzaï, ils sont prêts à tout pour préserver leurs trafics.

23

La mer n'a pas osé changer pendant mon absence, elle m'est restée fidèle. Quand il débarque à Nice, par le vol qui le ramène de Rhodes via Athènes, Jonathan ressasse la vieille antienne formulée en début de saison au poste des plongeurs sous-marins, sur le port. Vent de force 2 qu'il aperçoit par la vitre du bus depuis la Promenade des Anglais, mer peu agitée, moral en berne du sauveteur qui n'a pas pu, pas su sauver l'âme de celle qu'il aime. Il aurait préféré une tempête pour ce retour qu'il juge peu glorieux.

Il regarde les vaguelettes, au large de Saint-Jean-Cap-Ferrat, un crénelé qui le nargue, comme pour l'attirer vers les grandes profondeurs, après un détour par la grotte-à-corail-dépourvue-de-corail. Des pillards, d'autres préda-teurs. Sans doute les grands pillages commencent-ils ainsi. Un jour, il n'y aura plus de corail en Méditerranée, avait prédit Albane. Un jour, il n'y aura plus d'amour, avait rêvé la même nuit l'amoureux Jonathan.

Ce détour par Nice lui coûte cher, dans l'attente d'un billet pour Karachi. Mais je dois régler quelques comptes, se dit-il en pianotant sur la vitre du bus, d'abord vendre une parcelle de terre de mamie Marjorie.

À chaque embrouille, à chaque souci financier, il brade un lopin de la vallée de Sospel, dans les Alpes-Maritimes, un casoun, un cabanon de berger, un abri de figues, héritage de sa grand-mère maternelle disparue il y a quatre ans.

La dernière nuit à Rhodes, il a lu ce que lui a donné Fiona Galloway, quelques pages reçues par la poste, un rapport scientifique, un document de l'ONU sur l'industrie pétrolière en Afrique avec des passages qu'Albane a soulignés parfois fébrilement :

RAPPORT CONFIDENTIEL DU PROGRAMME
DES NATIONS UNIES POUR LE DÉVELOPPEMENT
SUR L'ANGOLA

Nous signalons que Reccon, la compagnie pétrolière américaine, agit en terrain conquis en Angola. *Deux millions de dollars ont été versés par le biais d'une société de consultants, Gerland, au gouvernement.* Le Premier Ministre a empoché une partie importante de ces pots-de-vin ainsi que le ministre de l'Énergie afin d'assurer l'octroi de la concession offshore n° 36B à Reccon, en compétition avec trois autres compagnies. *Gerland s'est aussi engagé à payer une livraison d'armes au gouvernement,* un stock de fusils AK 47, de lance-roquettes RPG 7 et d'obus achetés à Addis-Abeba. Le PNUD ne peut évidemment rien dire officiellement. Nous conseillons la plus stricte confidentialité sur ce sujet.

233

Coupure de presse recueillie dans un hebdomadaire pakistanais, le *Herald* :

Le journaliste Mir Abbas, correspondant du *Karachi Times* dans les zones tribales, mort la semaine dernière, accidentellement d'après la version officielle, aurait été assassiné selon nos informations parce qu'il enquêtait sur les réseaux du trafic de drogue. Par ailleurs, il a été longtemps un spécialiste du secteur pétrolier lorsqu'il était basé à Karachi, rédacteur en chef du *Dawn*. Selon nos informations, Mir Abbas avait établi un lien entre le trafic d'héroïne dans les zones tribales et une compagnie pétrolière américaine, qui aurait soudoyé plusieurs généraux de l'armée pakistanaise ainsi que des responsables de l'ISI, les services secrets.

Rasheed Tarek.

Premier fax de Reporters sans frontières :

Rasheed Tarek, le journaliste de l'hebdomadaire pakistanais *Herald*, a été menacé à plusieurs reprises. Sa maison a été mitraillée, sa voiture incendiée. RSF adresse ses plus vives protestations au ministère de l'Intérieur ainsi qu'à l'ISI, les services secrets pakistanais, soupçonnés d'avoir commandité ces actes.

Deuxième fax de Reporters sans frontières :

Menacé à plusieurs reprises, le journaliste de l'hebdomadaire pakistanais *Herald* Rasheed Tarek a préféré quitter Karachi et s'exiler à Londres. RSF l'assure de son soutien. Appelé à poursuivre son travail d'enquête, notamment sur la mort de son confrère Mir Abbas suite à ses articles sur les trafiquants de drogue, Rasheed Tarek a choisi de ne pas s'exprimer devant la presse.

Une fois arrivé à Sospel, Jonathan se dirige vers l'agence immobilière de la vallée de la Bévéra. Là, il demande à mettre en vente une planche à foin et une petite parcelle d'oliviers qui ont appartenu à sa grand-mère.

— Oui, madame, le plus tôt possible, communiquez-moi les propositions à cette adresse mail, et essayez de négocier. Tant mieux si les Monégasques et les Niçois achètent de plus en plus, ça ne devrait pas être une mauvaise affaire.

Jonathan des îles signe le dossier.

— Oui je sais, l'héritage se consume, que voulez-vous, la vie est chère…

Aussitôt après, avec une pensée pour le col d'Anan qu'il a gravi deux fois avec Albane, il reprend le train pour Nice afin d'avoir une correspondance pour Monaco.

À la gare de Nice, deux touristes japonais égarés lui demandent où se situe la mer.

— Là, tout droit, marchez quinze minutes, vous ne pouvez pas vous tromper, c'est le terminus, quelque chose d'immense et bleu.

Puis ils le prennent en photo. L'un d'eux se retourne en traversant l'avenue Thiers. Il ne ressemble vraiment pas à un touriste, se dit Jonathan. Soit des congressistes en goguette, soit des apprentis-espions.

Dans son bureau de Monaco qui ouvre sur la rue Grimaldi, la perruque soigneusement peignée, le ventre rebondissant sur une ceinture croco, en chemisette de lin, Alphonse Allavena, le chef de l'agence de *Nice-Matin*, reçoit poliment le journaliste indépendant Jonathan Saint-Éloi, qui préfère être appelé ce jour-là Arthur Montpensier.

– Oui, c'est bientôt le Grand Prix de Monaco, beaucoup de monde, beaucoup d'articles, beaucoup de lecteurs, beaucoup de publicité. Le rêve, quoi ! Venez, on va se promener.

Sur le port, dans le virage du bureau de tabac, Alphonse Allavena lui donne quelques tuyaux :

– À un confrère pigiste originaire à moitié du coin, à moitié des Antilles, le lieu de mes vacances, je donnerai le bon Dieu sans confession et toutes les confidences du prince Albert, même celles qu'il a oubliées. Vous êtes pigiste pour qui au fait ? Ah, plusieurs journaux, dont *Le Figaro Économie*, pas concurrent avec nous, ça. Donc, pour le banquier Alexander Berenson, malencontreusement disparu dans un accident de Bentley, passez par l'un de ses amis, Raymond Morandini, un rentier de l'immobilier, un homme de confiance. De plus, c'est une tombe, et de nos jours, cela se fait rare, même à *Nice-Matin*. Allez, bonne chance, et méfiez-vous des circuits monégasques.

Vêtu de blanc des pieds à la tête, le rentier ami d'Alexander Berenson trône au vingtième étage d'une tour du boulevard Albert Ier qui a vue à la fois sur la mer et sur le rocher des Grimaldi.

— C'est mon côté people, plaisante Raymond Morandini, visage sec, tenue de tennisman version supporter, polo à crocodile et casquette à visière qui le protège d'un soleil resté à la porte-fenêtre de la terrasse. Allavena m'a averti, sinon je ne vous aurais pas reçu. Installez une longue-vue sur ma terrasse et vous verrez défiler toutes les célébrités de la planète.

— Sans doute tous les porteurs de dollars aussi, commente Jonathan.

Raymond Morandini bouge sans cesse, pour parler, pour ne pas parler, pour plaisanter, pour montrer la vue sur Monaco. Il bouge tel un gentleman à ressort et sa casquette tremble à chacun de ses mouvements. Soudain, Jonathan met son index sur la bouche et écrit sur un bout de papier : « On peut parler ? Je ne suis pas journaliste, mais l'ancien ami d'Albane Berenson. Elle a disparu en Afghanistan, Vous pouvez m'aider. »

Raymond Morandini a un tic, il incline sans cesse la tête vers l'épaule droite. Mais il abandonne aussitôt ses manières et s'exclame avec l'accent du Midi :

— Putaing de cong !

Devant le scepticisme du rentier à polo blanc, Jonathan sort en guise de sésame une photo d'Albane. Au dos : « Pour Jonathan. » Le vieux rentier contemple les cheveux auburn, la bouche arrondie, les yeux en amande, et regarde l'intrus d'un air éploré. Oui, c'est elle, c'est bien elle, du Berenson tout craché. Il met lui aussi un doigt sur la bouche et montre la terrasse, au bout de l'immense appartement décoré de meubles anglais. Les yeux du vieil homme s'animent.

— Ainsi, vous êtes journaliste. Bienvenue. On va donc parler people.

Il dodeline de la tête et met un disque de l'orchestre de Monte-Carlo.

— Trente-cinq ans de bonheur avec eux. J'ai fait la chorale quand j'étais enfant, monsieur Montpensier, et la chorale, ça vous forme les cordes vocales et le coffre aussi.

Il gonfle la poitrine, incline du chef, et le crocodile s'agite à nouveau. D'un signe, il entraîne Saint Éloi-Montpensier sur la terrasse équipée de deux haut-parleurs.

— Mieux que le premier balcon à l'Opéra de Monaco, pas vrai ? Ici, personne ne peut nous entendre.

— Je suis Jonathan Saint-Éloi. J'ai vu une fois, une seule, Alexander Berenson. Sa fille Albane est détenue en Afghanistan, enlevée par on ne sait qui. J'essaie de la retrouver. Un homme a déjà été assassiné, un médecin français.

— Je sais, je lis les journaux étrangers, c'est-à-dire français, ils parviennent encore à franchir la ridicule frontière cousue de fil d'or de notre charmante principauté.

— Que savez-vous de la mort d'Alexander Berenson ?

— Dans quelle mesure puis-je vous faire confiance ? J'ai beau être monégasque depuis quatre générations, ce qui me permet de ne pas payer les impôts français, je ne tiens pas à avoir d'ennuis.

— Je veux simplement connaître la vérité. Pensez-vous qu'Alexander Berenson a vraiment été victime d'un accident ?

Raymond Morandini se lève et augmente le volume de la chaîne stéréo, orchestre de Monte-Carlo, version Puccini, sous-version anti-espion, volume sonore à provoquer un divorce, Ce n'est pas grave, ma femme est partie faire les courses. Jonathan reconnaît *Tosca*.

— Première représentation à Rome en janvier 1900, Teatro Constanzi. Tout le XXe siècle dans cet opéra de Puccini, l'amour et la fourberie, vous ne trouvez pas, monsieur Montpensier ? C'est ce qu'Alexander écoutait au moment de mourir, on a retrouvé le CD dans l'autoradio sur les lieux de l'accident. On l'a mis lors de son enterrement. Très triste, très beau. Tout Monaco était là. Vous l'avez deviné, c'était le morceau préféré d'Alexander.

Et de sa fille, pense Jonathan.

Pendant une demi-heure, le rentier explique qui était Alexander Berenson, un blanchisseur-sans-le-savoir, il le reconnaissait lui-même.

— Cinq pour cent de chances de le devenir pour les banquiers installés en France. Vingt pour cent si vous êtes monégasque. On n'y peut rien, les flux financiers nous échappent. Regardez.

Il esquisse un dessin sur un bout de nappe.

— Pas de soucis, je le détruirai après. Vous voyez cette flèche ? L'argent entre ici, dans la principauté, par tous les côtés. Même si on est le plus intègre des banquiers, on est obligé de blanchir. Autre flèche, ça ressort. Quand on fait des transactions dans ce genre de paradis fiscal, qu'elles soient bancaires, financières ou immobilières, on a des chances de tomber sur du blanchiment sans le savoir. Tenez, moi, je suis sûr que j'ai dû vendre des appartements à des trafiquants ou des personnages véreux. Si leur argent vient d'une banque qui elle-même a blanchi, comment s'en apercevoir… ? Alexander Berenson était intègre, j'en mets ma main au feu de ce barbecue, modèle 1999, à charbon de bois et nettoyage automatique. Mais il était obligé de blanchir, sinon il coulait. La Banque transalpine de Monaco a eu quelques problèmes financiers, suite à des créances douteuses de quatre clients italiens. Berenson a dû s'abstenir d'enquêter sur des opérations pour éviter que sa banque ne meure. Vous comprenez, le grand drame de ce monde, c'est qu'il ferme les yeux sur tout. Et ici, on blanchit ou on périt.

— Je sais, monsieur Morandini, je sais.

— Alexander Berenson connaissait beaucoup de choses. Mais il ne disait mot. Notamment que certains de ses employés dûment payés s'adonnaient au *smurfing*, une technique de blanchiment pour récupérer les petites coupures dans les succursales afin de ne pas éveiller les soupçons, y compris aux États-Unis. Que voulez-vous, on n'a plus guère le choix aujourd'hui. Berenson disait que 200 à 400 milliards de dollars sont blanchis chaque année dans le monde, dont 100 pour l'Europe. Vous vous rendez compte de ce que ça représente, 100 milliards de dollars ? Aucune banque, même la plus honnête, ne peut s'opposer à ce flot.

— Cela doit être pourtant de plus en plus compliqué, vu les organismes anti-blanchiment.

— Vous plaisantez ! De plus en plus facile, plutôt ! Tous ces organismes à la mords-moi-le-nœud, pardonnez-moi l'expression, sont dépassés. Y compris celui de Monaco, à côté, rue Émile-de-Loth. Tout ça pour se donner bonne conscience et surtout améliorer l'image de marque de Monaco ou de telle ou telle capitale ! Non, croyez-moi, c'est simple. Il suffit de passer par trois étapes. D'abord, introduire l'argent liquide dans le système financier d'un pays. Ensuite, envoyer les sommes à l'étranger, dans un pays refuge. On appelle ça l'empilement ou la dispersion. Enfin, rapatrier les capitaux sous forme de transferts de fonds. Voilà, c'est pas compliqué, avec quelques relais et connexions grassement payées. Une partie importante du système bancaire international se retrouve ainsi sans le savoir au centre du circuit du blanchiment.

— Alexander Berenson s'en préoccupait ?

— Il disait qu'il ne savait pas grand-chose là-dessus, mais il m'en parlait le soir. « Un jour, tout cela va exploser, disait-il. Et le système financier sera foutu. Mais pour l'instant, tout le monde se tait. »

— Il existe pourtant des organismes internationaux qui luttent contre le blanchiment de l'argent de la drogue.

— Bien sûr, le Tracfin, par exemple, mis en place par les pays les plus riches de la planète. Mais comment s'opposer aux millions d'écritures bancaires douteuses chaque mois ? Trop d'allers-retours, des virements qui font dix fois le tour du monde et passent par cent banques en quelques minutes, tout cela contribue à opacifier et blanchir un peu plus le trafic.

— Albane s'est lancée dans une enquête anti-drogue voici plusieurs mois…

Morandini reste pensif quelques instants.

— J'ai la conviction que ce n'est pas un hasard. Avant sa mort, Alexander a financé une organisation humanitaire spécialisée dans l'agriculture.

— Serait-ce… Agro-Plan ?

— Je ne sais plus, mais cela doit pouvoir se vérifier avec les comptes de la Banque transalpine de Monaco et ceux de l'ONG en question. Une organisation a en tout cas reçu des fonds importants.

— S'il s'agit d'Agro Plan, où Albane était volontaire, je connais le président, Hugh Stewart. Il est très méfiant en matière de blanchiment. Je suis sûr qu'il y aurait regardé par deux fois s'il avait vu des fonds arriver d'une banque.

— Est-ce interdit ? Et puis, un donateur peut passer par un organisme, un bailleur de fonds, un intermédiaire comme il y en a tant, en demandant que les fonds soient affectés à tel programme. C'est fréquent. Il suffit, si vous avez de l'argent, de choisir l'ONG avec laquelle vous voulez travailler, sans la contacter directement.

— Je comprends mieux pourquoi Albane est partie faire de l'humanitaire en Afghanistan.

Le rentier au crocodile vert sourit et répond avec un flegme tout britannique :

— Si son père finançait une organisation, c'est normal qu'il y ait placé sa fille. N'y voyez pas une opération machiavélique. Alexander voulait se débarrasser de deux choses : son complexe du survivant depuis son exil à Cuba en 1939 et son implication involontaire dans des opérations de blanchiment. S'il a donné un peu d'argent, c'est pour se faire pardonner.

— Pensez-vous qu'Alexander soit mort d'un accident ? Albane en doutait.

— Grands dieux ! s'exclama Raymond Morandini avant de baisser aussitôt le ton. Bien sûr que la Bentley a été trafiquée. Les freins ont soi-disant lâché. Disons plutôt qu'ils ont été sabotés ! Une Bentley a deux amis, monsieur, son moteur et ses freins. La police monégasque a ouvert une enquête, mais comme l'accident s'est passé sur le territoire de notre voisin français, un petit pays, ici, on s'en lave les mains. La police judiciaire de Nice a confié cela à la brigade financière, mais ces zouaves n'ont rien trouvé de suspect. La Banque transalpine de Monaco fonctionnait très bien et la brigade a d'autres chats à fouetter, entre les casinos, les jeux, la mafia russe et les trafiquants en tout genre sur la Côte.

– Pardonnez-moi d'insister, mais je dois retourner en Afghanistan. Albane est toujours retenue dans une province reculée et chaque jour perdu risque de la mettre en danger. Il existe peut-être un lien entre son enlèvement et la mort d'Alexander Berenson. Qui peut être derrière le sabotage de la Bentley ?

Raymond Morandini lève les bras au ciel et déplace son crocodile de quelques centimètres.

– Si je le savais ! Vous prendrez bien un peu de whisky ? Les Anglais disent qu'ils n'en boivent jamais avant le coucher du soleil. Comme le soleil ne se couche jamais sur leur Commonwealth, c'est assez pratique et cela leur permet de boire du matin au soir. Monaco, c'est plus petit. Bien qu'en matière d'argent sale, il s'agisse là encore d'un empire.

– Vous n'avez pas souvenir d'ennuis financiers pour Alexander ?

– Oh, le plus grand démêlé qu'il ait eu, c'est avec sa mémoire, la bataille qu'il livrait tous les jours contre le souvenir du *Saint-Louis*. « Un *Exodus* sans terre promise »,

243

disait-il. Pour les ennuis financiers, je me souviens d'un soir, au Café de Paris où Alexander avait ses habitudes. Il m'a parlé de clients étranges, des Italiens et des Américains qui disposaient de plusieurs comptes chez lui. On lui a proposé de fermer les yeux sur un transfert en provenance de Hong-Kong. Alexander avait remonté la piste grâce à des amis banquiers britanniques de Hong-Kong qui ont eux-mêmes demandé à des inspecteurs locaux quelques renseignements sur la banque en question. La banque était connue pour ses transferts de fonds venant du Pakistan, d'une banque de Karachi appelée la BCCI. Or la BCCI s'occupait des transactions d'une société pétrolière américaine. Alexander a refusé les transactions. Il s'agissait à coup sûr de blanchiment.

— Il aurait pu lui aussi fermer les yeux.

— Non, ce n'était pas son genre. C'était un homme prudent. La BCCI a fait faillite, un gros scandale dans le monde. Que du blanchiment. Une autre banque s'est approchée d'Alexander Berenson. Il a dit non encore.

— Et c'est là que ses ennuis ont commencé ?

— Je n'en sais rien. Mais je sais que sa banque, qui a trois succursales aux États-Unis, s'est pris un SAR, un rapport d'activités douteuses, de la part du Trésor américain.

— C'est le Trésor qui gère l'activité anti-blanchiment aux États-Unis, commente Jonathan.

— En effet. Alexander Berenson a fait très attention après le SAR. Puis James Sloan, le directeur du Trésor en personne, a effacé les SAR de plusieurs banques et sociétés. On n'a jamais su pourquoi. Certains parlent d'une intervention du lobby pétrolier aux États-Unis.

— Vous pensez qu'Alexander était lié à la BCCI ?

— Allez savoir ! Tout cela doit rester entre nous, et c'est bien parce que vous êtes l'ami de la fille d'Alexander. Mais faites attention à vous, ne répétez rien de ce que je vais vous dire. Ces salopards sont malins, ils n'ont peur de rien. Vous voyez ce crocodile sur mon polo ? Eh bien, eux sont encore pire. Bref, ce que je sais, c'est qu'Alexander est parti un jour pour Karachi, via Hong-Kong et Bangkok pour brouiller les pistes.

— Il vous en a parlé ?

— Oui, sous le sceau du secret, mais aujourd'hui il est mort, assassiné plutôt, et il faut remonter cette putain de filière, pardonnez l'expression. Alexander parlait de liens entre les services secrets pakistanais et les Américains d'une officine quelconque, à propos de trafic de drogue. Il est revenu bouleversé de ce voyage. Je ne sais pas ce qui se tramait exactement à Karachi, mais j'ai eu l'impression qu'il avait le couteau sous la gorge.

Puccini se déchaîne. Tosca entre dans l'acte II. Elle se donne à ce salopard de Scarpia, comme disait Albane, pour sauver la vie de son amant. À qui Albane s'est-elle donnée ? Les Berenson ont le goût du sacrifice.

— Pensez-vous qu'il en ait parlé à sa fille ?

— J'en doute, ou alors par bribes. Alexander aimait follement sa fille. Il ne voulait pas la mêler à des secrets de banquier. Il y a deux sortes de banquiers, le banquier en pays dit normal et le banquier en paradis fiscal. Alexander était gêné de devoir travailler à Monaco. Il comptait tout transférer aux États-Unis, avec ses trois succursales déjà installées là-bas, et quitter le Rocher. Cela doit être l'une des raisons de son voyage à Karachi. Sans doute lui a-t-on fait miroiter un projet côté américain. Quant à Albane, elle était en conflit avec son père à propos du Pakistan.

– Elle pense qu'il s'agit d'un narco-État. Même si le Pakistan ne produit plus de pavot donc d'opium, le pays trafique énormément l'héroïne en provenance d'Afghanistan. Elle a une amie à Karachi, une Turque dont la mère est née là-bas. Je vais essayer de la retrouver. Elle enquêtait elle aussi. Il y a peut-être des liens entre tout cela.

Le rentier en polo blanc fait une nouvelle moue.

– Oh, madone ! Faites attention à vous. Il y a des fous furieux sur cette route. Rappelez-vous la Bentley d'Alexander sur la Grande Corniche.

Jonathan plisse les yeux et regarde l'immeuble à gauche sur le boulevard Albert Ier, tandis que l'orchestre de Monte-Carlo en rajoute dans le Puccini. Un reflet semble scintiller sur la façade de l'immeuble voisin. Il aperçoit deux silhouettes derrière un rideau de tulle.

– Oh, ne vous inquiétez pas, dit Raymond Morandini. Personne ne peut nous écouter avec un bruit pareil. Puccini sait y faire. Les Monégasques aussi. Un orchestre formidable. Cent musiciens et cent cinquante ans d'existence, presque autant que ce foutu rocher qui est indépendant depuis un siècle et demi. Enfin, indépendant, c'est beaucoup dire, une nouvelle tutelle pèse sur nous, les Monégasques, les vrais : ces *putaings de congs* de blanchisseurs de dope et amateurs de paradis fiscaux.

Il baisse encore la voix et se rapproche de Jonathan :

– Rappelez-vous, je ne vous ai rien dit. À Karachi, il n'y a plus de BCCI depuis longtemps. Mais d'autres banques ont repris les cadres de la BCCI et ses méthodes. Intéressez-vous à la Nugan Hand Bank. Elle a été fondée à Sydney par un Américain, Michael Hand, un ancien béret vert, et Frank Nugan, un avocat australien. Une banque liée à la CIA. Certains disent même que c'est LA banque de la CIA. Elle a surtout blanchi l'argent de l'héroïne de Thaïlande, puis elle a servi aux coups fourrés au Pakistan. À coup sûr une planque pour les trafiquants.

— Elle existe toujours ?

— Non, elle aussi a disparu. Frank Nugan s'est suicidé. En revanche, d'autres banques ont pris le relais, dont la Bank of Indus. Alexander devait en connaître au moins une. Votre amie turque vous renseignera peut-être. Mais rappelez-vous, vous devez vous méfier. De tout le monde. Vous reprendrez bien un peu de whisky ? Non ?

Il se lève, coupe la musique et prend congé de Jonathan Saint-Éloi d'un clin d'œil de crocodile rangé des affaires :

— Au revoir, monsieur Arthur Montpensier, bonne chance pour votre article. Quand vous reviendrez, on se fera une partie au Monte-Carlo Tennis Club. Juste avant l'heure de l'apéritif. Après, nous irons manger sur le Rocher. Monaco est un si petit pays.

Au rez-de-chaussée, Jonathan regarde si personne ne traîne dans les couloirs du bel immeuble. Trop de gardiens, sans doute. À gauche de la dernière porte en verre, il remarque une immense mosaïque dans laquelle nagent des naïades multicolores, suivies par des trirèmes aux couleurs vives, toutes voiles dehors. Une sirène m'attend au bout du chemin, qui est long, périlleux, et j'espère qu'au bout de ce chemin il n'y aura plus de trafics, plus de Bentley aux freins lâchés, plus de loups cachés sous des peaux de mouton, plus de faute à porter, rien, rien que toi Albane, l'horizon de mes jours et de mes nuits.

Arrivé à la gare de Nice, Jonathan se dirige vers une librairie, près de l'avenue Jean-Médecin. Il y achète une bible, marche encore, pense à l'hôpital Pasteur, dans un autre quartier, et à son caisson de décompression. Les plongeurs en perdition se succédaient, quatre heures, table courte, sept heures, table longue, l'azote dans le sang à diluer, le cerveau à rendre dans un meilleur état.

Jonathan pénètre dans l'église Notre-Dame, parcourt la Genèse dans sa bible de poche, couverture souple, édition à emporter par tous les temps, même par gros grain et gros chagrin. Sur un banc, près du confessionnal, il prend des notes sur Onan et rédige un message qu'il apprend par cœur avant de le déchirer en petits morceaux bientôt dispersés dans deux poubelles. Il croit voir une ombre sortir du confessionnal. Il s'agit sûrement du prêtre, pas de soucis. Puis il rentre dans un café internet et envoie un message à Fawad.

Lorsque l'apprenti-prosélyte sort du café internet, il se regarde dans la vitrine et croit porter une longue soutane noire, une barbe de missionnaire perdu dans des vallées de l'opium. Grand-père Saint-Éloi, toi qui es là-haut, pardonne-moi cette imposture, je n'en ai pas pour très longtemps.

24

Gaëtan Demilly déambulait dans le vaste jardin de l'ambassade de France à Kaboul lorsque Hubert Verlaine vint le rejoindre. Le chargé d'affaires le regarda traverser d'un air énervé la pelouse ombragée par les pins. Porter un nom de poète et remplir le rôle d'espion de l'ambassade, quel talent ! Verlaine était vêtu de son éternel blouson de daim, avec une cravate à pois sur une chemisette en lin made in India. Aucun goût, soupira Demilly, il faudrait songer à former le personnel d'ambassade au chic français. Dépêche à écrire là-dessus, quand ces Afghans de malheur se seront calmés, c'est-à-dire jamais. Et dire qu'on lui a refourgué le poste de deuxième secrétaire comme couverture. Encore heureux qu'il n'ait pas demandé le poste vacant d'attaché culturel.

Sec, le visage émacié, le nez constellé de vaisseaux rouges à cause de son penchant pour la boisson depuis son installation à Kaboul, Verlaine se mit à marcher à ses côtés, en direction de la piscine qui ne servait jamais sauf les jours de très grande chaleur.

— Toujours pas de nouvelles du corps de Caroube ? demanda Demilly.

— Toujours pas. Ces enfoirés pourraient au moins nous faire le cadeau du cadavre.

— Et la petite ? Les Angliches hurlent. Vous savez qu'elle est bi. Non, pas bisexuelle, Verlaine, binationale.

— On les calmera. Le principal est qu'elle soit en vie.

— Le principal, le principal ! Vous en avez de bonnes ! Avec la merde qu'on a sur le dos !

— Ça va s'apaiser, Demilly. On va faire mollo sur les statuettes.

— Bon, je ne veux pas d'emmerdes. S'il faut attendre un prochain chargement, on attendra. J'ai assez de têtes du Gandhara pour l'instant dans mon appartement parisien.

Verlaine toussota pour signifier qu'il voulait prendre la parole.

— Je crois que la petite Albane Berenson était sur un gros coup. Elle a levé un lièvre sur Reccon et l'affaire du pipe-line.

— Le pipe ? Ce n'est pas nouveau. Le projet a été enterré.

— Il vient d'être ressorti des tiroirs par Karzaï en personne. Le Président en fait une affaire d'État.

— Qu'est-ce que cette conne a été foutre dans ce dossier, je me le demande ?...

— Les liens avec les trafiquants de drogue, c'est sérieux. Je vais faire un rapport à Paris.

Demilly s'arrêta dans sa marche sous les pins et saisit Verlaine par le bras.

— Ça ne va pas, mon vieux ? On sera encore plus dans la merde !

— Cette affaire de Reccon nous pend au nez, Demilly. D'après ce que je sais, les Américains de l'ambassade sont très embêtés.

— Ça, ils peuvent ! Ils ont fait assez de conneries depuis dix ans. Nous, ça a été plus propre.

Verlaine regarda Demilly droit dans les yeux.

— L'ambassadeur commence lui aussi à ruer dans les brancards. Il se doute de quelque chose. Il veut faire la vérité sur tout ce bazar. On a intérêt à balancer ce qu'on a. Cette saloperie peut nous péter à la gueule. Et la petite Berenson y sera pour beaucoup, morte ou vive.

Demilly reprit sa marche dans le parc.

— Saloperie ! Elle aurait mieux fait de rester chez elle, celle-là ! Les Afghans ne font plus du bon boulot. Avant, ils butaient ou ils laissaient en vie. Du travail propre, carré. Maintenant, ces abrutis se mettent à enlever !

— Albane Berenson a découvert les liens avec les trafiquants, comment l'héroïne est arrivée jusqu'ici, l'aveuglement des pays occidentaux…

— Vous parlez d'un scoop ! Comme si le monde ne savait pas que l'Afghanistan trafique !

— Ce qui est nouveau, c'est de savoir pourquoi l'opium et l'héroïne sont apparus dans ce foutu pays. Les Américains ont voulu refaire le coup du Vietnam.

Gaëtan Demilly leva les bras au ciel, ce qui effraya les deux biches dans leur enclos.

— Et avant eux, il y a eu les Français ! Rappelez-vous, l'Opération X. Pardon, vous étiez trop jeune, mais votre maison-mère y était impliquée jusqu'au cou. Pas la DGSE, le SDECE à l'époque, le Service de documentation extérieure et de contre-espionnage. Faire la guerre avec l'argent de l'opium. Continuons à marcher, Verlaine, cela va me calmer, excellent pour le cœur, et ici on ne voit pas de foutu barbu ni de femme à burqa.

Son rapport, Verlaine était en train de l'écrire. Il l'avait même pratiquement fini. Et le siège était sans doute déjà au courant de tout.

— Ces liens entre Reccon et les trafiquants de drogue, c'est du béton ? demanda encore Demilly.

— Je confirme. Les barbus vont laisser faire Reccon. Pas d'attentats sur le pipe, pas d'enlèvements ou d'assassinats d'ingénieurs pendant la construction, ni après. Je n'ai pas tous les éléments, mais Albane Berenson apparemment en savait beaucoup.

— C'est sans doute pour cela qu'ils l'ont enlevée. Pas de demande de rançon ?

— Toujours pas, Dieu merci. À mon avis, ils n'en ont pas besoin.

— Ils auraient pu quand même la buter. Pardon, je sais que vous la trouviez mignonne. Donc, pas d'emmerdements. Les journaux vont se calmer. Les journalistes ont besoin de choses nouvelles à se mettre sous la dent. On leur balancera un os à ronger. Silence total là-dessus. On ne sait rien. La famille ?

— Elle n'en a pas. Père banquier d'origine britannique, disparu dans un accident de voiture au-dessus de Monte-Carlo, freins qui ont lâché, disent nos fiches reçues de Paris. Mère folle, Alzheimer, dans un établissement du Cap-Saint-Martin, près de Monaco. Payé par l'héritage. On est tranquilles de ce côté-là. Sauf avec un gus.

– Qui ça ? Le petit branleur qui a fait de la plongée et qui s'est retrouvé à Paris ?

– Exactement. Il trame quelque chose. On l'a signalé de retour en France, puis on a perdu sa trace. Il a dû remonter une piste. De deux choses l'une : soit il a trouvé quelque chose sur Reccon, soit il a été descendu par Reccon.

– Et dans les deux cas, on est dans la merde, soupira Demilly, qui attendait l'heure de boire une bière en se caressant le ventre. Remarquez, la seconde solution est sans doute la moins mauvaise. Les gars de Reccon font ce genre de chose proprement. En dehors de Kaboul, dans la montagne, sans témoins.

Verlaine marqua son étonnement.

– Ne dites pas cela, Demilly. On risque d'être encore plus dans la panade.

– Alors, dites-moi ce que vous recommandez !

– Parlez-lui. S'il revient à Kaboul, je le saurai aussitôt, sauf s'il arrive en voiture par la passe de Khyber ou une autre route aussi pourrie. Dans l'intervalle, pas de gaffes, Demilly. On est au bord du gouffre. Le frère de Karzaï est impliqué. La moitié des ministres, une bonne partie des députés. Je ne parle même pas des gouverneurs et des fonctionnaires de province ! Une bombe. Si ça pète, Reccon est très mal.

– À mon avis, ils s'en foutent, commenta Demilly. Ils ont déjà prévu une solution de repli. Et des tas d'intermédiaires pour se cacher derrière, via des hommes de main, des moudjahidin, des sociétés écrans, des filiales. Reccon, c'est le roi du pétrole plus le roi du paravent réunis.

— C'est certain. Comme pour ceux qui blanchissent l'argent sale. De vrais sagouins, Demilly.

— Comme nous !

Verlaine commença à hausser le ton. Ce misérable diplomate arrivé au sommet de l'échelle ou presque, en tout cas de son incompétence, n'allait quand même pas lui faire la morale.

— Nous, cela se limite à quelques statues. On ne trafique que de l'art. Mettez-vous bien ça dans le crâne.

— Mêmes circuits, Verlaine.

— Gardez tout ça pour vous. On est assez dans la mouise avec cette petite Berenson. Si l'affaire Reccon explose, la France aussi sera éclaboussée.

Demilly se contenta de poursuivre sa promenade qui allait justifier l'absorption de quelques bières sur le perron, ou peut-être au bar des Nations unies si ses deux gardes du corps le lui permettaient. Il sourit de cet air ingénu qui énervait tant Verlaine.

— On se tient les coudes, Verlaine. C'est l'aveugle et le paralytique. C'est Reccon et les trafiquants. Réfléchissez bien, avec ou sans Reccon, le trafic continuera.

Demilly tourna à quarante-cinq degrés vers le perron de l'ambassade, gravit les quelques marches d'un pas décidé et disparut dans le salon. Verlaine pesta, tandis que les deux biches dans le coin gauche du parc le regardaient fixement.

25

Dans l'avion de Karachi, Jonathan repensa à sa rencontre avec le rentier de Monte-Carlo. Alexander Berenson s'était en partie confié à son ami, et sans doute s'était-il aussi livré à sa fille. Que savait-elle ? De quels secrets était-elle l'héritière ? Il se rappela les cauchemars d'Albane sur la vedette Bertram. Elle se réveillait en sueur et parlait du *Saint-Louis*, d'une arche de Noé du peuple juif de Hambourg dont personne ne voulait et d'un naufrage à venir, celui qui hantait son père. Jonathan s'assoupit et vit la Bentley sans freins dévaler une pente de la Corniche, embrasser le ravin et voler vers la mort.

Il se réveilla lorsque le pilote annonça en ourdou et en anglais l'atterrissage prochain à Karachi, « Inch Allah », dit-il à deux reprises. Jonathan regarda défiler la mer d'Oman, ses cargos qui patientaient au large, chalutiers, vraquiers, porte-conteneurs rouillés et sans vie, puis le littoral du Sindh. Son voisin, un Pakistanais de Londres qui avait bu trois bières sorties de son sac avant d'affronter le grand sevrage pendant un mois de séjour au bercail, lui rappela ce que signifiait PIA.

— Non, pas Pakistan International Airlines, sir, mais *Please Inform Allah*. Elle est excellente, sir, n'est-ce pas ?

— Oui, bien sûr, excellente.

L'avion survola les abords du port de Karachi, la grande plage de Clifton, les quartiers chics qui bordaient la promenade, quelques taudis, et piqua vers la plus grande ville du Pakistan. Jonathan se rassura. Les freins des Bentley ne sont peut-être pas contrôlés tous les jours, mais ceux des Boeing en principe, oui.

Please inform Albane que je suis toujours en vie et que je l'aime. S'il vous plaît, informez Albane que nous inventerons un monde nouveau, une nouvelle vie où nous oublierons tout.

La clinique du Dr Pervez se situait en plein centre de Karachi, non loin du Sarafa Bazar, amas de maisons biscornues et d'immeubles rafistolés qui menaçaient de s'écrouler à chaque instant. Jonathan s'arrêta dans une auberge sordide de Boulton Market qui sentait les épices et le moisi, au fond d'une rue bordée de cinémas et de magasins hétéroclites ; il prit un taxi noir et jaune qui semblait rendre l'âme et se rendit aussitôt chez le médecin. Devant l'établissement, une villa de deux étages entourée de grilles, il vit des hommes en tunique sale tendre leur bras, les yeux hagards. Un autre lavait une seringue dans le caniveau tandis que son voisin tentait d'allumer un briquet au-dessus d'une cuillère. Puanteur, sang coagulé sur les avant-bras, regard d'outre-tombe, cheveux ébouriffés, crasse de la cour des miracles, chairs entassées les unes sur les autres, cicatrices du désespoir, langues piquées à défaut de trouver les veines du bras, poignets squelettiques, ombres de famine, gueux de la poudre blanche et parias shootés, abandonnés de tous et de tout, même de leurs veines. Des indigents, des junkies, la lie de la lie de ce pays, pensa Jonathan. Non, peut-être que je me trompe. Pas la lie, mais le peuple entier, toutes ses couches.

Le Dr Pervez, un homme petit, sec, une moustache fine, des lunettes rondes, le crâne déplumé et un regard de fouine, l'attendait dans le premier salon qui servait de réception.

— Bienvenue, monsieur Saint-Éloi, j'ai reçu votre message. Faites attention à deux choses à Karachi : ne sortez pas le soir et ne serrez pas la main des junkies, vous comprendrez vite pourquoi. Ils ont une seringue collée en permanence sur le bras, avec un sparadrap. Leurs veines sont trop petites, trop shootées. L'aiguille peut vous piquer. Faites attention, beaucoup de sida désormais à Karachi.

Puis il invita Jonathan à visiter sa villa, la clinique de la dernière chance.

— Ici, tout le monde le dit, quand vous allez à l'hôpital, vous êtes foutu, deux pour cent de chances de vous sortir de la came. Mais si vous venez chez moi, c'est certes plus cher, mais ça monte à quarante pour cent. Pas mal, non ?

Jonathan acquiesça et pénétra dans le grand salon du rez-de-chaussée, ouvert sur un patio. Des ventilateurs brassaient un air chaud que les mouches posées sur les tentures n'osaient pas braver. Trois groupes d'hommes s'invectivaient dans un mélange d'ourdou et d'anglais.

— Les gars qui portent un polo vert sont les anciens, ceux

257

qui en ont réchappé, commenta le Dr Pervez. Ils viennent deux fois par semaine et ils traitent les polos jaunes, ceux qui sont en cure. Quant aux polos rouges, ce sont les nouveaux arrivants. Ils vont souffrir.

Jonathan s'assit dans un fauteuil et l'assistant du Dr Pervez lui traduisit les propos peu amènes d'un polo vert replet qui s'adressait à un polo rouge aux cheveux frisés, d'une vingtaine d'années mais, en paraissant quinze de plus, les bras couverts de plaies, les poignets criblés de taches rouges et de pustules.

— Espèce d'ordure, enfoiré de première, t'as pas honte de faire ça à ta famille ? de te camer comme un petit connard ?

Debout face à l'assistance des anciens et des nouveaux, le polo rouge baissa la tête, l'air penaud de celui qui reconnaît sa bêtise.

— Tu crois que ta pauvre mère va supporter ça, hein ? Qu'elle va continuer à vivre alors que son rejeton se came avec de la putain de poudre achetée à Nishter Road ?

Un deuxième polo vert prit le relais du premier, qui commençait à fatiguer :

— Bordel, tu vas quand même pas te lancer dans cette merde ! Tu as vu tes copains à l'entrée de la clinique ? Tu veux finir comme eux, une seringue dans le bras jour et nuit, le sida dans le sang, la tête comme une pastèque ? Tu veux te faire casser la tronche par les copains qui vont te piquer la came ? te faire baiser par les flics qui vont te plumer ? te faire défoncer le cul en taule ? Tu veux finir ta vie sur le trottoir à te shooter ? Une vie d'enfer pour quelques minutes d'extase ? C'est ça que tu veux ?

Polo rouge, de plus en plus contrit, inspirait de la compassion à Jonathan. Polo vert lui parla encore de sa famille, de ses trois enfants qu'il n'arrivait pas à nourrir, Hein, c'est ça ce que tu veux, que la bouffe de tes trois mômes passe dans la poudre ? Tu n'as qu'à les shooter aussi, tant que tu y es ! Et ta femme, tu veux qu'elle finisse dans un bordel à cent roupies pour te nourrir, pour payer tes doses, hein, mais réponds au moins !

Et Polo rouge baissait de plus en plus la tête, à en devenir voûté, à en devenir vieux, parce que dans ce monde on est vite vieux, Hein, c'est ça que tu veux ? Et polo rouge, dont les mains commençaient à trembler, se mit à pleurer, Pardon, pardon à vous tous, pardon aux verts, pardon aux anciens, pardon à mes enfants, pardon à ma mère, pardon à Dieu, je ne le ferai plus, Et tu n'as pas intérêt à recommencer, là, c'est ta derrière chance.

Hagard, les yeux aussi rouges que son polo, Masood sortit de la scène, brisé. D'une main, il cachait les plaies au creux de son bras, les traces de seringue, les traces de jouissance de deux minutes à cinquante roupies. Oui, un jour il serait un polo vert, un jour il n'aurait plus de trous dans les bras ni dans la tête.

Au deuxième étage, le Dr Pervez ouvrit une grille sur la terrasse.

– C'est pour les garder, sinon ils s'enfuient. De vrais gamins. Ou plutôt de vrais bandits !

Dans les vastes chambres à l'ancienne s'entassaient des corps sur des lits, visages émaciés, regards flous.

259

— Voilà, cinquante patients, toutes les couches de la société, des employés de banque, un comptable, un pharmacien, même un collègue médecin. Là, sur ce lit, c'est notre Arnold Schwarzenegger, le Mr. Body Building de Karachi. Il y a un an, c'était une montagne de muscles. Aujourd'hui, un légume.

Jonathan s'approcha du lit et vit un corps encore solide mais au visage triste, le regard étrange, les yeux injectés de sang, un sourire édenté.

— Trois doses par jour, ça ne pardonne pas, commenta le Dr Pervez. Et là, un douanier, oui, même eux se piquent. À côté, un steward de la Pakistan International Airlines. Il raconte qu'il n'a pas arrêté de trafiquer entre Islamabad et Londres, à chaque fois dix à cent grammes de *brown sugar,* l'héroïne la plus courante par ici, achetée deux mille dollars le kilo, revendue vingt fois plus cher en Grande-Bretagne. Le Pakistan se venge, de nos jours, on ne sait plus qui colonise qui. Les Anglais ont les chocottes. Je les connais, j'ai étudié chez eux. Avant, ils me prenaient pour un plouc. Aujourd'hui, pour un sauveur. Et plus loin, dans cette troisième chambre, un policier. Un pistonné comme les deux tiers des quatre-vingt mille flics de la ville, nommés grâce à des amitiés et des bakchichs. Autant dire des gens très compétents ! Lui aussi se shoote et trafique. Il a commencé en raflant les dealers et en récupérant leurs doses. C'est courant ici, les policiers se nourrissent ainsi. Les juges, eux, demandent deux mille dollars aux familles pour innocenter un suspect. Ne vous étonnez pas si à Karachi on ne résout qu'un meurtre sur cent. La police est tellement corrompue que la lutte anti-drogue a été confiée à l'armée.

C'est un général qui s'en occupe. Intègre. Il vit dans un bunker, non loin du bord de mer. De temps en temps, on essaie de l'assassiner. Nous en parlerons ce soir, lors du dîner.

Il adressa un clin d'œil à Jonathan, pour signifier qu'ici il ne pouvait pas tout dire, et détailla le pedigree de ses autres patients. Puis il entraîna Jonathan sur la terrasse longeant les chambres. Les immeubles cossus, les *katcha abadi*, les bidonvilles, les mosquées s'entrechoquaient dans un décor blanc et jaune saupoudré au nord par la poussière du désert.

— Regardez Karachi. Une ville infernale et en même temps incroyable, coincée entre l'océan Indien et le désert du Sindh. Les nantis de cette mégalopole sont rackettés, enlevés, abattus, truandés, et pourtant ils n'ont pas envie d'émigrer ou d'aller à Lahore ou Islamabad. Cette ville vous bouffe. Mais, pire que la violence, les meurtres, les règlements de comptes, la corruption des fonctionnaires, il y a la drogue. Et la drogue est en train de gangrener la société de Karachi à toute vitesse, jeunes et vieux, pauvres et riches.

— Le gouvernement ne peut donc rien faire ? hasarda Jonathan.

Le Dr Pervez émit un rire bref.

— Il fait tout et rien en même temps. Ce sont ses propres agents qui trafiquent ! Et surtout les services secrets. La guerre au Cachemire, une guerre larvée contre l'Inde, une saloperie, vous croyez qu'elle est financée comment ? Par la dope, bien sûr ! Les services paient un parti, le Jamaat-i-Islami, qui paie à son tour les *freedom fighters*, les combattants de la liberté, les islamistes qui s'infiltrent en Inde. Les camions de l'ISI arrivent d'Afghanistan bourrés d'opium et d'héroïne. Pratique pour payer les hommes et acheter les armes.

— Le combat est donc perdu d'avance.

— Presque. Sauf si un jour il y a un coup de baguette magique. Sinon, dans dix ans, cette ville sera la plus grande ville mafieuse de la planète. Regardez ces immeubles. Un sur quatre a été bâti avec l'argent de la drogue, vous voyez un peu le tableau ? Toutes les banques sont impliquées, directement ou indirectement. Si le président Musharraf parvenait à interdire entièrement la drogue, ce serait la banqueroute pour tout le monde. Croyez-moi, pour le moment, la planète entière a intérêt à ce que ça continue.

Jonathan observa les différents quartiers. Un concert de klaxons montait des ruelles et des avenues. Devant le jardin de la villa-clinique, le peuple de l'opium avait grossi.

— La liste d'attente s'allonge. Ma méthode peut vous paraître un peu cruelle, ces insultes, ces menaces, mais ça marche. C'est vraiment la dernière chance. Combien cependant restent sur le carreau...

Il soupira puis reprit :

— Bien, je dois aller à l'hôpital. Installez-vous dans la chambre des invités, on va vous servir des boissons rafraîchissantes. Puis je vous emmènerai à la nuit tombante faire un tour dans la ville avec ma voiture. Vous verrez le vrai visage de Karachi.

Jonathan s'installa dans une chambre du rez-de-chaussée aux meubles kitsch, avec un baldaquin rose et des bibelots en onyx sur deux commodes. Il dormit deux heures puis l'assistant du Dr Pervez le réveilla.

Le médecin l'attendait dans sa voiture, devant la file de drogués à l'héroïne plongés dans la nuit noire.

Ils se rendirent dans l'un des quartiers chauds de la ville, non loin de la villa-clinique. Sur le bas-côté de l'avenue à peine éclairée, le Dr Pervez désigna un attroupement d'hommes agenouillés dans la nuit.

– C'est l'heure du shoot. Venez, je m'arrête ici. Vous comprendrez pourquoi Kipling disait que l'homme se perdrait un jour dans cette ville.

Jonathan sentit une odeur de crasse, de sang et d'urine mélangés. Le médecin, accompagné de son assistant et de Jonathan, salua les drogués. Il reconnut l'un d'eux. C'était l'un de ses anciens patients, mais il s'abstint de le réprimander. L'homme avait le teint cireux, les vêtements en lambeaux et son cuir chevelu présentait des croûtes blanches.

– Son père est un grand commerçant de la ville, souffla le Dr Pervez. Il est prêt à se ruiner pour son fils. Mais lui évidemment s'en fout, il se pique et continuera à se piquer. Jusqu'à sa mort. Je le reprends mais dans cinq jours, s'il n'a pas arrêté, je le fous dehors.

Sur le trottoir, des hommes s'échangeaient des seringues tandis qu'un autre chauffait de l'héroïne au-dessus d'une bougie.

– Et les policiers ne leur disent rien ?

– Au contraire, ils laissent faire ! Un jour, ils font une

rafle, emmènent les camés dans leurs camionnettes Toyota grillagées et confisquent leurs doses. Ceux de l'aéroport ne valent pas mieux ! Vous savez à quoi s'amusent les infirmiers qui reçoivent les passeurs, ceux qui veulent prendre l'avion avec des préservatifs ou des étuis à cigares bourrés d'héro dans l'anus mais qui se font coincer à la douane de l'aéroport ? Ils leur font avaler un laxatif, avec l'aide des flics, récupèrent la came et la revendent. Tout ce beau monde se partage le butin. Des kilos d'héro chaque semaine.

Le Dr Pervez chassa quelques mouches puis avisa un drogué à moitié inconscient.

– Celui-là, je vais tenter de le récupérer. Il a droit à un séjour de deux semaines. S'il n'est pas motivé, il retournera lui aussi à la rue. Zulfikar, tu m'entends ? Je t'emmène, mais tu arrêtes tes conneries, d'accord ?

Assis dans le caniveau près d'un trottoir couvert d'immondices et d'huile de vidange, Zulfikar ne répondait pas, tendait les bras, dessinait un vague mouvement de la main gauche, un embout de seringue fixé au poignet.

– Venez, on le prend avec nous et on fout le camp ! L'ambiance n'est pas bonne.

Le Dr Pervez et son assistant eurent à peine le temps de charger le drogué sur le siège arrière d'un taxi qu'un petit attroupement s'était déjà formé.

– Il y a de l'hostilité dans l'air, dit le médecin en redémarrant sa voiture. Sûrement des dealers du quartier. Ils n'aiment pas mon travail, même si certains sont passés par ma clinique. Comme si j'allais parvenir à arrêter le trafic dans la ville. À moi tout seul ! Quelle bonne blague !

Tandis que le taxi se dirigeait vers la villa, le médecin emmena Jonathan au port de Karachi.

– Ne craignez rien, cette voiture est tellement pourrie que plus personne ne la convoite. C'est le but. Le port est un coupe-gorge. Avec moi, vous ne risquez rien. Du moins en principe. Enfoncez-vous dans le siège, on ne sait jamais.

Il pénétra dans le grand port par un portail en fer que deux gardes ne surveillaient même plus, puis s'arrêta sur un quai en passant sous une arche de pierre. Bâti sur pilotis, un restaurant aux lumières vertes accueillait sur sa terrasse des marins et des patrons-pêcheurs.

– Un restaurant de capitaines, leurs cargos attendent au large. Pas mauvais. Venez, on va s'installer à l'intérieur, au-dessus des eaux du port. Ne tombez pas, l'eau est pire que celle du Gange ! Vous aimez le poisson ?

Le Dr Pervez commanda du crabe farci, des poulpes grillés pour deux et une dorade.

– Le port de Karachi, c'est le rendez-vous de tous les dealers, on y trafique par dizaines de kilos. Pendant plusieurs années, un bateau au large a transformé en héroïne l'opium convoyé par barcasses, en provenance de Peshawar et d'Afghanistan. Tendre, ce poulpe, vous ne trouvez pas ? Ah, on dirait qu'on dégaze moins au large de Karachi. Bon, je vous écoute. Dites-moi les raisons de votre visite.

– Retrouver Leïla Yilmaz, une amie d'Albane Berenson, ingénieur agronome enlevée en Afghanistan.

Jonathan précisa que Leïla Yilmaz était chercheuse en biotechnologies.

– Son père est turc, général à l'OTAN en poste à Bruxelles. Il a aussi été attaché militaire à l'ambassade de Turquie à Islamabad, où il a rencontré sa femme, originaire de Karachi. Leïla connaît cette ville comme sa poche, elle parle l'ourdou. Elle a aidé une association, SOS Planet, qui dénonce les agissements de certaines multinationales dans le tiers monde. Elle travaille notamment sur les liens entre une compagnie américaine, Reccon, et les trafiquants de drogue.

Le Dr Pervez se mit à sourire, et sa fine moustache s'étira.

— Et vous voulez que je vous mette sur la piste de cette personne ? Bon, d'abord, je vous conseille de prendre une assurance-vie. Mieux vaut vous aventurer dans le port de Karachi la nuit en short avec un paquet de dollars sortant de la poche.

Il se resservit une part de crabe et but une gorgée d'un soda orange foncé que Jonathan préféra ne pas goûter.

— Trêve de plaisanteries. Leïla Yilmaz est venue me voir à la clinique. Une très jolie femme. Elle travaillait sur les drogués de Karachi. Je n'ai pu que l'encourager, car ici, depuis la mort du reporter du *Wall Street Journal* Daniel Pearl, plus personne ne vient, ni chercheurs ni journalistes, ou si peu.

— Vous a-t-elle parlé de Reccon ?

— Et comment ! Pour elle, la compagnie est la grande responsable de ce qui se passe ici, en tout cas directement.

— Elle a travaillé aussi sur le produit Doran, un engrais fabriqué par une filiale de Reccon et distribué aux paysans de l'opium en Afghanistan.

— Je vois, dit le Dr Pervez, les deux bouts de la chaîne, en amont l'engrais et en aval les drogués de Karachi.

— Il doit y avoir un chaînon manquant. Leïla apparemment travaille sur ces liens. Savez-vous quelque chose là-dessus ?

Le Dr Pervez resta pensif un instant puis répondit lentement :

– Le travail de cette jeune femme m'intéresse. Tout ce qui peut servir à dénoncer cette saloperie de raz-de-marée de poudre blanche est bienvenu. Elle m'a dit avoir trouvé une personne susceptible de lui parler de l'ISI.

Il baissa la voix et se pencha vers Jonathan :

– Les services secrets sont impliqués, c'est évident. Plusieurs généraux ont bâti des fortunes avec ça. Mais j'ai recommandé à Leïla d'être prudente, très prudente.

– Le fait d'être à moitié d'origine pakistanaise a dû l'aider.

– Pas vraiment ! C'est à la fois un atout et un inconvénient. Pour les militaires, elle est considérée comme une Pakistanaise, ils peuvent donc lui causer des ennuis facilement. Lui mettre un paquet d'héroïne dans son sac, par exemple, ou provoquer un accident de voiture. Vous savez combien de gens disparaissent dans cette satanée ville ? Plus de trois mille par an. La police ne fait pratiquement rien. C'est le CPLC, une association créée par un ancien juge du tribunal de commerce, qui enquête avec quarante bénévoles. Quand les ravisseurs sont repérés, ils transmettent le dossier à la police qui, cette fois-ci, est bien obligée d'agir.

– Vous croyez que Leïla Yilmaz a disparu ?

Le Dr Pervez regarda discrètement les clients du restaurant. Des marins calmes, des patrons-pêcheurs, un vieil homme qui lisait le *Dawn*, l'un des quotidiens de Karachi.

– Il faut se méfier de tout le monde, murmura le médecin. Leïla n'a pas disparu, elle est cachée par une commissaire de police, une femme courageuse qui tient le seul poste de police de Karachi réservé aux femmes. On l'appelle la Bégum. Elle a pris ce travail à cœur et protège celles qui ont été violées, elle enquête sur les bordels, les meurtres, les « accidents de cuisine », les assassinats par les belles-familles lorsque la dot n'a pas été entièrement payée. Quatre-vingts pour cent des viols dans ce foutu pays ne sont pas déclarés, vous vous rendez compte ? Quelquefois, les femmes battues, violées ou mises sur le trottoir sont aussi droguées et là on a affaire à une lamentable cour des miracles. La Bégum et moi, on a été amenés à travailler ensemble. Une femme de trente-huit ans encore célibataire, c'est exceptionnel par ici ! Un beau parti, malgré ses rondeurs. Elle a tout sacrifié pour son poste de femme-flic. Elle a été menacée de mort trois fois par des mères maquerelles. Voici son adresse, apprenez-la par cœur et ensuite oubliez-la. Vous serez accompagné de toute façon par mon assistant, un ancien camé devenu mon homme de confiance. Lui aussi oublie vite. Trop de dope dans les neurones…

Nouveau sourire de gentleman et nouvelle gymnastique de la petite moustache.

– Mais revenons à Reccon. Ils ont acheté des gens ici, des chefs de la police, des douaniers, des députés, des sénateurs, des généraux, quand ils ne trafiquent pas eux-mêmes. Il est facile pour eux d'asservir les centres de décision du pays avec quelques millions de dollars ! Tout ça fait partie du puzzle. Plus de secrets d'État. Comme beaucoup de monde est impliqué dans le trafic ou les pots-de-vin liés au pipe, on se tait, on s'entraide.

— Et vous voyez un lien avec le Doran, l'engrais pour le pavot à opium mis au point par Reccon ?

— Bien sûr. Plus il y aura de Doran en Afghanistan, plus il y aura de rendement. Plus il y aura de pavot et d'opium, donc d'héroïne, plus il y aura de profits au Pakistan. Faites le calcul. L'ISI se finance ainsi. Un État dans l'État. Personne n'y trouve à redire. Même les islamistes jouent le jeu ! De toute façon, ils ont infiltré l'ISI. Après ça, on feint de s'étonner qu'il y ait des centaines de milliers de junkies dans les rues de Karachi...

Il émit un rot qui cadrait mal avec ses manières de gentleman et de médecin formé à Londres.

— Il ne manque plus qu'une bonne bière. Quelle hypocrisie dans ce foutu pays ! On interdit l'alcool et on laisse la came rentrer presque librement. Bon, je vais vous raccompagner à la villa-clinique. Ne vous inquiétez pas pour votre sécurité, les chambres sont cadenassées ! Mes petits junkies sont interdits de sortie la nuit. Et Mr. Body Building n'est plus qu'un grabataire inoffensif, incapable de faire jouer ce qui lui reste de muscles. La Bégum se lève tôt. Je vous conseille d'y aller aux aurores, vous éviterez les bouchons. Et aussi les suiveurs. Mon assistant prendra des chemins détournés. Attention aux accidents de voiture, un sur deux est dû à l'héroïne. Vous verrez, les femmes pakistanaises sans leur voile sont belles, vraiment très belles.

Dans sa chambre de la villa-clinique du dernier salut, Jonathan rêva de cure de désintoxication. Puis il aperçut un caisson de décompression. Au fond, après le sas, comprimé à quatre bars, était allongée Albane Berenson, un bras piqué par une perfusion. Elle lui tendait les mains, la tête ensevelie sous une cascade de cheveux. Viens, donne-moi de l'air, Jonathan, explique-moi ta théorie du trop-généreux, du trop-amoureux.

26

Albane s'étira sur sa paillasse. Le matin était frais en raison de l'altitude et elle avait dû se blottir sous sa couverture, entièrement vêtue, pour dormir quelques heures dans le *markaz*, la maison qui servait de centre de commandement à Bismillah, sur les hauteurs d'Anjoman. Le chef de guerre ne montrait aucune hostilité à son égard. Il l'avait simplement prévenue qu'elle servirait bientôt de monnaie d'échange et serait conduite auprès de Karimpur.

— Karimpur veut vous récupérer parce qu'on le lui a demandé, lui avait murmuré le cuisinier, un vieil homme à barbe blanche portant un *pakol*, le bonnet de laine des habitants du Panchir, qui avait travaillé dans un grand restaurant de Kaboul avant la guerre, c'est-à-dire une éternité.

— Karimpur, souffla Albane, tout le monde le croyait mort...

— Une feinte, une de plus. Il trompe son monde. Pendant ce temps, ses marchandises passent les cols et les frontières.

Albane Berenson avait pris son parti de cette détention dans les montagnes, au-dessus de la vallée du Panchir et du col d'Anjoman, fief des contrebandiers et des trafiquants d'opium. Le temps n'avait plus d'importance. Un jour, elle redescendrait vers la vallée basse, vers Kaboul, cette capitale qui lui paraissait tant civilisée vue des sommets, et elle pourrait encore mieux dénoncer les manœuvres de Reccon et de Gerland, les machinations des émissaires venus de San Francisco, des mercenaires et des moudjahidin achetés par la firme, les complots ourdis par les députés afghans payés par Reccon ou eux-mêmes trafiquants de drogue. Un jour, les pays occidentaux comprendront les effets de ce boomerang qui s'appelle le laisser-faire en matière d'héroïne. À moins que le monde ne s'en fiche.

Elle passait ses journées à écrire. Elle avait détruit ses notes sur Reccon lorsque ses affaires avaient été fouillées, et ce à plusieurs reprises. À l'aide d'une bougie, elle avait brûlé les feuilles une à une, avant de disperser les cendres par la fenêtre.

Elle reprenait courage. Si Karimpur voulait la récupérer, c'était sûrement pour une histoire de rançon réclamée à l'ambassade de France ou de Grande-Bretagne. Elle imagina les tractations, moitié pour le Quai d'Orsay, moitié pour le Foreign Office. Caroube était déjà oublié, elle en était certaine. Ils t'ont enterré, tu ne vaux plus rien, un corps mort est un corps mort, ta dépouille ne pèse pas grand-chose, désolé, mon vieux, désolé.

Elle se rappela alors les mots de Caroube lorsqu'il était parti de Kaboul : « Un jour ou l'autre nous ne serons que poussière, Albane, un peu plus tôt, un peu plus tard, qu'est-ce que cela change ? » Eh bien, la différence, c'est le fait de profiter de la vie et de la lumière. Et Albane n'avait envie ni de finir vite en poussière, ni de continuer la route avec lui. Elle voulait simplement profiter de ce voyage, finir son rapport sur Reccon, le pipe-line et le trafic de drogue, découvrir ces liens qui lui manquaient mais qu'elle commençait à percevoir au fur et à mesure de son périple. L'engrais Doran expérimenté dans les champs du Sud et les vallées du Badakhshan, les semences de pavot, les caisses de billets distribuées aux chefs de guerre reconvertis peu à peu en seigneurs de l'opium, les députés achetés, les hauts fonctionnaires stipendiés, tout cela, je l'écrirai, et tous ceux qui ont participé à ces bribes de recherche seront au courant, et ils répercuteront ce que l'on a trouvé, à San Francisco, à Karachi, à Paris, à Kaboul, dans la vallée du Panchir, à Monaco, au bout de la vallée, au bout de la route de la drogue, au bout du pipe-line de la blanche.

Albane Berenson pense sans cesse à son père. Maintenant, elle en est persuadée, il a été assassiné, les freins de la Bentley de cinquante-deux mille kilomètres ont été sabotés. Que cachait-il ? Depuis une semaine, elle ressasse le peu d'éléments qu'il lui a donnés, par bribes, une banque pakistanaise, des Américains derrière, de gros soucis, des clients véreux auprès desquels il était engagé et qui lui demandaient de valider des transactions concernant évidemment de l'argent sale.

Depuis une semaine, Albane recoupe les événements, les travaux de Caroube, les recherches de Leïla Yilmaz auprès des drogués de Karachi. Caroube avait vu juste : le Doran a été mis au point pour lier les paysans aux usuriers et les enchaîner à la culture du pavot. Il avait eu raison aussi concernant Da Sousa : une taupe de Reccon qui se sert de son poste de chef de mission d'Agro Plan pour étendre l'emprise de l'engrais et de la firme. Et ce Gholam, le responsable de la mission de Bamyan, qui rôde dans la vallée de Jurm, selon le cuisinier de Bismillah, que vient-il tramer par ici ? Lui aussi permet de remplir les cases manquantes.

— Vous valez une belle somme maintenant, dit le cuisinier en lui servant un morceau de viande noyé dans une sauce rouge à moitié ratée et des galettes de blé.

— C'est pour cela qu'on m'a enlevée ?

Le cuisinier au visage tanné par le soleil de montagne et les années de djihad lève les yeux vers les poutres du *markaz*.

— C'est pour cela et autre chose aussi.

— Je ne donnerais pas cher de ma peau si je tombais entre les mains de Karimpur...

Le vieux cuisiner soupire, ajuste son *pakol* et se gratte le crâne.

— J'ai bien peur que vous ayez raison. Je vous en dirai plus ce soir. Bismillah doit partir au crépuscule pour les abords de Jurm. Il veut sans doute négocier votre sort.

— Et son frère, Aziz Khan, pourquoi m'a-t-il laissé tomber ?

— Tout cela nous dépasse, j'en suis désolé, s'excuse le cuisinier.

Par la fenêtre du *markaz*, Albane voit le chef de guerre descendre d'un véhicule tout-terrain boueux. Il est accompagné d'une dizaine d'hommes sautant de la plate-forme arrière. Corpulent, en tunique rouge, la tête enveloppée dans un turban noir, Bismillah porte une longue barbe teinte au henné. Il a retrouvé ses gardes et perdu sa modestie. Il parle quelques minutes à l'un de ses lieutenants qui d'un geste lui montre la maison où est détenue l'étrangère. Sans un mot, Bismillah se dirige vers une autre maison, en hauteur, protégée par trois mitrailleuses lourdes et des moudjahidin en armes terrés dans des tranchées. Du véhicule, deux combattants débarquent des sacs en plastique transparent contenant une pâte brune. Sans doute vont-ils m'échanger contre de l'opium, se dit Albane. J'aimerais savoir combien de kilos je vaux.

Elle ferme les yeux, attend l'heure de la promenade de l'après-midi, deux heures de marche autour du *markaz*. Peut-être pourrais-je m'évader, me cacher dans un vallon, attendre la nuit. Mais pour aller où, sans nourriture, sans argent ? Dans quelle direction ? Le Nord, vers ces salauds de trafiquants de Jurm ? Vers le col d'Anjoman, pour tomber sur les agents de Reccon, les sbires de Gholam et Da Sousa ? Le Sud et ses apprentis talibans, contrebandiers barbus qui me ramèneraient aussitôt chez Bismillah ? La fuite est une mort assurée. Autant attendre encore un peu.

Sur les flancs qui bordent le *markaz* de Bismillah, à trois mille mètres d'altitude, assise sur un rocher et à portée de vue d'un moudjahid armé jusqu'aux dents, Albane chantonne l'air de Tosca, *Vissi d'arte, vissi d'amore*, celui que son père aimait tant. « Cet acte II, ma fille chérie, je le repasse sans cesse à ta mère dans sa chambre du Cap-Saint-Martin, c'est un souvenir musical épargné par sa maladie d'Alzheimer. Cet opéra dit tout, l'amour, l'art, la beauté des hommes et leurs bassesses. »

Vissi d'arte, vissi d'amore, comme j'aimerais moi aussi vivre d'art et d'amour. Et Jonathan, où est-il ? Sans doute plonge-t-il dans les eaux pures de la Méditerranée, lui sous la surface de la mer, moi sur les plus hautes montagnes de l'Hindou Kouch, « la Montagne tueuse d'Indiens » et bientôt tueuse d'une Franco-Britannique, une mort lente, faite d'altitude et de solitude, de globules rouges et de neurones abîmés, de délires sans opium dans un monde de trafiquants. Rappelle-toi ce que nous nous disions en Méditerranée : n'ayons pas peur de la vie ni de l'aventure. Sors de tes eaux, Jonathan, abandonne tes profondeurs et viens me chercher.

Les larmes aux yeux, elle chantonne encore l'air de *Tosca*, acte II, morceau 10, puis se remémore brusquement les mots de son père un soir devant la grande cheminée moderne de l'appartement monégasque : « Tu vois, ma chérie, Floria Tosca parle de se donner, de se sacrifier. C'est biblique, on retrouve ça aussi bien dans la Torah que dans l'Ancien et le Nouveau Testaments des chrétiens. Eh bien, moi aussi, je me sacrifie, la Banque transalpine de Monaco ne va pas très bien, des clients arnaqueurs. Je dois sauver cette banque, Albane. »

Il n'avait rien dit d'autre et s'était envolé le lendemain pour Karachi.

S'évader, ne pas s'évader, mourir, ne pas mourir, penser à Jonathan, ne pas penser à Jonathan. Si je pense trop à lui, je vais encore pleurer et je ne pourrai plus agir. Il n'y a pas que ma peau à sauver, il y a aussi cette putain de vérité, ça serait trop bête de s'arrêter en chemin, de s'arrêter si vite, ces vérités que nous avons trouvées à plusieurs, par bribes, avec Leïla, Fiona, Caroube, avec les amis d'Agro Plan et les volontaires de SOS Planet.

Sur son rocher, face aux montagnes de l'opium, face aux montagnes des crapules, Albane poursuit son enquête mentalement. Avec un bout de bois, elle dessine des plans, reconstitue tout ce qu'elle a pu amasser depuis des mois, puis efface la poussière de terre et de pierre avant de recommencer.

Là, Reccon qui soudoie le gouvernement afghan et ses députés. Ici, le Doran, l'engrais, la drogue des paysans. Plus loin, des pions, des chefs de guerre, des humanitaires sans scrupules, Da Sousa, Gholam. Plus loin encore, la came qui déferle sur Moscou, Berlin, Paris, Amsterdam, et qui tient Amsterdam tient les portes de l'Europe. Au milieu, entre les vallées de Jurm et ces villes, Karachi, la mégapole où traînent Leïla Yilmaz et un million d'héroïnomanes, plus ces putains de salauds du Badakhshan qui te disent la bouche en cœur : « L'opium et l'héroïne interdits par le Coran ? Faux, il n'y avait que l'alcool au temps du prophète Mahomet, la paix soit sur lui, et de toute façon la drogue est destinée aux *kafirs*, aux infidèles. » Les habitants de Karachi la pieuse, ce sont peut-être des infidèles ? Mais les mollahs du trafic s'en foutent, ils en vivent, paient leurs hommes et achètent les femmes. Reste à montrer comment Reccon s'y est prise pour encourager le trafic, et comment les services secrets pakistanais sont impliqués. Leïla, *zanda bashi*, reste en vie, montre-nous ce que tu peux faire, prouve-nous que toute cette saloperie concoctée par Reccon est vraie.

Albane fait un autre dessin sur la terre sèche puis l'efface soigneusement.

J'y arriverai, j'y arriverai, je fais ça pour toi, Jonathan, tu as dû sortir de l'eau, tu as dû sortir de ton aquarium, tu es sur la piste de la poussière, la piste de la vie.

Je suis plus têtue que toi, Jonathan, je vivrai, plus têtue que Floria Tosca.

Vissi d'arte, vissi d'amore.

27

La ruelle était infestée de mouches. À son extrémité, des marchands à roulottes vendaient leur camelote, jouets en plastique, poudre à priser, rasoirs et ciseaux. Un terrain vague s'ouvrait entre plusieurs immeubles. Au milieu, une bâtisse jaune de vieilles briques sans étage avec un jardin riche en bougainvillées et en lauriers-roses, le fief de la Bégum. L'assistant du Dr Pervez, toujours aussi silencieux, gara la voiture devant l'entrée.

La Bégum venait de prendre son service. Grassouillette, les cheveux longs, un foulard vert flottant sur son uniforme bleu, sans âge, cette femme était un mélange de beauté et d'incroyable fermeté. Une inspectrice en bras de chemise invita Jonathan à s'asseoir dans un bureau à véranda donnant sur le jardin qui rappelait l'époque coloniale. Des meubles en rotin étaient disposés près de la terrasse, un pupitre accueillait les journaux de la semaine. Depuis sa table en vieux bois sombre surmontée d'une lampe verte, la Bégum réprimandait une femme sans prêter attention aux deux visiteurs. Tandis qu'on leur servait du thé au lait, l'assistant traduisait les phrases criées par la commissaire :

— Tu vas me faire croire qu'on t'a mise de force dans ce bordel ? que ton mari y est pour quelque chose ? Tu me prends pour qui ! Je sais très bien qui tu es. Sors-toi d'abord de ce bordel à deux cents roupies la passe et après on discutera.

La Bégum congédia la prostituée puis s'adressa à Jonathan :

— Bienvenue. Vous êtes dans le havre des femmes battues, maltraitées, violées, humiliées. Les putes professionnelles, je ne peux pas m'en occuper. La charité, c'est la porte à côté. Si je devais fermer tous les bordels de Karachi, je serais pendue sur-le-champ.

Elle s'assit dans l'un des fauteuils en rotin et resserra les jambes de son pantalon bouffant.

— Je sais que vous êtes venu pour Leïla Yilmaz. Puis-je parler en toute confiance ? dit la Bégum en donnant un coup de menton en direction du chauffeur.

— Oui, c'est l'assistant du Dr Pervez.

— Bien. Leïla est chez moi. Je vous invite à venir ce soir. Voici l'adresse. Passez par la ruelle de derrière, je ne veux pas que l'on voie des hommes entrer dans ma villa. J'ai deux gardes du corps, des femmes. Elles seront au courant. Rappelez-vous, cette ville est pourrie. Tous les coups sont permis. Nous, les flics, on ne maîtrise rien. La gangrène est partout.

Elle se leva et aboya quelques ordres à la préposée à képi à l'entrée de son bureau.

— Moi, je suis là pour sauver les meubles, ajouta-t-elle. Je parviens à protéger quelques femmes battues, quand elles ne sont pas laissées pour mortes par leurs salauds de maris dans les terrains vagues de la ville. Des femmes violées qui portent plainte obtiennent parfois gain de cause. Mais pour une qui porte plainte, trente restent silencieuses. Et parfois, lorsque le mari se drogue, la femme fait le trottoir pour payer les doses et nourrir les gosses. De la saloperie... Bon, j'ai du boulot, un meurtre. Et ça chauffe dans le quartier d'Orangi. À ce soir, 20 heures, n'apportez rien. Et surtout, soyez discret.

28

L'assistant du Dr Pervez déposa son passager quelques minutes après 20 heures dans la ruelle qui longeait l'arrière de la villa de la Bégum, dans le quartier de Clifton. La commissaire attendait Jonathan dans le salon : à ses côtés, une jeune femme regardait la télévision. Elle avait de longs cheveux noirs, des yeux en amande, des lèvres charnues, une taille très fine et paraissait à la fois sereine et intelligente. Elle s'adressa à Jonathan en anglais avec un accent oriental :

— Bonsoir, je suis Leïla Yilmaz, l'amie d'Albane Berenson et de Fiona Galloway.

Pendant deux heures, sous une avalanche de plats au curry, au piment et au safran arrosés de soda à l'orange couleur chimique, Leïla Yilmaz raconta son enquête sur le Doran et les effets de l'héroïne à Karachi en rejetant sans cesse ses cheveux en arrière.

— Le Doran, c'est la source, la toute petite rivière qui coule des montagnes afghanes. Personne n'y prête attention, mais la source se transforme en torrent de montagne, en grosse rivière, puis en fleuve.

La Bégum acquiesçait, rajoutait parfois des précisions, servait ses invités tout en lorgnant vers le poste de télévision qui diffusait un match de cricket entre deux équipes pakistanaises.

— Pas étonnant, avec les escrocs qui dirigent cette ville.

— J'ai pu ainsi travailler sur le début et la fin du cycle de la drogue, ou du moins sur une étape intermédiaire. Le début, ce sont les champs de pavot. L'arrivée, ce sont les junkies de Karachi, et dans une moindre mesure, ceux d'Europe et des États-Unis. Mais demain, cela risque d'être partout comme à Karachi. Des pans entiers de la population qui se shootent, une came pas chère, coupée et recoupée, à 90 %, avec du bicarbonate de soude, du talc, du sucre glace, de la farine.

— Au milieu, il y a sans doute plein d'autres étapes, dit Jonathan.

— Oui, des chaînons manquants, poursuivit Leïla Yilmaz. Les services secrets pakistanais, c'est sûr, sont impliqués.

Jonathan observa la réaction de la Bégum. Mais elle ne cilla pas, elle croqua dans une boulette de viande, s'essuya les doigts dans une serviette de papier rose parfumée et jeta un œil sur les performances de l'équipe de cricket de Karachi avant de commenter :

— Pourris, les services. L'ISI a fichu le merdier dans ce pays, surtout deux cellules, celles de l'Afghanistan et du Cachemire. Un État dans l'État. Le président Musharraf n'y peut rien, il est condamné à faire avec. Et nous aussi. De toute façon, comme le pays coule, les services secrets et la drogue, c'est le cadet de nos soucis.

— Reccon est prêt à tout pour parvenir à ses fins, la construction du pipe-line, continua Leïla Yilmaz. Le pipe est une bonne idée en soi, mais James Graham, le président de Reccon, s'appuie sur le trafic de drogue. Ses sbires l'encouragent même.

— Je sais, dit Jonathan, j'ai vu ça en Afghanistan.

— Et au Pakistan, il n'y a rien de plus facile. Il suffit d'appuyer sur un bouton, d'ajuster les mécanismes, et tout suit !

— Je confirme, ajouta la Bégum. Karachi est tellement plongé dans le *brown sugar* qu'il suffit d'un rien pour augmenter encore la consommation. Tout le monde y passe. Même les flics dans les commissariats ! Dans le mien, il n'y a que des femmes. Elles savent que si elles y touchent, je les vire sur-le-champ.

— Vous avez été inquiétée ? demanda Jonathan à Leïla.

Elle rejeta à nouveau à l'arrière ses longs cheveux noirs. Un mélange de tristesse et de révolte apparut au fond de ses yeux.

— Ils sont venus dans mon hôtel, près du consulat américain. Ils ont tout fouillé et ils ont cassé mon ordinateur. Pas volé, cassé, disque dur bousillé…

Mêmes méthodes que pour Fiona Galloway, pensa Jonathan. Sauf qu'ici, on n'envoie pas des virus, on prend des marteaux.

— Ils vous ont donc menacée ?

Elle rit de bon cœur. Elle parlait en remuant les mains et un hochement de tête ponctuait chacune de ses phrases, ce qui ajoutait encore à son charme.

— Oh, bien sûr ! Un homme dans un restaurant. Il s'est

approché de moi et il a murmuré quelques mots dans un anglais manifestement appris par cœur : « Danger de mort, pas toucher au pipe, un coup de seringue et vous morte. » Le temps que je reprenne mes esprits, il était déjà parti. Je suis fille de général, il m'en faut plus pour m'écarter de ma route...

La Bégum intervint :

— Sur les conseils du Dr Pervez, j'ai décidé de la cacher chez moi. Je ne sais pas qui est derrière, les bandits de Reccon, des petits voyous payés par des trafiquants, ou les services pakistanais. Peu importe. Même s'ils parviennent à savoir où elle se trouve, cette maison est bien protégée. Et ils n'oseront pas s'attaquer à moi. Sinon, cela remontera aux oreilles de Musharraf dans la journée !

— Vous ne pouvez pas rentrer à Istanbul, retourner à l'université ? demanda encore Jonathan.

— Istanbul, pour l'instant, c'est trop dangereux. Les hommes qui travaillent pour Reccon ont payé des militants d'extrême droite, les Loups gris, pour qu'il n'y ait pas « interférence », comme ils disent. Le pipe que Reccon veut construire est concurrent du BTC, le Bakou-Tbilissi-Ceyhan, qui va de l'Azerbaïdjan et de la mer Caspienne vers la Turquie via la Géorgie. C'est l'oléoduc le plus long et le plus coûteux du monde, pour l'instant. Mais celui de Reccon sera au final encore plus cher, plus ambitieux. Voilà pourquoi on ne renouvelle pas mon poste à l'université d'Istanbul.

— Vous avez été... radiée ?

— Oh, c'est encore plus insidieux. Reccon verse des subventions à l'université d'Istanbul. Il leur suffit de dire qu'une chercheuse pose problème et de menacer de couper les robinets pour obtenir ce qu'ils veulent. Les gars de Reccon imposent leur loi. Ça vous étonne ?

— J'ai vu Fiona Galloway sur l'île de Rhodes, dit Jonathan. Son ordinateur est lui aussi hors d'usage. Saboté par un virus.

Leïla leva les mains, choquée.

— Vous voyez, ce ne sont pas des amateurs. Ils savent où frapper.

— Je n'ai donc pas pu lire votre rapport.

Leïla tendit la main vers la chambre voisine.

— Il est là. Je vous en fais une copie à la fin du repas.

— Reprenez un peu de kebab mariné, une spécialité locale, insista la Bégum. Il est pimenté, excellent pour les amibes, explosif même ! Comme le travail de Leïla.

Jonathan interrogea encore Leïla sur son travail, sur sa méthode. Elle avait remonté des pistes grâce à sa mère et à sa famille des quartiers chics de Karachi, grâce aussi aux relations du Dr Pervez. La Bégum avait fourni les contacts qui manquaient.

— À Karachi, les gens parlent, expliqua Leïla Yilmaz. C'est sans doute à cause du danger, pour chasser les peurs. J'ai même pu voir des trafiquants et des anciens de l'ISI, des généraux de la brigade anti-drogue ainsi qu'un proche de l'ex-gouverneur qui a suivi le dossier du pipe-line. Ils ne disent rien directement sur Reccon, mais tout est entre les lignes. Personne n'a voulu impliquer non plus l'ISI, trop dangereux là encore, mais j'ai pu obtenir des informations précieuses en évoquant la rivalité entre deux généraux de l'ISI, Riaz et Sultan. Ces noms sont secrets, et un seul contact m'en a parlé. Eux sont totalement achetés par Reccon, qui utilise leur différend. L'un est islamiste, l'autre plutôt un British formé à Sandhurst, un des derniers de la nouvelle génération des haut gradés de l'armée. Et c'est le premier, Riaz, qui a créé les talibans. Devinez pourquoi ?

Jonathan l'écoutait sans mot dire, subjugué par son mélange de simplicité et de force.

– Eh bien, pour deux raisons, continua-t-elle. D'abord, pour assurer une profondeur stratégique en Afghanistan, en clair pour annexer ce pays. Ensuite, pour contrôler le pipe-line. Le Pakistan s'y retrouvait en demandant aux talibans l'exonération des droits de douane, un pactole de trois cents millions de dollars. Vous imaginez un peu tout ce que Riaz a pu empocher ? Au total, le projet du pipe-line représente un investissement de trois milliards de dollars.

– C'est là encore une belle saloperie, commenta d'un ton rageur la Bégum, les mains affairées à dépecer une pâtisserie au miel. En cinq ans, ce pays peut totalement basculer dans l'islamisme le plus fondamentaliste. C'est déjà le cas dans la province de Peshawar, un laboratoire pour le MMA, une coalition de partis fondamentalistes. La technique consiste à infiltrer les rangs de l'armée depuis le plus jeune âge, depuis l'école des cadets de Quetta ou d'Islamabad. Un rapport confidentiel du Congrès américain en parle. Les gars de la CIA doivent s'en mordre les doigts, eux qui ont aidé les talibans ! Musharraf, lui, résiste, mais il ne sait pas tout. Et les agents de Reccon ne se gênent pas non plus pour mettre en avant les élèves acquis à la cause radicale. S'ils parviennent à leurs fins, l'Afghanistan des talibans à côté n'aura été qu'une vaste plaisanterie.

Leïla se resservit du soda couleur chimique avant de préciser :

— Entre le Doran dans les champs de pavot à opium et la vente de l'héroïne dans les rues de Karachi, il y a bien sûr des tas d'étapes et de liens. Quelques-uns semblent impénétrables et impliquent complètement Reccon. Il s'agit du blanchiment. Vous avez sans doute entendu parler du scandale de la BCCI.

— La banque des services secrets et des trafiquants de drogue, y compris américains, se crut bon d'expliquer la Bégum.

— Oui, j'en ai entendu parler, dit Jonathan.

— Eh bien, depuis sa disparition, une autre banque l'a remplacée, celle de la CIA, la Nugan Hand Bank. Elle aussi a disparu avec le suicide de Frank Nugan, l'un de ses deux fondateurs.

— Oui, je suis au courant, dit Jonathan.

— Maintenant, plusieurs banques ont pris le relais, dont la Bank of Indus, une grande banque du Pakistan installée en Europe et aux États-Unis. Ainsi qu'une banque de Monaco.

Jonathan pâlit.

— Serait-ce... la Banque transalpine de Monaco ?

— Oui, celle du père d'Albane.

— Je croyais qu'Alexander Berenson n'était pas compromis dans les affaires de blanchiment.

— Lui non, pas directement. Sa banque, oui. Elle a servi d'une part de remplaçante à la Nugan Hand Bank, d'autre part de tête de pont pour que les trafiquants puissent envoyer des fonds aux États-Unis et en Europe. Alexander

Berenson ne contrôlait pas tout. Des centaines de milliers d'écritures bancaires sont envoyées chaque jour. Il est impossible de savoir lesquelles sont légales et lesquelles ne le sont pas.

La Bégum commenta, un œil sur le match de cricket à la télévision :

— De toute façon, pas grand-chose n'est légal au Pakistan. Nous ne sommes qu'un pour cent à payer des impôts.

— Le blanchiment, c'est une grosse toile d'araignée à travers le monde, continua Leïla Yilmaz. Les volontaires de SOS Planet m'ont beaucoup aidée à comprendre ses ramifications. Jusqu'à ce qu'on casse mon ordinateur.

— La Banque transalpine de Monaco d'Alexander Berenson est impliquée dans des opérations de blanchiment, et sa fille est enlevée en Afghanistan, chez les trafiquants, pensa tout haut Jonathan.

— Ce n'est pas un hasard, dit Leïla. Il y a des chaînons qui manquent encore. Mais en tout cas, avec le père et la fille, les gars de Reccon et ceux qui blanchissent nagent dans les mêmes eaux troubles. Vous n'avez pas une idée de qui peut être à cette intersection ?

— C'est plutôt à vous de me le dire, souffla Jonathan.

— L'ISI, les services secrets pakistanais.

— Vous voulez dire qu'ils blanchissent ?

— Évidemment ! À votre avis, que font-ils des millions de dollars que leur rapporte la drogue ? Le président de Reccon, lui, n'a bien sûr pas besoin de ça, mais il se frotte les mains. James Graham est un homme heureux. La mécanique est en place. Tout se tient ou à peu près. Lui ne peut pas être impliqué, car d'une part tout passe par des relais et d'autre part c'est une machine qui fonctionne toute seule. Qui dit trafic dit blanchiment, intermédiaires, corruption de fonctionnaires.

— Et ici, ça marche très bien ! Non, pas cette putain d'équipe ! Oh non, Islamabad va encore gagner ! hurla la Bégum.

Leïla jeta un œil sur le poste de télévision avant de poursuivre :

— Certains d'Agro Plan sont aussi impliqués dans le circuit de blanchiment en amont. Un Brésilien est dans le coup, d'après ce que m'a dit l'ancien de l'ISI.

— José Da Sousa…, murmura Jonathan. Il a disparu peu de temps après la fuite du responsable d'Agro Plan à Bamyan, Gholam. Tous les deux s'occupaient du Doran. Payés bien sûr par Reccon.

Leïla eut une lueur d'intelligence dans le regard, comme Albane lorsqu'elle parlait de ses passions.

— Voilà, Reccon et les trafiquants se rejoignent là encore. Les agents de Reccon chargés de diffuser le Doran servent aussi à récupérer l'argent des trafiquants. Ce sont ces trafiquants, souvent d'anciens seigneurs de la guerre, qui entravent les paysans en leur promettant de l'argent.

— Bien souvent des Pachtouns, les mêmes des deux côtés de la frontière entre l'Afghanistan et le Pakistan, intervint la Bégum.

— Je vais lire le rapport ce soir, dit Jonathan. Merci beaucoup pour votre aide.

— J'espère que cela vous permettra de retrouver Albane, dit Leïla en secouant sa chevelure noire. Il manque encore de nombreux éléments. Vous pourrez sans doute en découvrir quelques-uns sur votre propre route jusqu'à Albane. Elle sera heureuse d'apprendre que vous avez continué son combat. Notre combat.

— Elle a désormais beaucoup d'ennemis sur le dos, déplora Jonathan.

Leïla le regarda avec tendresse, la tête penchée sur l'épaule gauche.

— C'est parce qu'elle détient l'autre moitié du rapport. Nous n'avons pas eu le temps d'échanger toutes les données. Je pense que le mien suffit pour effrayer Reccon. Il n'est pas complet, certes, mais il contient déjà pas mal d'éléments. Et eux ne le savent pas. Faites très attention. Ne reprenez pas l'avion de Karachi.

La Bégum confirma :

— Je vois assez de gens disparaître comme ça ! Cela m'embêterait d'avoir votre mort sur la conscience et d'aller chercher votre corps dans une décharge publique. Prenez plusieurs voitures quand vous sortirez de Karachi, puis le bus pour Peshawar à Edhi village. C'est long, mais la vie aussi est longue.

Jonathan prit congé des deux femmes et sortit par la porte du jardin. L'homme de confiance du Dr Pervez ne dormait pas. Une lueur étrange brillait au fond de ses yeux. Jonathan se dit qu'il avait sans doute fumé du haschich, ou qu'il avait peur.

Quand Jonathan fit ses adieux au Dr Pervez, le directeur de la clinique de la dernière chance lui dit chaleureusement sur le perron de sa villa :

— Ce que vous faites est bien. Peut-être que cela m'aidera et qu'un jour il y aura moins de drogués dans cette ville. Il y a des moments où je me demande pourquoi je me suis lancé là-dedans. Une goutte d'eau dans l'océan. Bon courage. Et restez sur vos gardes. On me signale que des rôdeurs ont inspecté les ruelles derrière la villa hier soir. C'est inhabituel parce qu'ici il n'y a rien à voler. Faites attention à vous.

Jonathan s'engouffra dans la voiture de l'assistant, longea la plage de Clifton, héla un taxi devant une école religieuse, puis un second aux abords de Defence Colony, un quartier huppé. Un Boeing de la PIA rasa le quartier. Peut-être avait-il survolé le Panchir, le Badakhshan, peut-être Albane l'avait-elle aperçu dans le ciel, depuis ces montagnes où s'écrasent les avions par mauvais temps. *Please inform Allah, Please inform Albane.* Il changea encore de voiture sur la grande route qui longe Orangi et demanda au chauffeur d'accélérer pour éviter à la fois d'éventuels suiveurs et les gangs du coin.

À Edhi village, à l'orée du désert, il s'installa près de l'abri misérable devant lequel passaient des nomades, des commerçants, des mendiants et quelques junkies. Un quart d'heure plus tard, deux hommes en *shalwar kameez* impeccable arrivèrent à moto et se mirent à discuter près d'une échoppe. Ils attendirent quelques minutes le bus de Peshawar, puis l'un d'eux s'approcha de Jonathan, lui demanda du feu et lui envoya un coup de genou dans le ventre.

— C'est le dernier avertissement, souffla l'homme dans un mauvais anglais. La prochaine fois, c'est la corde, comme pour Caroube.

Le second nervi sortit une matraque de sous sa tunique et roua de coups l'Européen, qui se protégeait le visage en le gardant tourné vers le sol. Jonathan cria, vomit, prit encore des coups de matraque dans les reins, dans le dos, sur les épaules. La poussière volait, il suffoquait. Il entendit des gens hurler, il se crut à la morgue, mais c'étaient les volontaires anti-drogue de Edhi village qui venaient à son secours. Ses deux agresseurs avaient déjà fui en moto. Les volontaires l'emmenèrent dans le dispensaire voisin, soignèrent ses plaies, voulurent l'hospitaliser, mais, après que le médecin du centre l'eut assuré qu'il n'avait rien de cassé, il reprit ses esprits, Pas la peine, merci de votre aide, les drogués en ont plus besoin.

Puis il saisit son sac sali par la poussière et se dirigea, le dos endolori, en boitant, vers le bus de 11 heures du matin qui n'avait qu'une heure de retard.

29

Que fabrique Jonathan ? se demande Hugh Stewart en redescendant de la vallée du Panchir. Accompagné par Sutapa et Fawad, il est allé jusqu'à Astana, le village de Massoud. Aucune nouvelle, lui a-t-on dit d'un haussement d'épaules. Les commandants ont montré les hauteurs, vers Anjoman, en soupirant.

— Ils se battent pour le contrôle de l'opium. Nous, ça ne nous concerne pas. On a assez avec les émeraudes et le lapis-lazuli.

— Et rien de nouveau concernant l'Européenne ?

— Rien, sinon qu'elle est en vie. Ils vont sûrement l'échanger, si Dieu le veut. Allez, monsieur Stewart, faites bonne route, attention aux virages avant Gulbahar, la piste n'est pas très bonne et on peut tomber dans le torrent. Et merci pour Agro Plan, merci vraiment.

Merci... Hugh Stewart en a assez de ces salamalecs. Donnez-nous de l'argent, nous, on pourra vivre, et vous aussi. Voilà ce que ça veut dire, l'action en grâce d'Agro Plan. Il n'y croit plus, il est saturé, fatigué. Il ne croit plus qu'en l'amour pour Sutapa, endormie sur le siège arrière du tout-terrain, et en l'amitié, celle entre autres avec Jonathan Saint-Éloi, échoué sur une plage de la mer d'Oman ou dans les bas-fonds de Karachi, allez savoir.

Plus les jours passent et plus Stewart s'inquiète pour Albane et Jonathan. L'une est aux mains des trafiquants d'opium, l'autre traîne ses guêtres sur la longue route de l'opium et de l'héroïne où l'on peut disparaître en un clin d'œil. Sur eux, il n'a rien appris, mais il en sait désormais beaucoup sur José Da Sousa.

On dirait que cet emplumé veut la ruine non seulement d'Agro Plan mais de tout l'humanitaire en Afghanistan et en Asie centrale, songea Stewart. Ce que Sutapa a appris dans une maison d'Astana est grave. La femme qui lui a parlé longuement est l'épouse d'un marchand d'émeraudes, Homayoun, aux yeux aussi verts que les pierres négociées.

Homayoun envoie des fonds à Dubaï et à Duchambe, au Tadjikistan, lorsqu'il voyage pour son commerce, qui fut longtemps le nerf de la guerre du Panchir. Des petits placements, de nombreux envois par les postes rapides et agences de transferts, avec des montants modestes. Selon l'épouse d'Homayoun, Da Sousa, lui a-t-elle dit, a sans doute utilisé les filières d'Agro Plan vers le Pakistan quand il s'agissait d'acheter du matériel ou de payer des Pachtouns pakistanais afin de blanchir son pécule. Il va tout foutre en l'air, rugit Hugh Stewart en se tenant à la poignée de la portière à cause des soubresauts de la voiture.

Il ne sait plus que penser. L'épouse d'Homayoun a aussi

signalé la présence aux côtés de José Da Sousa d'un Hazara, un Afghan du centre du pays aux yeux bridés, avec un calot rouge et jaune sur la tête. Sûrement cette ordure de Gholam. Et dire que je lui ai fait confiance pendant cinq ans à Bamyan. Qu'a-t-il caché derrière ses activités ? Ils sont en train de ruiner Agro Plan. Encore un peu et l'ONG va devenir une agence de blanchiment.

La rudesse de la piste calme Stewart. Cette histoire est tellement énorme qu'aucun journal ne voudra jamais y croire, d'autant qu'elle concerne une compagnie pétrolière occidentale, plongée dans l'argent sale, plongée dans les services secrets sales. Tout est sale sur cette route, depuis les sources de l'opium, là-haut, au-dessus de ce col d'Anjoman au ciel pourtant si pur, jusqu'aux vagues énormes sur les places de Berlin, Moscou, Paris ou New York, de la pâte brune des planteurs de pavot jusqu'aux veines pourries de ceux qui se shootent à Kaboul ou près d'Agro Plan, le long du canal Saint-Martin. Agro Plan, deux millions de bénéficiaires dans le monde, bel immeuble en briques avec loft, vue imprenable sur la misère des camés, avec en retour sur image des salopards qui manœuvrent pour les trafiquants et pour Reccon. Le Doran au milieu de tout ça, l'engrais qu'il a refusé de promouvoir malgré les fonds de l'Union européenne. Allez, monsieur Stewart, aidez de gentils bureaucrates comme nous, certes, nous n'y connaissons rien, mais nous avons tant d'argent à dépenser, et avec de tels programmes d'aide aux paysans on peut avoir des fonds d'USAID et de tas d'autres agences américaines, allez, monsieur Stewart, prenez un peu de

Doran dans vos bagages de défenseur de la cause humanitaire.

Hugh n'avait pas pris le Doran. Un expatrié et des « personnels locaux », comme on disait à Agro Plan, s'en étaient chargés, un Brésilien et des Afghans, tous unis dans la solidarité de la came. Quatre cent cinquante milliards de profit dans le monde, il connaît les chiffres par cœur.

Stewart pense à tous les mauvais pas dont s'est tiré Jonathan, descentes de nuit au large du cap de Nice, accidents de décompression, un embout troué, un détendeur en panne, un compagnon de palanquée qui s'accroche à lui et veut prendre tout son air. Jonathan s'en sortira, je le sais, il est en train de remonter un boyau, de passer par un tombant pour éviter les raies, de flâner dans une grotte à corail pillée, peut-être par ces salopards de blanchisseurs qui viennent sur la Côte et finissent par s'amuser pendant une journée avec une plongée au large de Nice, pique-niqu et pillage inclus.

Alors que la voiture arrive dans le bas du Panchir, près des chicanes où Massoud bloquait la vallée à la dynamite pour empêcher les talibans et autres trafiquants de l'envahir, Hugh Stewart songe au dernier message de Jonathan, un mail reçu sur l'ordinateur de Fawad, signé le révérend Peter Knight de l'Église évangélique de la Rédemption, tapé sur un clavier anglais, sans accent : « Onan avant de mourir aurait dû se laver de ses péchés en remontant la source de sa semence, en déplantant les graines de la haine, car la route est sale et il suffit de rechercher les coupables dans la vallée de la résistance, loin de leurs fiefs aux idoles disparues. » Putain ! Il ne manquerait plus que Jonathan se lance vraiment dans les sermons du dimanche !

La vallée de la résistance, c'est le Panchir, avait décrypté Sutapa, facile. Les coupables, ce sont Gholam et Da Sousa, puisque les idoles disparues ne peuvent être que les bouddhas, et donc, la vallée de la mission à Bamyan. Allons dans le Panchir, Hugh, avait ajouté Sutapa.

30

Quand elle vit surgir au petit matin le Brésilien en bas de la crête, sur le sentier qui menait à la source, Albane Berenson crut rêver. Accompagné d'un garde, José Da Sousa portait une tunique traditionnelle et un bonnet de laine afghan. Avec sa petite barbe, il pouvait passer aisément pour un Panchiri. Le vent des sommets soulevait son *patou*, sa couverture de laine, qu'il rajustait sans cesse.

Il s'approcha d'un pas lent, comme s'il avait épousé le temps d'Orient. L'Afghan qui l'accompagnait avait les yeux bridés, sûrement un Hazara des montagnes du centre.

Depuis la fenêtre du *markaz*, Albane reconnut Gholam, le responsable d'Agro Plan à Bamyan.

Les deux hommes conversèrent longuement avec les gardes de Bismillah sur le perron de l'une des maisons de son petit quartier général, tandis qu'un garçon préparait dehors le repas de midi avec le cuisinier à la barbe blanche. Peut-être négociaient-ils sa libération, peut-être marchandaient-ils une commission pour une rançon. Elle ne supportait plus ce décor de crêtes et de sommets déchiquetés, cette promiscuité avec les moudjahidin et les trafiquants. L'été s'annonçait, puis l'hiver arriverait très vite avec ses neiges et ses grands froids, sans transition, elle le savait. Que lui réservait cette attente interminable, cette mort lente où les espoirs se diluent dans un flou sans horizon, une brume où pointe l'angoisse à tout moment, sans avertir ?

Même les souvenirs auxquels elle s'était raccrochée pour tuer le temps étaient désormais douloureux. Elle s'enfermait lentement dans une apnée de solitude. Ne pas finir comme ma mère au Cap-Saint-Martin, ne pas mourir dans un décor blanc, sans aspérités, sans prise sur le passé et les lendemains. Elle jonglait avec la souffrance des images en rappel et la nécessité de flotter dans un espace où seule comptait l'heure prochaine. Survivre. Elle ne s'autorisait que le souvenir de Jonathan, qu'elle aurait dû écouter : « Cette route de la drogue est pourrie, Albane. Je sais que beaucoup n'en reviennent pas. Tu ne pourras rien faire, ton entêtement ne changera rien. Les prédateurs sont déjà au pouvoir, ils ont déjà gagné. » Parfois, Albane se ressaisissait et se refusait à penser qu'il avait raison, sauf sur un point : « ils » ont déjà gagné. Tu as vu juste, Jonathan, les quatre cent cinquante tonnes d'héroïne dans le monde gangrènent la planète et permettent toutes les corruptions. Tu te rends compte de ce que cela représente, quatre cent cinquante tonnes ? Rien, une trentaine de gros camions, deux convois de marchandises tout au plus en gare de Nice, et avec ça tu pourris la planète. Ce n'est pas lourd, ça ne prend pas de place, moins que les armes ou le pétrole, et cela fait mal. Aussi mal que les mines, les armes des lâches, ces armes qui tuent longtemps après que les canons se sont tus. On en a pour des lustres, Jonathan, aussi longtemps que ta grotte à corail sera dépourvue de corail. Ça bousille tout, les cerveaux, les espoirs, les familles, le bien, les banques, les enfants. Tout est en place, l'engrais, les prêts aux paysans, les laboratoires, l'anhydride acétique, les seringues, les tombes. Ils ont tout prévu, peut-être même de me tuer. J'espère que tu n'es pas sur la liste, Jonathan, j'espère que tu n'es pas le Mario de *Tosca*. Ils sont là, devant moi. L'un a les yeux bridés des Hazaras et porte des chaussures de marque, l'autre une couverture de laine pour cacher toute la honte qui pèse sur ses épaules.

Ils sont venus, Jonathan, je vais arrêter de penser à toi, il faut que je m'en sorte.

Ils viennent vers moi.

Des loups cachés sous des peaux de mouton.

– Je vois que tu es en bonne santé, fit Da Sousa en rentrant dans la pièce.

Albane marqua à peine son étonnement.

– Je suppose que tu ne viens pas me chercher.

– Eh bien, tu te trompes.

– Avoue que tu travailles pour eux !

Le Brésilien enleva son *pakol* et sourit.

– Je ne pense pas que tu sois en mesure de poser des questions.

– On retrouvera ta trace, quoi que tu fasses, dit-elle dans un souffle.

– Pas sûr. Le pays est grand, personne ne sait rien. On va bientôt décider de ton sort.

— « On » ? Dis qu'il s'agit de Reccon, ces requins, ces enfoirés qui sèment la mort partout pour leur pipe-line !

Da Sousa regarda par la fenêtre afin de s'assurer que les gardes étaient toujours là. Puis il s'assit calmement et toisa Albane avec une dureté inquiétante.

— Écoute, ne fais pas d'histoires, de toute façon, tu ne peux pas en faire. Tu vas être échangée et transférée.

Elle crut vivre un nouveau cauchemar. Transférée, échangée telle une vulgaire marchandise au pays de la poudre blanche. Se raccrocher à n'importe quoi, survivre, la première leçon de tout combat. *Zanda bashi*, reste en vie.

— Et Agro Plan, tu y as pensé ? Ils sont morts avec toutes ces conneries ! Fini, les programmes pour les Afghans, fini tout ce que tu défendais ! Tu peux être fier ! C'est ce que tu voulais ?

Da Sousa hocha la tête, mélange de gêne et d'ironie.

— Les paysans ont d'autres moyens pour vivre que l'assistance.

— D'autres moyens ! Tu te fous de qui ? De l'opium, voilà ce qu'ils ont !

— Ce n'est pas leur problème. C'est aux pays occidentaux de régler ça. Et puis, boucle-la !

— Non, je ne la bouclerai pas. Les gars de Reccon te tiennent et je le sais. Eux sont prêts à tout. Après leurs putains de marées noires, la marée blanche. De la poudre partout. Et toi, tu marches avec eux.

Da Sousa se releva et se dirigea vers la porte.

— Prépare-toi. Tu partiras demain.

Il eut un rictus qui souleva le cœur d'Albane et ferma violemment la porte. Elle s'approcha de la fenêtre, s'empara d'un verre de thé fabriqué en Chine et l'envoya contre le mur. La glaise amortit le choc, le verre tomba sur le tapis et ne se brisa pas. Elle y vit un mauvais présage.

Le soir, en lui servant son repas, le cuisinier informa Albane qu'elle serait transférée à l'aube à Jurm.

— Ils sont déterminés, murmura-t-il.

— Cela veut dire... qu'une rançon a été demandée ?

— Je ne sais pas. C'est le bazar à l'afghane. Mais faites attention à vous, je suis désolé de vous dire ça. Ils veulent éliminer les gens qui sont sur leur route. Ils ont aussi parlé d'un Européen qui était à Karachi il y a peu de temps. Ils sont capables de tout.

Un Européen... Ils n'étaient pas à ça près. L'échanger signifiait qu'elle pouvait être libérée si l'ambassade de Grande-Bretagne ou celle de France avait remonté la piste. Cela pouvait aussi signifier qu'ils voulaient se débarrasser d'elle. Trop d'informations, trop dangereux pour eux. Il ne manquait plus que le rapport de Leïla Yilmaz. Elle aussi devait être en danger. Et cet Européen, était-ce McCarthy ? Trop malin pour se compromettre seul dans une enquête. Il ne pouvait agir qu'en groupe, avec ses anciens des services ou quelque mercenaire. Était-ce Hugh Stewart ? Sûrement bloqué à Kaboul avec les démêlés d'Agro Plan, et non à Karachi. Un ami de Leïla Yilmaz ? Un contact de Fiona Galloway ? Ou les volontaires du réseau SOS Planet ? À moins que...

L'opéra lui revint en mémoire, la voix de la soprano Floria Tosca, celle du ténor Mario. Pourquoi faut-il porter en soi les musiques des drames et du bonheur, les cicatrices du temps, tel un legs éternel ? La Bentley qui roule sur la Corniche, la musique surgissant de l'autoradio, le ravin qui s'ouvre, le vide, le baiser de Tosca, le baiser de la mort.

Le cuisinier la tira de ses pensées.

— Un certain Andrus quelque chose est signalé dans les parages. Il est lié à une compagnie pétrolière. Je ne veux pas vous affoler, mais il faut vous échapper.

— M'échapper ? Mais pour aller où ? dit-elle à voix basse. Je ne connais pas cette vallée, ni ces sommets. Je ne sais même pas où je suis.

— Partez quand vous irez à la source. Faussez compagnie aux gardes en prétextant de faire votre toilette. Allez vers l'ouest. Vers le col d'Anjoman, mais en le laissant sur la droite. Vous couperez par une crête et une faille. C'est le seul moyen, votre seule chance. À marche forcée. Je laisserai deux galettes de pain sur le promontoire rocheux surmonté de trois pierres là-haut, à vingt minutes de marche.

Albane frissonna.

— Je... je ne peux pas. S'ils me retrouvent, ils me tueront.

Le cuisinier mit sa main sur son cœur.

— Écoutez-moi, vous êtes comme ma fille, et c'est ce que je lui conseillerais si elle était tombée dans un tel traquenard. Vous pouvez vous enfuir. Le tout est de marcher une nuit et une matinée rapidement, sans vous arrêter, ce qui correspond à deux journées de marche, même si c'est épuisant. Je ne peux pas en dire plus.

— Je vous remercie. La paix soit avec vous.

— Les loups sont là, parmi nous. Avant, il n'y avait pas autant d'atrocités. Pendant dix ans de djihad contre les

Soviétiques, il n'y a pas eu de décapitations, ni d'enlèvements. La guerre civile qui a suivi n'a pas été aussi barbare.
Même les talibans n'ont pas commis de meurtres aussi
atroces, comme ces directeurs d'école assassinés pour avoir
accepté des filles dans leurs cours. Voilà, je dois m'en aller,
je vous souhaite bonne chance. Dieu est avec vous. Il
n'aime ni les imposteurs ni les traîtres.

Le cuisinier se retira humblement, sans tourner le dos à
la prisonnière des montagnes. C'était un jeu à pile ou face,
à la vie à la mort, et Albane n'aimait pas les jeux de hasard.
Elle s'efforça d'arrêter de trembler, fit le vide dans sa tête
et se donna deux heures pour réfléchir.

31

Hugh Stewart dormait lorsque Fawad frappa doucement à sa porte.

– Un message pour toi. Je crois que tu dois le lire.

Hugh émergea de son sommeil, s'aperçut que Sutapa était déjà levée et regarda sa montre. 6 heures du matin à l'heure de Kaboul. Les réveils sur la route de la Soie sont inhumains, pesta-t-il. Il se rappela brusquement les déboires d'Agro Plan et l'affaire Caroube. Il avait si peu dormi ces derniers jours qu'il avait pris un somnifère. Mauvaise solution, le whisky est meilleur.

Il ouvrit la porte et arracha le message des mains de Fawad qui patientait dans le couloir ouvert sur le jardin telle une allée de cloître.

– C'est un mail arrivé ce matin de je ne sais où. Ça peut dater d'hier si le serveur l'a retenu.

– Diable, toujours les curés, persifla Stewart.

– Oui, le même révérend, fit Fawad avec un clin d'œil.

« L'homme qui est venu de la grande forêt et qui a cru sauver les pauvres hères a en fait trahi. Il a égaré les siens, il a détourné les ouailles et volé leurs oboles. Il a détourné

306

les pêches miraculeuses. À ce Judas, il ne faut pas pardonner. Il faut le jeter en prison et le traiter comme un bandit, au plus vite. Il faut aussi laver ce qui est sale en soi, et d'abord ce qui est vénal. Révérend Peter Knight. »

— Qu'est-ce qu'il veut dire ? s'interrogea à voix haute le dirigeant d'Agro Plan.

— Le révérend Saint-Éloi n'est pas loin d'ici, j'en suis sûr, commenta Fawad. Il nous demande de l'aider ou d'agir.

Stewart entraîna Fawad vers le petit balcon qui donnait sur l'autre côté du jardin et l'invita à s'asseoir sur les vieilles chaises en bois.

— C'est un message à relier au précédent, dit Fawad.

— Voyons. La forêt, qu'est-ce que ça peut être ? Et la trahison, c'est quoi ?

— Il faut chercher quelqu'un qui vient d'une grande forêt et qui a trahi.

Stewart se frappa la cuisse du plat de la main.

— Bordel ! C'est Da Sousa, évidemment ! Et la forêt, l'Amazonie…

— Traduis toi-même, dit gentiment Fawad, c'est toi le chrétien ! Bon, les détournements, ce n'est pas compliqué, ce sont les fonds. Tout ce qu'il a fait avec ce traître de Gholam concernant le Doran.

— Le jeter en prison, c'est le dénoncer, poursuivit Stewart. Il en va de la vie d'Albane. Si Jonathan nous envoie ça, c'est qu'il a ses raisons. Il veut en tout cas qu'on l'arrête, qu'on le neutralise. Facile à dire…

— On n'a pas le choix, patron. Trop d'erreurs ont déjà été commises.

— Le père Jonathan parle aussi de laver ce qui est sale. Il parle du blanchiment...

— Il veut nous donner une information à propos des trafiquants qui placent leur argent, commenta Fawad.

— Certes, mais pourquoi ? De toute façon, ça nous dépasse. Trop d'argent en jeu, trop de moyens.

Stewart reposa le message sur la table.

— Tu le brûleras, Fawad. Bon, pas d'ambassade du Brésil à Kaboul. Pas grave, ils n'auraient rien pu faire. Reste la police afghane.

— Tu plaisantes, Hugh ? Avec le merdier qui secoue Kaboul, les attentats sur la route de Jalalabad, les explosions en série dans le Sud, tu ne crois pas qu'ils ont d'autres chats à fouetter ?

— Tu as raison, ils s'en foutent. Il n'y a qu'une solution.

— Aller nous-mêmes dans le Panchir, Hugh. On embauchera les moudjahidin de Massoud à Astana. On part tout de suite.

Jonathan était fourbu par le voyage. Le visage noirci par la suie comme un *batcha saqao*, un garçon porteur d'eau, il pénétra dans Kaboul par la porte de Saroubi en longeant la sinistre prison de Pull-i-Charki.

— Da Sousa, je le foutrais bien là-dedans, rumina-t-il.

Il avait revêtu une tenue afghane et somnolait dans sa couverture de laine, la tête noyée dans un turban en tissu synthétique noir et or. Son teint mat lui donnait des airs de Kandahari, d'habitant du Sud. À la passe de Khyber, il avait changé de bus, franchi la frontière à pied et aperçu sur le bas-côté, juste au-delà du portail en fer marquant la frontière, des chameaux chargés de vidéos et de divers objets de contrebande qui pénétraient en Afghanistan. La drogue passait dans l'autre sens. Sans doute avec les mêmes chameaux, le même autobus pourri, les mêmes douaniers pakistanais véreux.

Il avait mis deux jours pour venir de Karachi. Il s'était arrêté quelques heures dans une auberge de Peshawar pour envoyer des mails à Fawad puis avait repris la route par les zones tribales. Des régions incontrôlables, lui avait dit Leïla Yilmaz, bourrées de tribus insoumises, de contrebandiers, de passeurs pachtouns, d'islamistes trans-frontières et d'espions. Infestées d'héroïne aussi, du *brown sugar* à quatre mille dollars le kilo.

Déguisé en Afghan, il avait pu éviter l'escorte des lévis, les guides armés qui accompagnaient les rares étrangers en route pour la passe de Khyber. À la frontière, un billet de cinquante dollars glissé dans le passeport avait facilité les démarches. Les douaniers occupaient leurs journées à prélever des sacs et des ballots sur les camions qui entraient et sortaient d'Afghanistan. Des dizaines de paquets et de toiles de jute s'entassaient devant le poste en guise de dîme. Combien prélèvent-ils pour l'opium et l'héroïne ? se demanda Jonathan. Il avait admiré les montagnes de la passe, les couloirs et les défilés ocre jaune, les vieilles forteresses jalonnant la route, celle des conquérants, des Grecs d'Alexandre, des Mongols, des Britanniques. Et d'autres conquérants maintenant, ceux de la poudre blanche, ceux que tu combats, Albane, ceux que je combats aussi désormais, avec les moyens du bord, une poignée de dollars contre des milliards, un ancien plongeur sous-marin contre des milliers de requins.

Kaboul lui semblait déserte en cette heure matinale. Il changea de bus, paya un jeune chauffeur de taxi qui parlait anglais pour qu'il lui envoie un message par internet, en français. Vous n'avez qu'à taper le message avec deux doigts, voilà la moitié d'un billet de cinquante dollars, l'autre moitié à mon retour. Si je ne reviens pas, c'est que vous l'avez mal tapé.

Une chance sur deux pour que le message passe, pile ou face, même si je n'aime pas les jeux de hasard, Albane non plus, malgré les virées d'Alexander Berenson au baccarat et à la roulette de Monaco, ou à cause de cela justement.

Dans le minibus qui grimpait vers le Panchir, Jonathan repassa en boucle toutes les étapes. Le rapport de Leïla Yilmaz était explosif. Il concernait à la fois les filiales de Reccon, le bureau à Kaboul et les services secrets pakistanais. Corruption d'agents de la force publique, détournements de fonds, incitation aux meurtres, trafic de drogue, blanchiment… Si le Fonds monétaire international en recevait une copie, le Pakistan devrait rendre des comptes. Des proches du président Karzaï étaient impliqués, des ministres, des députés afghans, des chefs de guerre reconvertis dans la politique et bénéficiant de l'immunité parlementaire. Les loups étaient depuis longtemps dans la bergerie. Ils mangeaient les réserves du grenier, ils mangeaient tout, même les hommes et les femmes.

Parfois, ils se mangeaient entre eux.

La tête de Jonathan s'alourdissait. Trop de choses, trop d'éléments, ce dossier était une bombe, cette route était bourrée de mines, les bas-côtés, les maisons et caravansérails aussi, et nous ne le savons pas, nous sommes obligés de rouler sur ces pistes de l'enfer. Des dizaines de milliards de dollars en jeu. Que ma tête est lourde, Albane, que ma tête est pleine, trop pleine, comme lors d'une mauvaise remontée de plongée...

À Rokha, Jonathan s'engouffre dans une autre voiture. La vallée est étroite, nul poursuivant à l'horizon. C'est le fief de feu Massoud, celui qui refusait l'opium et l'héroïne, même quand certains de ses commandants trafiquaient. Combien de temps la vallée qui a si longtemps dit non à tous les maux, invasions, talibans, drogue, islam radical, va-t-elle encore résister à la poudre ? Jonathan remarque quelques mollahs au turban noir suivis par des fidèles, sans doute de mauvais prêcheurs, ceux que Massoud n'aimait pas. De nouveaux talibans introduits dans la bergerie, plus insidieux, se présentant comme des directeurs de conscience.

La voiture gravit les pentes de poussière, dépasse le mausolée du Lion du Panchir et parvient à Astana. Aussitôt, Jonathan se précipite dans la maison de Burhanuddine, l'ami de McCarthy, originaire de Qasdeh dans le Badakhshan. Un agent dans la place forte, un trafiquant en dehors de la vallée du Panchir, un honnête homme à l'intérieur. Il accueille Jonathan comme un frère et lui demande ce qu'il peut faire pour lui. Épuisé, le voyageur demande deux

311

thés, un noir pour se réveiller, un vert pour réfléchir, puis tend mille dollars à Burhanuddine.

— Embauche dix hommes qui savent tirer, voici encore trois cents dollars pour toi. On monte à Anjoman. Il faut que tu me trouves l'Européenne.

— Nous la trouverons, mon frère. Mais il faut encore deux cents, *mister* Jonathan.

Mister Jonathan donne encore deux cents, il est prêt à donner son aquarium, une maisonnette de la vallée de la Bévéra, une vallée entière s'il le faut, tout ce qu'il a pour retrouver Albane.

— Merci, ça ira, je m'occupe des armes et du pain. Une galéjade, ces salauds de Bismillah, on n'en fera qu'une bouchée. Ça fait un moment qu'ils nous gênent dans nos commerces. On part demain.

— Demain ? Dans deux heures ! hurle Jonathan.

— Ah, dans ce cas, c'est cent dollars de plus, *mister* Jonathan.

Et Jonathan, le portefeuille allégé, se retrouve à la tête d'une petite armée dans un camion bleu, poussif, conduit par le négociant et chef de bande Burhanuddine.

— Tu es un frère, je ferai tout pour toi, hurle le marchand en klaxonnant les ânes, les voitures, les paysans, les oiseaux, les poissons dans la rivière Panchir qui se rétrécit de plus en plus. Ah oui, j'oubliais, il faut aussi que tu paies l'essence.

Jonathan paie, il promet même cinq cents dollars de plus au retour si on revient de cette expédition, il n'est plus à ça près. Il sort des centaines de dollars, il sort des trésors, il joue à quitte ou double, il joue à la roulette russe contre une pieuvre nommée Reccon et ses sbires de montagne.

— Et comment va le commerce ? demande Jonathan, tandis que le camion passe sous une falaise.

— Ça va, dit Burhanuddine, il faut bien vivre, sauf que là-haut, il y a des batailles entre clans, entre trafiquants. Entre ce fou de Karimpur et les hommes d'Aziz Khan. Moi, je m'entends bien avec les deux, je leur file leur commission, et en principe ils laissent passer mes camions. Il n'y a que ce fumier de Bismillah qui fout le bazar ! L'opium a du mal à redescendre. On en fait passer un peu plus par les frontières tadjike et ouzbèke.

— Les douaniers ferment les yeux, bien sûr...

— Ils sont payés pour ça ! Ils quadruplent leur salaire, quelquefois plus, dix fois leur misérable paie. Pour l'opium vers Kaboul et Karachi, ce n'est plus qu'une question de jours. Le robinet va se rouvrir. Il y a des gens là-haut qui ont intérêt à ce que ça passe par le Pakistan. Il doit y avoir pas mal de monde à arroser !

— Quel genre de gens ?

— Oh, des trafiquants iraniens et pakistanais, en plus de ceux qui viennent de Kaboul.

— Pourquoi tant de monde dans ces villages ?

— C'est comme pour la guerre contre les *Chouravis*, les Russes. On combat et la bataille nous dépasse, on meurt, mais d'autres en profitent. L'Iran, le Pakistan et les grandes puissances, États-Unis, Russie, Chine, se sont toujours intéressés à nous, à l'Afghanistan, à l'Asie centrale. Avant, c'était avec les armes. Maintenant, c'est pour le pétrole, et la drogue a remplacé les armes.

Burhanuddine prend un air grave.

– Tout le monde plonge là-dedans, les paysans, les commerçants, les anciens moudjahidin. Acheter une terre, cultiver, se marier, avoir des enfants, tout passe par l'argent de la drogue maintenant. On ne peut plus séparer l'argent de l'opium et de l'héroïne du reste. Qu'est-ce que tu crois que je transporte dans mes camions, hein ?

Burhanuddine s'interrompt pour prendre une pincée de poudre à priser de la main gauche tout en conduisant.

J'aurai des choses à raconter, si j'en réchappe, se dit Jonathan. Les nouvelles luttes d'influence qui s'articulent autour de la drogue, les trafiquants qui viennent de tous les pays, la stratégie pour prendre le contrôle des routes du pétrole, le pouvoir mondial de certaines multinationales. Oui, tant de choses à raconter. Les humanitaires ont peut-être plus de clairvoyance que les diplomates et les journalistes, mais ils écrivent des rapports, des enquêtes, qui finissent déchirés, balancés dans les ravins avec les voitures et les chauffeurs, des rapports sans frein, des enquêtes qui disparaissent dans les oubliettes de l'histoire et les virus d'ordinateurs, des messages qui s'envolent et n'intéressent pas un monde indifférent, un monde aveugle ou qui blanchit.

32

– Vous aimez la truite afghane ?

Gaëtan Demilly en commanda deux et une bouteille de vin français. Le serveur en costume brodé disparut dans les cuisines du restaurant La Pergola.

– Un des seuls endroits de Kaboul où on trouve du vrai pinard, monsieur Stewart. Vous en prendrez bien un peu ? À moins que vous ne préfériez du whisky ?

Hugh Stewart avait refusé l'invitation puis, sur l'insistance de McCarthy, avait fini par accepter. « Tu n'as pas le choix, avait dit l'Américain à son ami d'Agro Plan. C'est un conseil de Verlaine, le deuxième secrétaire de l'ambassade de France, en fait leur espion, un type qui porte toujours un blouson en daim élimé. La France paie mal ses espions. Ils veulent parler du cas Albane Berenson à Jonathan. Comme il n'est pas là, ils préfèrent s'adresser à toi. »

Gaëtan Demilly était venu seul, sans le secrétaire-espion à blouson de daim. Il avait mis son costume-cravate et s'était soigneusement peigné les cheveux, la raie sur le côté.

– Un restaurant pratique pour parler, dit le diplomate

de l'ambassade de France assis près d'une vieille gravure italienne. Entente cordiale, ce soir, n'est-ce pas, monsieur Stewart ?

— Je suppose que si vous m'avez invité ce n'est pas pour parler des relations entre votre pays et la Grande-Bretagne.

— En effet, quoique cette demoiselle Albane Berenson soit à à la fois française et britannique. Mes homologues de l'ambassade de Grande-Bretagne ont envoyé des émissaires sur ses traces. Sans succès. Ah, cette truite a beau être afghane, elle est délicieuse. Vous reprendrez un peu de crozes-hermitage ?

Hugh Stewart ne connaissait pas vraiment Gaëtan Demilly. Ils ne s'étaient croisés qu'à quelques reprises lors des cocktails de l'ambassade de France et d'un colloque organisé par l'Union européenne sur le financement de l'action humanitaire.

— Si vous ne faites rien pour Albane Berenson, d'autres vont s'en charger, dit Hugh Stewart avec une fermeté qui surprit le diplomate. Vous attendez sans doute le retour de votre ambassadeur, qui lui est réputé pour être actif…

— Grands dieux ! Comme vous y allez, Hugh, vous permettez que je vous appelle Hugh ?

Il but quelques gorgées de vin avant de poursuivre :

— Vous savez, Hugh, nous faisons un peu le même métier. L'humanitaire et la diplomatie, les mêmes terrains, les mêmes… idées, les mêmes zones d'influence.

— Je ne crois pas que ce soit le même métier, répondit avec détachement Hugh Stewart.

— Allons, ne vous énervez pas. Vous savez, la France en Afrique a fait longtemps de l'humanitaire, des écoles au

Gabon, des hôpitaux au Sénégal, des dispensaires en Algérie.

— C'était de la colonisation, c'était différent !

— Voyons, Hugh, un peu de bon sens. Si j'en crois mes fiches, Agro Plan, c'est quinze millions d'euros par an. Les trois quarts donnés par l'Union européenne. Qu'est-ce que vous croyez qu'ils concoctent, ces enfoirés de technocrates de l'Union, aussi bien payés que moi, mais eux ne se tapent pas l'enfer de Kaboul, hein ? Eh bien, ils redessinent le monde, et ils donnent à qui ils jugent bon de donner.

— Nous, à Agro Plan, on nourrit d'abord les hommes. On dénonce aussi des magouilles !

— Permettez-moi de continuer, l'Union donne à ceux qui vont en Afghanistan et non pas à ceux qui vont dans tel pays. Vous vous rappelez Sarajevo ? Si peu d'aide au début. Elle est finalement arrivée car on a préféré envoyer des *French doctors* plutôt que des tanks. Pratique, non ?

— L'humanitaire n'a rien à voir là-dedans. Et nous, nous ne sommes pas manipulés.

— Ne soyez pas naïf, Hugh. Il faut parfois fermer les yeux sur... comment dites-vous déjà ? Des magouilles ? Dans mes dépêches pour le Quai, j'appelle ça des manœuvres.

— Le Grand Jeu, oui ! Désormais, du pétrole d'un côté et de la drogue de l'autre. Des pétrodollars et du narcotrafic mélangés !

— Oh, cela est une vue de l'esprit, dit Demilly en ajustant sa serviette blanche sur sa cravate à pois. Les Américains étendent leur influence comme ils le peuvent. Au moins ici, ils ont gagné.

— Perdu, vous voulez dire. Regardez autour de vous,

islam radical et trafic d'héroïne font désormais bon ménage.

— Honnêtement, Hugh, c'est une bataille perdue. Occupez-vous de nourrir les Afghans. L'affaire Berenson, nous nous en chargeons.

— Dites plutôt que vous ne faites rien…

— Nous avons appris, poursuivit Gaëtan Demilly sans se démonter, que vous étiez en train de remuer… comment dire… de la boue, pour ne pas dire de la merde.

Demilly prit avec sa fourchette un peu de sauce au beurre qui accompagnait la truite et la fit retomber dans son assiette.

— Or ce n'est pas bien, Hugh, de remuer la boue, continua Demilly avec des yeux ronds. Et ce Jonathan Saint-Éloi, qui serait en train de remonter une piste, ne va qu'aggraver les choses. Vous vous rendez compte, si je me retrouve avec deux morts dans mes dépêches ?

— C'est pourtant ce qui va arriver si vous ne bougez pas le petit doigt ! Il y a des hommes à arrêter. J'ai déjà quelques noms.

Demilly partit dans un éclat de rire bref et contrôlé, puis leva les sourcils.

— Vous voulez aussi que j'arrête tout le pays ? Que je foute en taule la moitié des députés et des ministres ? Tous ces connards qui trafiquent et qui viennent mendier dans notre main ? Même le frère de Karzaï ? Non, croyez-moi, restons modestes, c'est un trop gros poisson pour vous, je ne parle pas de la truite, je parle de « l'affaire ».

Ce que me demande cet abruti, pensa Hugh Stewart, c'est de tout arrêter, de faire comme lui, de fermer les yeux.

– Ah, du fromage ! Voilà du saint-nectaire. Un peu dur. Vous voyez que la vie n'est pas évidente pour nous tous, pour vous comme pour moi. Excellent néanmoins avec le crozes-hermitage.

Un petit Blanc sous les tropiques, pesta Hugh. Comme Albane le disait, des salopards grassement payés pour faire tourner le monde selon l'ordre des puissants.

– Vous savez, Hugh, votre organisation non gouvernementale, elle est en fait très gouvernementale, et vous n'êtes pas les seuls. Vos programmes sont pilotés sur nos recommandations, vous l'ignorez peut-être, un coup de fil à Bruxelles, un dossier bien ficelé, et on vous donne le fric. Tout ça sous l'œil avisé de notre attaché humanitaire.

– Caroube, qui est mort.

– Paix à son âme. Un bon médecin, un bon diplomate aussi. Il sera remplacé un jour, ne vous inquiétez pas, bien qu'il soit difficilement remplaçable, le pauvre bougre. Goûtez donc ce saint-nectaire. Vous en reprendrez bien un peu, je veux dire des millions d'euros ? Ce serait dommage qu'Agro Plan, magnifique ONG, superbe travail, des gars vraiment compétents, c'est du moins ce que je lis, ce serait dommage qu'Agro Plan coule, n'est-ce pas ? Les dépêches sur l'humanitaire, c'est moi qui les écris le plus souvent. Et pour l'instant, vous êtes bien noté.

Hugh Stewart prit du saint-nectaire pour continuer d'être bien noté, et de recevoir des millions d'euros.

– Croyez-moi, Hugh, ces abrutis de journalistes finiront par oublier Caroube. Ils trouveront un petit scandale à Paris, une affaire de mœurs à Marseille, un assassinat d'humanitaire à Haïti, les pauvres, ils travaillent plus que nous et on les paie dix fois moins. Non, je blaguais, œuvre admirable, charité business, la fierté de la France et de la vieille Europe. Nous sauverons le monde, Hugh. Allons, reprenons une autre bouteille de crozes-hermitage. Ça voyage mal, ces conneries, c'est comme nous, il faut nous donner un bon mois d'acclimatation.

— Qu'est-ce que vous voulez au juste ? demanda Hugh.

Demilly refit la même moue qu'au début du repas, sourcils en accent circonflexe, bouche ronde, tel un fumeur de cigare.

— Oh, peu de chose. Disons que pour la bonne marche du monde, il faudrait laisser tomber toute tentative de récupérer les disparus.

— Mais bon Dieu, vous savez qu'Albane Berenson est en vie !

— Vous pensez bien que l'espérance de vie des otages de nos jours est très réduite. La guerre a commencé dans le Sud avec les talibans et dans le Nord cela ne va guère mieux. Quand on kidnappe désormais, ça ne dure pas très longtemps. Pertes et profits. Vous voulez que je vous récite ma dépêche de la semaine ? Confidentiel, mais je vous fais confiance, Hugh... Bref, nous avons d'autres chats à fouetter.

— Je crois surtout, dit Hugh Stewart avec fermeté, que vous ne voulez pas que l'ambassade de France se mouille, qu'il s'agisse des révélations sur la mort de Caroube ou d'une enquête concernant le trafic de drogue.

— Oh ! que de grands mots, Hugh. Vous me faites de la peine. On a tous fait ça, les Français en Indochine, les Américains en Birmanie pour contrer les Chinois puis au

Vietnam. Aujourd'hui l'Afghanistan. Regardez le Maroc ! Personne ne dit rien. Or la famille royale est impliquée dans l'immense trafic de haschich. Jusqu'au cou ! Quarante-cinq mille tonnes de cannabis, d'où sont tirées trois mille tonnes de haschich. Un rendement de trois mille à quatre mille cinq cents euros par hectare. Pas mal, non ? Et si la France commence à demander l'éradication de cette came, ça nous fera cinq cent mille *boat people*, cinq cent mille candidats à l'exode, cinq cent mille types de plus sur des rafiots à forcer nos portes. Vous voyez un peu le bordel aux frontières ? Vous voyez la gueule des baigneurs à Palavas-les-Flots devant des hordes de Marocains sur des barcasses ? Alors bien sûr on ne fait rien. Pas de vagues, pas de guerre à la drogue dans le Rif. Vous et moi ne pouvons rien faire contre ces quatre cent cinquante tonnes d'héroïne afghane. Quatre cent cinquante tonnes, ce n'est pas grand-chose, certes, mais c'est justement pour ça ! C'est tellement petit qu'on ne peut pas arrêter cette dope, comme on dit de nos jours. Autant chercher une aiguille dans une botte de foin. Ah, un dessert, j'adore le flanc, pas vous ?

– Et le corps de Caroube, qu'est-ce que vous en faites ? Et les manœuvres, pour reprendre votre expression, de ces salauds de Reccon, ça vous dit quelque chose au moins, cette boîte de requins ? Et James Graham, président à douze millions de dollars par an, sans compter les avantages et les stock-options ? Et les gars de Gerland, l'officine de ces crapules, qui s'occupent des basses œuvres ? Ça vous fait quoi, de tirer un trait là-dessus ?

– Hugh, voyons, nous sommes entre gens civilisés, qui plus est dans un monde de barbares, de sous-développés.

Nous sommes là pour apporter la paix, et de temps à autre le… développement, pardon, j'allais dire l'ordre. Et le pipeline va arranger tout le monde. D'abord, votre pays et le mien, ainsi que tout l'Occident, vont bénéficier de la stabilité de l'Asie centrale grâce à cet oléoduc, je préfère ça à pipe-line, c'est mieux dans les dépêches. Nous allons ainsi isoler davantage l'Iran. Et puis, les talibans vont se calmer, avec quelques royalties et prébendes à se mettre sous la dent. Le monde est laid, n'est-ce pas, Hugh ?

Le directeur d'Agro Plan se retint d'arracher la nappe, de jeter son flan sur le costume-cravate de cet hypocrite de Demilly. L'enflure ! Le pire, c'est qu'il disait souvent la vérité. Pieds et mains liés, nous, les humanitaires. Et le monde qui continue de tourner, avec ou sans Albane, avec ou sans Jonathan. Stewart prit son courage à deux mains. Il s'agissait sans doute de la décision la plus difficile de son parcours (il n'aimait pas le mot carrière) : dénoncer un de ses collaborateurs, qui plus est auprès d'une ordure.

— Monsieur Demilly, il faut que vous m'aidiez à arrêter José Da Sousa, expatrié d'Agro Plan.

— Ah, le Brésilien qui court les cocktails d'ambassade et les filles esseulées, voire les femmes de diplomate ? dit Demilly d'un air ingénu.

— Détournement de fonds et participation à trafic de stupéfiants.

Demilly partit dans un nouvel et bref éclat de rire parfaitement maîtrisé.

— Que vous êtes drôle, mon cher ami. Arrêter un humanitaire ! Comme si les prisons afghanes n'étaient pas assez

pleines ! Et n'oubliez pas, il n'y a pas d'ambassade brési-
lienne dans le secteur.

— Il a participé à l'enlèvement d'Albane.

— Oh, cela doit être difficile à prouver. Il faudrait d'abord
le retrouver.

— Nous pouvons porter plainte côté français, avant
même de le retrouver, si c'est ce que vous voulez dire.

Demilly reprit son attitude favorite en période de
réflexion, sourcils levés, bouche ronde, faciès de têtard.

— Si je puis me permettre un conseil, je dirais que tout
cela ne servirait à rien. Pas de preuves, pays en guerre,
dangers, radicaux islamistes. Bref, d'autres épines dans le
pied.

— Comment osez-vous ? protesta Hugh Stewart. Vous
semblez totalement indifférent au sort d'Albane !

— Au contraire, je veux simplement ne pas avoir de soucis, du moins pas avant le retour de l'ambassadeur. Pas de
mort supplémentaire, pas de remue-ménage, pardon, de
remue-merde, vous voyez. Laissez-nous faire, laissez faire
la justice...

— Une vaste plaisanterie ! Vous ne bougez même pas le
petit doigt dans cette affaire !

Demilly poursuivit comme si de rien n'était, le regard
fixé sur la vieille gravure italienne au mur sur sa gauche :

— Et je crains fort que cela ne vous... comment dire, ce
sont des expressions diplomatiques que l'on n'apprend pas
dans les universités... que cela ne vous retombe sur la
gueule, à vous et à Agro Plan. Je vous ai réservé le meilleur
pour le dessert. Le père d'Albane, Alexander Berenson,
ancien dirigeant de la Banque transalpine de Monaco, était

à la tête d'un établissement qui blanchissait. Blanchir, vous voyez ? Même terme dans votre belle langue, *money laundering, lavado de dinero* en espagnol, une autre belle langue, un beau pays, l'Espagne, malheureusement bourré d'étrangers, l'espagnol dans vingt ans sera une langue orientale, on l'apprendra pour entrer au Quai d'Orsay par le concours d'Orient. Vos stagiaires d'Agro Plan le tentent parfois, si je ne me trompe…

Bien renseigné, le bougre. Ce Demilly savait tout, parlait avec des fiches dans la tête, des renseignements obtenus par Verlaine et ses équipes à Paris. Hugh Stewart voulait savoir jusqu'où irait le chargé d'affaires par intérim.

— Alexander Berenson ne blanchissait pas l'argent, il était trop honnête pour cela, dit le directeur d'Agro Plan.

— Oh, je n'en doute pas. Mais il couvrait, peut-être sans le savoir, des opérations douteuses. Des écritures illicites, des transferts de fonds importants, du Pakistan vers Monaco et les États-Unis. Allons, je crois que tout le monde en a profité. Même certains humanitaires…

Il insista sur les dernières syllabes avec sa bouche en rond que Stewart aurait volontiers déformée d'un coup de tête par-dessus la nappe brodée par les indigents de Kaboul, avec peut-être l'aide de l'Union européenne. Oui, Agro Plan avait reçu des fonds indirectement de la Banque transalpine de Monaco, et Hugh Stewart le savait, mais cela n'avait rien d'illégal. Que cherchait à prouver cette enflure de cravaté ?

— Le pauvre Alexander Berenson est mort, continua Gaëtan Demilly, et nul ne saura jamais la vérité vraie. Vous n'avez pas l'air bien, Hugh. Tenez, finissez la bouteille.

Hugh Stewart divaguait. La fatigue, la tension, la crainte de perdre beaucoup dans l'affaire Berenson, y compris son ami Jonathan Saint-Éloi.

– Non, je vais bien. Je crois simplement que nous ne sommes pas sur la même longueur d'onde.

– Mais nous sommes sur la même planète ! Et ce monde est compliqué, aussi compliqué que le jeu d'échecs. Un proverbe afghan dit, si j'en crois le traducteur de l'ambassadeur, un plouc, qu'une rivière est faite de gouttes d'eau, goutte par goutte. Tout est dans le « goutte par goutte ». Or il y a trop de gouttes sur la route de la drogue. Le Grand Jeu, cher Hugh, n'oubliez pas. Bon, ce crozes-hermitage est vraiment excellent. Allez, venez faire une partie de golf un de ces jours à Kargha, ça vous aidera à ne plus penser aux causes perdues, j'inviterai aussi McCarthy qui habite sur sa petite montagne à côté. Il fait du business au lieu de refaire le monde. Lui au moins a compris. Bonsoir, cher Hugh, très heureux de vous avoir revu.

33

Lorsque Burhanuddine arrive avec sa petite troupe au pied de la crête, il ordonne aux combattants improvisés de se déployer sur la gauche. Ils gravissent alors lentement le sentier muletier, avant les premiers rayons du soleil. Jonathan suit. Il peine, il ne porte pourtant pas d'armes. Quand il aperçoit le *markaz* de Bismillah en contrebas, il veut bondir, saisir le fusil mitrailleur de l'un des moudjahidin mais se ravise. Elle est là, elle m'attend.

Une demi-heure plus tard, Burhanuddine s'élance et donne l'exemple, puis laisse prudemment passer devant lui les dix moudjahidin payés par ses soins au coup de main, soit cent soixante dollars de bénéfice par tête de pipe, pas grand-chose, l'équivalent d'un kilo d'opium à Qasdeh par ces temps de grandes moissons et de baisse des prix. Deux hommes attaquent sur la gauche, quatre devant, quatre sur la droite. Quelques tirs partent de la ferme fortifiée, puis un homme s'enfuit par le vallon derrière, et Burhanuddine le laisse courir. Un second tend les bras, sort apeuré du *markaz*, se met à prier sur le sol de poussière et son turban tombe dans la poussière. Il est blond, juvénile, ivre de Dieu et de la vie. D'un geste méprisant, Burhanuddine crie :

– Chien, tu vas mourir, Allah l'a voulu !

Il vise la tête mais une main saisit son bras.

– Arrête, Burhanuddine, je ne t'ai pas payé pour ça ! hurle Jonathan. Dis-lui de venir au plus vite.

Le moudjahid blond court vers les assaillants, implore le pardon de Burhanuddine qui l'insulte :

– Saloperie, toi, un Tadjik, tu oses faire ça ?

Et le Tadjik, qui n'a pas vingt ans, baise les pieds du commerçant-trafiquant, lui demande de le laisser en vie, sa mère et ses frères et ses sœurs sont à sa charge.

– Que reste t-il dans la maison ?

– Personne, maître, personne.

Et Jonathan Saint-Éloi bondit, alors que Burhanuddine lui crie de ne pas s'exposer. Il entre dans la ferme fortifiée par la grande porte. La demeure est vide. Seuls deux hommes la gardaient.

Quelques instants plus tard, le moudjahid blond leur apprend que les voitures sont parties dans la nuit vers Jurm avec Bismillah en personne et un Brésilien.

– Da Sousa, j'en étais sûr.

Jonathan sert les poings, impuissant.

– Peut-on aller à Jurm ?

Burhanuddine se met à rire.

– Tu te crois où ? À l'époque des Soviétiques, quand on était assez fous pour aller au casse-pipes ?

– C'est une question de vie ou de mort.

– Jurm, on ne peut pas y aller. Trop dangereux. Sur la route qui descend, oui. Trois cents dollars de plus, je ne peux pas exposer mes hommes comme ça. Tu as des billets de cent ? Je préfère.

Un étrange pressentiment saisit Jonathan. Et si tout était vrai ? Et si les services secrets pakistanais étaient impliqués, ainsi que les sbires de Reccon ? Si Andrus Gerfuls était déjà sur les lieux, précédé de ses nervis, loups et serviteurs, Gholam, Da Sousa et tant d'autres ? Si on voulait éliminer les témoins géants, Albane, Leïla Yilmaz, Fiona Galloway, Hugh Stewart, lui-même ? Faire vite, très vite. La mauvaise route plonge entre les montagnes, emprunte des affluents du torrent, des ponts à moitié cassés, amas de poutrelles métalliques, de carcasses de chars, de rondins à moitié pourris. Le camion n'avance pas, vas-y, bon sang, plus vite. Et le paysage aux premiers rayons du soleil commence à se déployer, jusqu'au virage où le camion s'arrête, le virage ouvrant sur un ravin, le virage où tout a fini, les rêves, les espoirs, les rapports d'enquête, l'amour aussi.

Les journaux afghans et français accordèrent la même place à la mort d'Albane Berenson, un entrefilet ou une colonne. « Une étrangère retrouvée morte dans un ravin », « Accident de la route : les freins ont lâché. Une humanitaire tuée », « Présente en Afghanistan pour une ONG et une enquête, une jeune volontaire se tue ». Les freins ont lâché et la voiture a volé vers l'inconnu, comme les avions lorsqu'ils atterrissent mal. *Please inform Allah.* S'il vous plaît, n'informez plus Albane, elle est déjà partie.

Les journaux évoquèrent aussi la mort d'un autre humanitaire, un Brésilien, retrouvé à quelques pas de la carcasse de la voiture dans le vallon, vraisemblablement éjecté de l'habitacle lors de la chute. José Da Sousa était un homme généreux, selon un humanitaire de Kaboul, dont les propos furent repris d'abord par deux agences de presse, ensuite par des dizaines de quotidiens dans le monde. Hugh Stewart demanda aux expatriés et personnels locaux d'Agro Plan de collecter toutes les coupures concernant la disparition d'Albane et José Da Sousa.

On oublia bien vite leur mort tragique. Personne ne se soucia de savoir pourquoi le nommé Da Sousa s'était retrouvé aux côtés d'une fille enlevée par des Afghans. Une revue évoqua le fait qu'ils s'étaient côtoyés au sein d'une ONG, un quotidien suggéra une liaison entre les deux victimes. Un seul organe de presse, à la connaissance d'Hugh Stewart, enquêta sur la disparition d'Albane, mais depuis la France : *Nice-Matin* à Monte-Carlo. Le journaliste Alphonse Allavena reliait le tragique accident d'Albane Berenson à celui de son père, Alexander Berenson, ancien directeur de la Banque transalpine de Monaco. Il ne donnait aucune indication précise, se contentait d'écrire que la banque avait eu quelques soucis, y compris avec des organismes de contrôle financier en France et aux États-Unis, et son article relevait plus d'un éditorial sur l'étrange similitude des deux destins que d'une enquête. Dans l'édition de Monaco, cinq mille exemplaires, quatre pages de publicité, annonces légales et agenda sportif, Allavena s'accorda un tiers de page. Pour l'édition de Nice et des Alpes-Maritimes, il n'eut droit qu'à une brève.

Dans son bureau d'Agro Plan à Kaboul, Hugh Stewart peste malgré la présence de Sutapa. La rumeur d'une liaison entre Albane Berenson et José Da Sousa a fait tache d'huile. Elle provient d'un humanitaire, un ancien de la vallée du Panchir payé à ne rien faire depuis deux ans et jaloux de la réussite d'Agro Plan. Elle a été relayée par une ambassade, sans doute celle de France, sûrement par Gaëtan Demilly.

Stewart serre les poings, se promet de faire justice lui-même, puis se ravise sur les conseils de Sutapa.

— Il ne l'emportera pas au paradis, dit-elle doucement.

À plusieurs reprises, Hugh Stewart a demandé à voir Gaëtan Demilly, mais sans succès. Il l'a aperçu à l'aéroport de Kaboul lors du transport du corps d'Albane Berenson, qu'un Transall de l'armée française est venu récupérer. Demilly a détourné le regard quand Stewart s'est approché.

— Bravo, vous avez gagné.

— Monsieur Stewart, ce n'est pas le moment, ce n'est pas l'endroit.

— Le monde saura un jour ce qui est arrivé. Nous aurons des preuves !

— Je ne vois pas de quoi vous voulez parler, monsieur Stewart, dit Demilly avant de disparaître, la cravate à pois dans le vent, protégé par ses deux gardes du corps, dans une voiture à plaque diplomatique.

Aidé par les volontaires de SOS Planet, Hugh Stewart et Jonathan déposèrent plainte contre X pour homicides volontaires. Trois avocats furent engagés, payés sur le budget d'Agro Plan et les économies de Jonathan. Reccon fut citée plusieurs fois ainsi que les services secrets pakistanais, mais la partie adverse s'engagea à démonter l'argumentation, réfuta les preuves avancées, entre autres le rapport d'une chercheuse, Leïla Yilmaz, contestée sur le plan professionnel et licenciée de son poste à l'université d'Istanbul. Les liens entre la compagnie pétrolière et les trafiquants de drogue ne furent pas avérés. Seuls quelques spécialistes du monde pétrolier s'aperçurent de la cessation d'activité de la société Gerland, dirigée par Andrus Gerfuls. L'engrais Doran disparut de la circulation, ou du moins prit un autre nom. Les paysans afghans, eux, continuaient à produire de l'opium à plein, mais l'instruction du dossier Albane Berenson s'en souciait comme d'une guigne. Le nom de Reccon revint cependant à plusieurs reprises dans les articles de presse. Sa réputation était en cause, mais cela n'empêcha nullement son action de grimper.

Hugh Stewart retourna en France quelques semaines plus tard et retravailla les cours qu'il donnerait à Sciences-Po dès la rentrée de septembre en ajoutant quelques chapitres.

Gaëtan Demilly annonça sa démission des services du ministère des Affaires étrangères au cours de l'été. Lors du pot d'adieu à l'ambassade de France, il dit d'une voix teintée d'émotion qu'il allait regretter ce beau pays, au passé si riche et à l'avenir si incertain, avec ses bazars animés et son golf de montagne. Un mois plus tard, il se retrouvait au siège de Reccon à San Francisco où le président James Graham lui proposait un poste de directeur de la communication, avec entrée gratuite au golf du Presidio, non loin du Veteran Administration Hospital de Clement Street.

Bill Landrieu reprit du service comme consultant pour une société concurrente de Gerland. Il voyagea en Inde, en Corée du Sud, en Arabie Saoudite, au Pakistan, en Turquie. Contrairement à ce qu'il avait dit à Jonathan Saint-Éloi dans sa villa de Stinson Beach en Californie, il ne finit pas crucifié mais mourut dans une collision entre son taxi et un camion au Pakistan, aux abords d'Islamabad. Le chauffeur du poids lourd s'en sortit avec quelques écorchures. Il portait un casque de motard et, fait inhabituel au Pakistan, une ceinture de sécurité.

Andrus Gerfuls, sur les conseils de James Graham qu'il rencontrait au golf deux fois par semaine à San Rafaël quand ils ne se voyaient pas au siège de Reccon, liquida sa société Gerland. Il en ouvrit une autre, GerfOil, basée à San Francisco, à la même adresse que feu Gerland. Il engagea des intermédiaires à Achkabad, au Turkménistan, et fonda une filiale dans plusieurs pays, dont l'Afghanistan et le Pakistan. L'un de ses clients, Karimpur, vint le voir à deux reprises avec des billets en classe affaire payés par GerfOil.

Peu de temps après son voyage en Californie, Karimpur tomba dans une embuscade près de Kandahar, dans le sud de l'Afghanistan. La presse de Kaboul le déclara en « voyage de prospection » pour le trajet du pipe-line. Le commandant Bismillah fut accusé d'avoir fomenté l'attentat. On ne retrouva jamais le corps de Karimpur et certains proches du président Karzaï insinuèrent qu'il avait une nouvelle fois disparu volontairement afin d'échapper à une inculpation imminente lancée par le gouvernement américain pour trafic de haschich. Un journaliste afghan releva que le chef d'inculpation ne portait que sur cinquante kilos de haschich, alors que Karimpur s'était illustré dans le commerce de dizaines de tonnes d'opium.

Zachary McCarthy épousa Maryam et l'emmena aux États-Unis, sur la côte Est, près de Boston. Il solda ses affaires de Kaboul, vendit sa société Païlash à de jeunes Allemands sortis d'une école de commerce de Munich, et calcula qu'il avait avec cela de quoi assurer ses vieux jours, en complément de sa retraite d'agent américain.

34

Dans la chambre d'hôte d'Agro Plan à Kaboul, Jonathan s'enferma dans un mutisme absolu et Hugh Stewart ne parvint pas à le consoler. Lui-même était effondré et se sentait coupable. Il ne parla pas de son dîner avec l'enflure de Gaëtan Demilly. Coupable de quoi, au fait ? se demandai-t-il. De la saloperie du monde ? des liens entre Reccon et les trafiquants ? du silence des ambassades, du laisser-faire des pays occidentaux, de leur soutien au trafic ? Le commerce de la drogue continuerait quoi qu'il en soit, avec ses dizaines de milliards de dollars de profit en chemin, avec ses trafiquants, petits et grands dealers, grossistes, semi-grossistes, détaillants, passeurs et mules de frontières, préservatifs dans le ventre, étuis dans l'anus. Le Doran continuerait de nourrir les sillons, les ballots de l'opium de s'inviter dans les greniers des paysans, avec quatre mille tonnes de récolte, et la poudre blanche de s'injecter dans les veines.

Stewart but une bouteille de whisky dans le salon des invités de la maison d'Agro Plan et Jonathan l'accompagna. Sutapa lui apporta toute son affection, mais Jonathan ne prononçait plus que des onomatopées. Décompression, dépression, même combat. Théorie du boomerang. *Prendre ce qu'on a lancé en pleine gueule.*

La seule chose que Jonathan demanda fut le CD d'un opéra de Puccini que Stewart téléchargea sur son ordinateur. Le directeur d'Agro Plan entendait le soir son ami murmurer dans sa chambre des paroles en italien qu'il ne comprenait pas, sauf quelques mots : *amore, arte, amore.*

Jonathan Saint-Éloi revint à Nice pour mettre en vente une petite propriété de sa grand-mère au-dessus de Sospel, près du col de Brouis. La vente lui permettrait de payer les avocats, de plus en plus gourmands. L'affaire sera difficile, lui avait-on dit à Paris. Les volontaires de SOS Planet furent plus efficaces et lancèrent sur leur réseau internet de nombreuses informations sur les implications de Reccon dans le trafic de drogue. Il était aussi question de l'aveuglement des pays occidentaux face à l'héroïne qui déferlait sur l'Europe et les États Unis, une poudre blanche de plus en plus pure et qui commençait à intéresser les cartels colombiens de la cocaïne, las de la saturation du marché américain.

Jonathan loua un scooter et se rendit sur la Corniche au-dessus de Monaco, à l'endroit où une pierre de marbre blanc face à la mer indiquait : « Ici s'est tué le banquier Alexander Berenson au volant de sa voiture. » Le ravin mélangeait les touches de couleur, le vert de la garrigue et le blanc du calcaire, devant l'immensité bleue de la Méditerranée. L'amour et la mort entre terre et mer, et Tosca qui dit à Mario : « L'amour qui t'a sauvé nous guidera sur terre, nous conduira sur mer. »

Jonathan s'était promis de respecter ses vœux. Baladeur sur les oreilles, *Tosca* à tue-tête, acte II, scène V, le passage qu'elle aimait, il s'approcha du ravin et dispersa les cendres d'Albane Berenson qui volèrent dans le ciel et vers la garrigue silencieuse, terriblement complice. Puis il lança une gerbe de fleurs dans le précipice, les yeux fermés.

Ils l'ont eue...

Ils l'ont tuée.

Ils en ont fait une poupée désarticulée.

Ils ont brisé ses rêves et ses reins.

Fin de partie entre Anjoman et Jurm, entre le jour et la nuit, entre le péché et le pardon.

Il crut que deux individus le surveillaient près d'une voiture blanche, mais il s'agissait d'un couple d'amoureux qui détourna le regard. Le procès allait lui coûter bien des ennuis, peut-être des filatures, mais au fond il s'en moquait. Il voulait venger la mort d'Albane, continuer son combat pour l'amour, le pouvoir, la liberté, les trois passions de Tosca, et ce prolongement était comme une suite naturelle de l'amour qu'il lui avait porté, qu'il lui porterait toujours, face à la mer, non loin de la grotte à corail, face à un océan de remords qui ne se lavent jamais.

Albane lui souriait, elle regardait la mer et prenait Jonathan par la main, comme avant, sur le pont de la vedette et dans la montagne de Nice. Trois passions, trois morts, un meurtre, une exécution, un suicide. Mais Jonathan se refusait au suicide, il ne finirait pas comme dans le dernier acte, il ne se jetterait pas dans le vide, il ne se donnerait pas en pâture, il voulait avant tout respecter son serment et rassembler toutes les preuves possibles et imaginables.

Il pria longuement et récita une prière en hébreu qu'il avait apprise par cœur pour Albane l'athée, fille d'Alexander le pieux, une prière qu'elle aurait aimée, pour tous les *birkat hagomel* de la terre.

Le corps sans vie de Jonathan Saint-Éloi fut retrouvé aux abords de la rade de Villefranche, là où les fonds sont encore timides, moins de douze mètres. Il gisait emmêlé dans un filet de pêcheur, dans une combinaison déchirée à plusieurs endroits, comme s'il avait combattu sous l'eau un ennemi inconnu, au pays des sirènes et des prédateurs, des mangeurs d'hommes et des dévoreurs d'espoir. Le loueur du scooter s'était inquiété et avait donné le numéro d'immatriculation à la police de Nice qui avait retrouvé l'engin près de la plage. Jonathan Saint-Éloi était parti pour une plongée, seul, et la presse nota ce geste inconscient. « Accident de plongée. Les recommandations habituelles s'imposent », titrait *Nice-Matin* dans l'édition locale.

Hugh Stewart arriva quelques heures plus tard à l'aéroport de Nice. Il porta plainte le lendemain, expliqua aux policiers du commissariat de l'avenue Foch que la combinaison était trop petite pour Jonathan Saint-Éloi, habitué des descentes, même en solitaire, ancien plongeur sous-marin du Secours en mer de Nice. Face à deux inspecteurs, il observa qu'un plongeur expérimenté ne peut mourir empêtré dans un filet s'il porte un poignard sur la cuisse. Il nota que sa ceinture de plomb était trop lourde pour son poids. Il demanda aussi pourquoi aucun pêcheur n'avait réclamé le filet. Il déclara que son ami était avant tout un plongeur en bouteille, et non en apnée. Il rappela que Jonathan Saint-Éloi avait été suivi lors de différents séjours à l'étranger, à San Francisco et au Pakistan. Il releva que le scooter loué portait des traces de choc, comme si une voiture l'avait percuté à l'arrière.

On enregistra sa plainte, un accident de plongée, monsieur Stewart, qu'on vous dit, un poignard ne sert à rien si on est à court d'air, à douze mètres de fond, ça peut être fatal, des noyés on en a tous les ans, et puis il devait être dépressif, il avait perdu un être cher par accident, oui, un autre accident… Vous dites un assassinat ? Oh, vous n'êtes pas en Afghanistan, monsieur Stewart, il n'y a pas de tueurs islamistes par ici, pas entre Cannes et Monte-Carlo, le secteur est bien nettoyé, touchons du bois. Quant au choc à l'arrière du scooter, c'est sûrement parce qu'il a été percuté à l'arrêt et qu'il n'a rien dit au loueur par peur de payer une franchise, on conduit comme des fous sur la Côte, etc.

Pas de traces, pas de preuves ou si peu, des salauds parfaits.

Sur le fait que le visage de Jonathan Saint-Éloi portait une ecchymose, Hugh Stewart en revanche n'obtint aucune réponse et il savait qu'il n'en obtiendrait jamais.

Quand il sortit du commissariat, le soleil inondait encore la ville et la mer sans corail.

NOTE DE L'AUTEUR

Ce livre est tiré de faits réels. Les personnages décrits dans ce roman sont cependant inventés.

Je tiens à remercier tout particulièrement ceux qui m'ont aidé à comprendre les rouages du trafic de la drogue en Asie centrale, au Moyen-Orient, en Europe, aux États-Unis et ailleurs dans le monde, notamment :

Hamed Akram, haut fonctionnaire afghan, qui connaît son pays sur le bout des doigts ; Bernard Frahi, directeur des opérations de l'ONUDC, l'Office des Nations unies contre la drogue et le crime à Vienne, longtemps en poste au Pakistan, dont la fine analyse sur le trafic de drogues m'a permis de comprendre l'ampleur du phénomène ; le Dr Alain Serrie, de l'hôpital Lariboisière à Paris, président de Douleurs sans frontières, humanitaire à ses heures depuis vingt ans ; Habibullah Qaderi, ministre de la lutte anti-drogue en Afghanistan ; mollah Taj Mohamed Mujahed, président de la Commission anti-narcotiques au Parlement afghan ; Mirwais Yasimi, ancien directeur général du Bureau des narcotiques du gouvernement afghan ; Charles Cogan, ancien chef des opérations de la CIA en Afghanistan, chercheur à l'université de Harvard ; Vincent Canistraro, ancien agent du Conseil national de sécurité américain, qui a arpenté les maquis des moudjahidin afghans ; Reza, grand connaisseur des montagnes afghanes et des champs d'opium, photographe et président de l'association Aïna ; Larry Collins, disparu trop tôt, qui a longuement enquêté pour ses récits et romans sur le trafic de drogue aux États-Unis, en Afghanistan, au Pakistan et en Colombie ; Sibgatullah Modjaddedi, ancien président de la république islamique d'Afghanistan, ex-président du Sénat afghan ; Dimitri Beck, avec qui j'ai découvert la vallée de Jurm ; Mohamed Alem Yaqoubi, coordinateur provincial de l'UNODC ; Abdul Jabaar Naeemi, gouverneur de la province du Wardak ; le Dr Anis Gul Akhgar, fondatrice d'une petite association afghane, RCWO, qui réinsère les femmes toxicomanes ; Alain Boinet, vieux routier de l'humanitaire, président de Solidarités, ONG qui travaille notamment sur les cultures de substitution du pavot ; Alfred McCoy, professeur à l'université de Madison dans le Wisconsin, dont les livres sur le trafic de l'héroïne et de la cocaïne et les recherches sur les liens entre le monde de la drogue et les services secrets occidentaux se sont révélés particulièrement éclairants ; Thierry Falise, journaliste et écrivain basé à Bangkok, compagnon de route de plusieurs séjours clandestins en Birmanie, grand connaisseur des maquis de la drogue birmans ; le Dr Philippe Bonhoure, ancien pilier de l'AMI en Afghanistan (Aide médicale internationale), organisation implantée dans ce pays dès le début de la guerre contre les Soviétiques, responsable de plusieurs missions à risques et devenu attaché humanitaire auprès de l'ambassade de France à Kaboul ; le Dr Pierre Bau-Marion, spécialiste du monde persan, ancien *French doctor* en Afghanistan pour Médecins du monde et ex-cadre d'une compagnie pétrolière ; Sher Khan, ancien chef de guerre afghan ; le Dr Nilab Mobarez, qui a courageusement mené des opérations humanitaires dans la valllée du Panchir au temps des talibans ; le Dr Hélène Tevissen, l'une des chevilles ouvrières d'AMI, qui se rend souvent pour ses missions humanitaires en Afghanistan ; Choukria Haydar, qui se bat pour le droit des femmes en Afghanistan et contre la toxicomanie ; Sayed M. Raheen, ministre de la Culture et de l'Information afghan ; le général Pervez Musharraf, président du Pakistan ; Ludna Tiwana, admirable commissaire de police pakistanaise, qui s'occupe des femmes battues et violées à Karachi ; Jean-Christophe Duchier, ingénieur agronome, qui a séjourné au Badakhshan et a écrit un remarquable rapport sur la culture du pavot ; Saïd Ibrahim, gardien du mausolée du lac Heimat à Band-i-Amir ; Shawali Khan, paysan de Kartak dans le sud de l'Afghanistan, qui tente de cultiver des produits de substitution pour remplacer l'opium qui encercle ses champs ; le Dr Saleem Azam du Centre de prévention de l'abus des drogues à Karachi ; les volontaires de la clinique Votrac à Karachi ; l'inspecteur D., en poste à Karachi ; le journaliste S., du quotidien pakistanais *Dawn* ; A., correspondant de Reporters sans frontières au Pakistan ; la Pakistan Society ; Yusuf Jameel, ancien juge du tribunal de commerce de Karachi ; le CPLC, le Comité de liaison police-citoyens, de Karachi ; Abdul Sattar Edhi, le samaritain de Karachi, âme charitable des pauvres et des drogués ; Amanullah Partavi, responsable du Centre Edhi de Sohrab Goth au Pakistan ; le général Mohammed Farooq Shaukat, commandant des Forces anti-narcotiques du Sindh et de Karachi, qui lutte contre les barons de l'héroïne et a installé un musée anti-drogue à Karachi ; Aftab Sherpao, ministre de l'Intérieur pakistanais ; Izaj Ul Haq, ministre des Affaires religieuses du Pakistan, fils de l'ancien dictateur Zia Ul Haq ; le général Hameed Gul, ancien chef de l'ISI, les services secrets pakistanais, qui m'a éclairé sur l'islamisation du Pakistan, l'aide de ce pays aux talibans et la politique des compagnies pétrolières dans la région ; le général Javed Hussain, ami du président Pervez Musharraf ; le général

Shaukat Sultan, de l'État-major des armées pakistanaises ; Bo Mya, chef de la guérilla des Karens en Birmanie, l'un des rares mouvements de lutte armée des maquis birmans à ne pas trafiquer la drogue ; le colonel Ner Dah Nya, fils de Bo Mya et l'un des responsables de la KNU (Union nationale Karen) ; le Dr Mohamed Abualsebah, psychiatre, directeur du département psychiatrique à l'hôpital Al Nasser de Gaza, territoires palestiniens ; Régis Koetschet, ambassadeur de France à Kaboul, qui n'a rien à voir avec l'un des quelconques diplomates décrits dans le livre ; Franz-Olivier Giesbert, Michel Colomès, Pierre Beylau et toute l'équipe du *Point* ; Alexandre Wickham, Richard Ducousset et Maëlle Guillaud qui m'ont constamment encouragé lors de l'écriture du livre et m'ont fait part de leurs remarques ; Richard Descoings, Laurent Bigorgne, Ambrosio Nsingui-Barros, de l'Institut d'études politiques de Paris, qui ont très vite compris l'intérêt d'un séminaire sur la géopolitique des drogues pour les étudiants de Sciences-Po ; Christine, pour tout.

Sans que je puisse les remercier pour des raisons éthiques, différents trafiquants d'héroïne, caïds de la drogue, seigneurs de guerre, producteurs d'opium, dealers, passeurs de frontières, islamistes, militants, chefs de clan et dirigeants talibans m'ont permis de pénétrer leurs réseaux et de comprendre le système du trafic de l'intérieur dans différents pays, du Maroc à l'Afghanistan, du Pakistan à la France, des Pays-Bas aux États-Unis, notamment :

Khun Sa, « Prince prospère », l'un des plus grands trafiquants d'opium et d'héroïne de l'histoire, ancien chef de la MTA (Mong Taï Army) ; Seing Joe, dit « Joe », l'un des responsables de la guérilla des Shans dans les maquis de Birmanie ; Abdul Rasheed Turrabi, militant pour la libération du Cachemire, à Muzaffarabad ; Muhammed Sharif Tariq, président de la Ligue de libération du Jammu et Cachemire, à Mirpur ; Qazi Hussain Ahmad, président du mouvement islamiste radical Jamaat-i-islami au Pakistan ; Mohammed H., trafiquant à Tanger, au Maroc ; Hassan D., autre trafiquant dans la médina, la vieille ville de Tanger ; Ghassem, opiomane à Alamut au nord-ouest de Téhéran ; Hussein, trafiquant d'opium en Iran ; Raïz S., pêcheur et dealer du port de Karachi ; Haji Mir Hajan, marchand d'opium dans le sud de l'Afghanistan ; mollah Hassan, gouverneur de Kandahar sous le règne des talibans et dirigeant de la milice de mollah Omar, chef de la milice des talibans ; mollah Abdul Hameed Akhunzada, ancien ministre anti-drogue des talibans ; mollah Abdul Haï Mutmain, ancien porte-parole de mollah Omar ; mollah Fazil Mohamed, ancien vice-ministre des Affaires étrangères du régime des talibans ; Mir Hajan, trafiquant d'opium dans la province du Helmand ; Hadji Ibrahim, planteur de pavot ; l'aubergiste du village de Bagdah, dans les montagnes du centre de l'Afghanistan, lieu de production d'opium ; le tailleur Faz Ul Haq, héroïnomane de 58 ans ; l'ancien employé de la mairie de Karachi, Mohamed Suhail Khan, 37 ans, héroïnomane depuis l'âge de 17 ans ; Qazi, ancien steward de la Pakistan International Airlines, S., trafiquant d'héroïne entre Karachi et Londres ; N., champion de body-building du Pakistan devenu héroïnomane ; le boucher Shahid Ehmad, 25 ans, de Karachi, héroïnomane depuis l'âge de 14 ans ; Mohammed N., ancien membre des services secrets pakistanais ; Ahmed à Paris, Abassi Khan, Ali Mera en Afghanistan ; ainsi que d'autres personnes qui ont préféré rester dans l'anonymat ou que je ne peux citer.

DU MÊME AUTEUR

Aux Éditions Albin Michel

LA BATAILLE DES ANGES, 2006.

Chez d'autres éditeurs

VOYAGE AU PAYS DE TOUTES LES RUSSIES, Quai Voltaire, 1992.

FRENCH DOCTORS, Robert Laffont, 1995.

LA ROUTE DE LA DROGUE, Arléa, 1996, réédité sous le titre *Chasseurs de dragons*, Payot-Voyageurs, 2000.

LUCIEN BODARD, UN AVENTURIER DANS LE SIÈCLE, Plon, 1997, prix Joseph-Kessel, prix de l'Aventure.

ON NE SE TUE PAS POUR UNE FEMME, Plon, 2000.

LE FAUCON AFGHAN, Robert Laffont, 2001, prix Louis-Pauwels.

JE SUIS DE NULLE PART, SUR LES TRACES D'ELLA MAILLART, Payot, 2003, prix Cabourg.

LE GRAND FESTIN DE L'ORIENT, Robert Laffont, 2004.

KESSEL, LE NOMADE ÉTERNEL, Arthaud, 2006.

Composition IGS
Impression Bussière, octobre 2007
Éditions Albin Michel
22, rue Huyghens, 75014 Paris
www.albin-michel.fr

ISBN : 978-2-226-18098-8
N° d'édition : 25496 – N° d'impression : 073401/4
Dépôt légal : novembre 2007
Imprimé en France.